A CASA DO CAPITÃO

ALEX BITTEN

O autor de *O Navio Fantasma*

A CASA DO CAPITÃO

partners coerência

DIREÇÃO EDITORIAL
Lilian Vaccaro

PRODUÇÃO EDITORIAL
Bianca Gulim

PRODUÇÃO GRÁFICA
Giovanna Vaccaro

PREPARAÇÃO
Leiliane Lima

REVISÃO
Bianca Gulim

CAPA
Sara Vertuan

DIAGRAMAÇÃO
Michael Vasconcelos

DADOS INTERNACIONAIS DE CATALOGAÇÃO NA PUBLICAÇÃO (CIP)

Bitten, Alex
A casa do capitão / Alex Bitten. – 2ª edição – São Paulo: Coerência, 2021

ISBN: 978-65-89850-16-8

1. Ficção brasileira 2. Suspense I. Título

CDD: 869.3

Grupo Editorial coerência

partners coerência

São Paulo
Avenida Paulista, 326,
cj 84 - Bela Vista
São Paulo | SP – 01.310-902
www.editoracoerencia.com.br

Para minha amada mãe, Isabel.

UNIDADE DE ELITE

O último dos cinco canhões de cento e cinquenta milímetros explodiu junto com as caixas de munição que estavam próximas, e uma bola de fogo azulada elevou-se, iluminando e aquecendo a madrugada úmida e gelada. Pedaços de metal e concreto da casamata que servia de proteção voaram na direção das nuvens pesadas e escuras, para descerem em seguida, atingindo a terra encharcada e as copas das árvores que estavam próximas. Dois caminhões carregados com munição, ocultos por uma rede de camuflagem, também explodiram.

Os incêndios iluminaram a escuridão da noite, mostrando as trincheiras dispostas em semicírculo, os sacos de areia e as crateras abertas pelo último bombardeio que havia tentado destruir aquele lugar. Os vultos se moveram, aproveitando a escuridão que as chamas não conseguiam alcançar, e se aproximaram com cautela do centro de artilharia, sem fazer o menor ruído, como se pertencessem à escuridão e pudessem retornar para ela assim que desejassem.

O homem que liderava aquela unidade se movia devagar em meio aos escombros, atento a qualquer movimento. Ele era alto, segurava um fuzil de assalto, tinha o rosto pintado e usava uma roupa de combate noturno. Procurou o inimigo com os seus óculos de visão noturna, e examinou o terreno à frente.

Não havia nenhum movimento, apenas uma grossa camada de lama. Ele abaixou os óculos de visão noturna, entrou na trincheira e caminhou com cuidado em cima de alguns troncos colocados no fundo, para não encharcar as botas ou se atolar.

Então a chuva veio, leve de início, mas aumentando até se tornar torrencial. Ele se aproximou das estruturas que abrigavam os canhões. Os canos das armas de grosso calibre, aquecidos pelas chamas, chiavam ao receber a chuva fria.

Parou atrás de uma estrutura de concreto semidestruída e observou seus homens entrarem nas trincheiras, chegarem aos bunkers e, após examiná-los, sinalizarem que não haviam encontrado nenhum soldado inimigo. O líder da unidade, então, saiu da trincheira e entrou no bunker à frente. Caminhou por um corredor, parou junto à grossa parede de concreto e entrou na sala pronto para disparar, mas não houve barulho de tiros. Examinou o grande canhão destruído e procurou em vão por algum objeto de valor. Depois, saiu do local por um buraco no concreto e sinalizou para outro dos seus homens, que entrou em uma trincheira, correu por uma dezena de metros e, colocando a mão na borda do buraco, saltou com agilidade de volta ao seu lado.

– E então? – questionou o líder.

– Nada, senhor, não encontramos ninguém. Os bunkers estão vazios, não há nada além de armários, algumas mesas e camas destruídas. Encontramos alguns mapas com prováveis posições de tropas. – Ele sorriu e puxou um mapa de dentro da jaqueta, no qual se viam círculos azuis e vermelhos desenhados. – Mas duvido que as marcações sejam verdadeiras.

– Vamos levá-los para o pessoal da inteligência. Nós fazemos a nossa parte, e eles fazem a deles.

– Sim, senhor. O que acha que aconteceu aqui, senhor?

– Eles colocaram explosivos nos canhões e abandonaram o local um pouco antes de chegarmos. Não foi uma retirada apressada. Este local é estratégico e estava defendendo uma ponte que os nossos rapazes estão tentando conquistar há algum tempo. Com este lugar, eles conseguiram deter três ofensivas feitas pelo nosso exército. A pergunta é: por que abandoná-lo?

– Não faço a menor ideia, senhor. Será que haverá mesmo uma trégua?

O líder da unidade soltou um grunhido.

– Faz algumas semanas que estão dizendo isso, mas até agora não aconteceu nada. Talvez seja um presente para nós, Garcia – disse, dando um tapa em seu ombro. — Chame Barcelos, mande-o avisar ao centro de operações que cumprimos nossa missão e solicite uma carona.

— Sim, senhor.

Pedro acenou para um dos homens que tinha um rádio nas costas, indicando um local junto a um muro feito de sacos de areia. Então, eles se moveram com cautela naquela direção, sabendo que estavam atrás das linhas inimigas, e que o inimigo poderia estar oculto, pronto para atacar.

O capitão ficou olhando para os dois homens abaixados a distância. Um deles retirou o rádio que carregava nas costas e começou a fazer contato com o centro de operações. Ele olhou ao redor, para os outros comandos, quando ouviu um zunido distante, que foi aumentando acima do barulho da chuva. Então, surgiu uma explosão no local onde estavam Pedro e Barcelos. Os corpos desapareceram, e, no local onde estavam, havia apenas um grande buraco. As bombas foram caindo em vários lugares. Ele viu o comando Vargas tentar se proteger dentro de um ninho de metralhadora, mas a chuva de estilhaços o desmembrou como se fosse um boneco de pano. Dois outros comandos tentaram se abrigar em um bunker, mas uma bomba de napalm atingiu o lugar, atravessando o teto destruído e transformando o seu interior em um mar de fogo, e os dois, com os corpos em chamas, saíram do bunker como tochas humanas. Um deles caiu de joelhos, pegou a pistola que tinha presa em um coldre na axila e deu um tiro na própria cabeça. O outro caiu em uma poça de água e ficou se debatendo, tentando apagar as chamas que consumiam o seu corpo.

— Maldição!

O capitão correu para se proteger, mas uma bomba de fragmentação caiu a poucos metros de onde estava, e a explosão o atirou de volta ao buraco de onde havia saído.

As explosões cessaram, e as chamas que iluminavam os corpos despedaçados e carbonizados da unidade de elite passaram a lutar contra a chuva.

Havia uma colina coberta por uma floresta de árvores com copas altas. Um comando se aproximava furtivamente, observando com atenção o cenário à sua frente. Ele segurava uma submetralhadora compacta nas mãos e carregava um iluminador laser a tiracolo. Observou o espaço com os óculos de visão noturna e se moveu com cautela por entre os destroços sob a forte chuva, com o cuidado de se proteger na escuridão. Examinou os corpos, mas o bombardeio havia sido devastador.

Não havia nenhum sobrevivente.

O comando se aproximou do bunker para onde o capitão havia sido atirado pela explosão do bombardeio, colocou o dedo no gatilho e entrou sem fazer nenhum ruído. Do lado de fora, a chuva caía sem trégua e lutava para apagar as chamas.

Então, nas paredes do bunker destruído, surgiu a claridade do disparo de uma arma e o estampido ecoou pela floresta.

Dois dias depois, o armistício foi declarado, cessando todos os combates.

As negociações tiveram êxito e um tratado de paz foi assinado, terminando uma guerra que havia durado três longos anos. Os soldados voltaram para casa, para suas famílias e recomeçaram suas vidas.

A guerra havia acabado.

Mas esta história estava apenas começando.

A ENTREVISTA

O carro dobrou a esquina e veio devagar, espantando um casal de pássaros que estava no asfalto, aquecendo-se nos raios do sol naquele início de manhã de outono. A motorista entrou à esquerda, parou diante de uma cancela e olhou para o letreiro escrito em um metal polido: "Centro de Convivência Souto Lima".

O guarda uniformizado saiu da guarita com um tablet a mão e olhou para o automóvel importado, um SUV esportivo branco, novo em folha, com design arrojado e película escura nos vidros, que ocultava o seu interior.

O vidro do motorista desceu com um leve barulho, e o guarda sorriu para a bela mulher que surgiu por trás, usando óculos escuros. O cabelo dela era claro e liso e o rosto era fino, em perfeita harmonia com o nariz e a boca delicada.

– Bom dia! – exclamou o guarda.

– Bom dia! – respondeu a jovem, sorrindo.

– Até que enfim parou de chover – comentou, como quem puxa assunto.

– É verdade. Há dias que não vejo o sol e uma manhã como esta é uma bênção. Deixe-me apresentar, sou a doutora Caroline Guedert e tenho uma entrevista com a doutora Laura.

– Um momento, por gentileza.

O guarda olhou o tablet por alguns instantes. Depois, olhou no relógio e conferiu o horário.

– A senhora chegou cedo. Ainda faltam vinte minutos.

— Gosto de chegar um pouco antes para compensar eventuais imprevistos.

Ele observou a placa do carro.

— A senhora veio da capital. É bem longe daqui, doutora. E, para chegar neste horário, deve ter dirigido a noite toda, ou está hospedada em algum hotel na cidade?

— Confesso que dirigi a noite toda.

— É por isso que está usando esses óculos escuros assim tão cedo?

A jovem observou melhor o guarda à sua frente. Ele tinha cabelos grisalhos, nariz achatado e sorriso farto.

— Para dizer a verdade, sim, mas estou acostumada a dirigir por grandes distâncias.

— Então deseja trabalhar conosco?

— Sim.

— Por acaso a doutora está concorrendo à vaga do doutor Michel?

— Sim, estou — respondeu, desconfiada com tanta curiosidade do funcionário.

— Ele era um médico muito especial, e todos nós sentimos muita saudade. Desde que aquela tragédia aconteceu, o centro médico procura alguém para substituí-lo. Muitos já foram entrevistados pela doutora Laura, mas ela ainda não escolheu ninguém. É muito exigente com os médicos que trabalham neste lugar.

Achou estranho aquele guarda falar daquela maneira com uma desconhecida, mas a forma com que conversava, sua simpatia e seu sorriso faziam com que parecesse conhecê-lo havia muito tempo. Devia ser apenas o hábito de quem gosta muito de companhia, mas trabalha sozinho por longos períodos.

— Não conheci o doutor Michel pessoalmente, mas li alguns de seus livros e, sem dúvida, ele era um excelente médico. A sua morte foi uma grande tragédia.

O guarda fechou o rosto, lembrando-se do médico, de sua história e da dor que sua perda causara.

— Tem toda razão. Sabe de uma coisa, doutora Caroline? Ele era um bom homem, um dos melhores que já passaram por aqui, e todos os funcionários e pacientes sentiram muito quando aconteceu aquela tragédia. Desculpe-me perguntar, doutora, mas a senhora gosta de velhos? É que o Centro Souto Lima cuida de velhos e de pessoas especiais, e o doutor Michel cuidava dos velhos muito bem. Velhos não, desculpe! Quero dizer, dos pacientes idosos.

— Sim, eu gosto de cuidar de pacientes idosos.

Ele pareceu satisfeito com a resposta, pois assinalou algo no tablet e informou:

— Doutora Caroline Guedert, entrevista às nove horas com a doutora Laura. Sim, sua reunião está confirmada — disse o guarda finalmente, sorrindo.

— Obrigada.

— A doutora já esteve aqui antes?

— Não, é a primeira vez.

— Certo, não se preocupe. Para chegar ao estacionamento, basta seguir em frente e dobrar na primeira entrada à direita. Depois, terá que caminhar um pouco. Foi uma decisão da doutora Laura, que projetou este lugar junto com seu marido, o falecido doutor Ítalo, que Deus o tenha. A senhora chegará ao prédio principal, que fica à sua direita, após passar pelo grande jardim, como costumamos chamar. Ele ocupa boa parte do terreno, tem árvores nativas, bancos, um belo gramado e uma fonte. Eles projetaram-no para os pacientes poderem caminhar ao sol, fazerem exercícios, essas coisas. Após passar por ele, a doutora chegará ao prédio principal e, ao entrar pela porta de vidro, encontrará nossas recepcionistas bem à frente. Elas lhe indicarão como chegar à sala da doutora Laura.

— Obrigada — disse a jovem. — A propósito, como é o seu nome?

— Mário. O mesmo do meu avô. Minha mãe me deu o mesmo nome porque o meu avô gostava de conversar com as pessoas.

— Sabe, Mário, acho que o seu nome lhe cai muito bem.

— Agradeço, doutora Caroline, e desejo sorte em sua entrevista.

— Obrigada.

O guarda ficou observando o veículo se afastar, e seu sorriso terminou no exato momento em que o carro partiu. Ele caminhou até a guarita, pegou o telefone e ligou para alguém.

— Ela acabou de passar.

A doutora Caroline dirigiu o carro pela estrada interna do complexo médico até o estacionamento, onde havia uma dezena de carros estacionados. Pegou uma pasta com documentos e a sua bolsa e ligou o alarme do veículo. A bela mulher vestia uma blusa branca de colarinho francês sob um terninho bege comportado que ia até os joelhos e um scarpin de salto baixo, da mesma cor de sua roupa. Ela ajeitou a pequena corrente de ouro com um crucifixo no pescoço, passou as mãos nos dois pequenos brincos no formato de pássaros voando e conferiu o horário no relógio de prata delicado que usava no pulso direito.

Caroline caminhou por uma calçada em meio a um gramado extenso e bem cuidado, com árvores bem aparadas e plantadas em locais estratégicos. Havia vários bancos de madeira pintados de verde, dispostos de maneira que metade ficava sob o sol e o restante debaixo das árvores. Arbustos pequenos e bem cuidados haviam sido plantados ao longo da calçada. O cheiro de terra e da grama molhada encheram os seus pulmões, e ela viu alguns pacientes caminhando pelo gramado, uns em cadeiras de rodas, sendo conduzidos por enfermeiras, e outros sentados em bancos, folheando revistas ou lendo livros.

Ela parou diante do grande prédio de três andares, robusto e bem conservado, com as vigas largas de concreto do corpo principal do edifício em destaque e detalhes em perfis de alumínio pintados eletrostaticamente de branco, encaixados de forma harmônica e preenchidos por grandes placas de vidro. A porta se abriu automaticamente, e ela entrou na ampla recepção com teto alto e luminárias de led. A decoração era minimalista, com sofás brancos, aparadores e quadros com telas abstratas. Ela ia se dirigir ao balcão, onde havia duas secretárias, quando percebeu que uma mulher que se aproximava com vários prontuários os deixou cair, espalhando todos os papéis pelo chão.

— Meu Deus!

— Deixe-me ajudá-la — disse, abaixando-se e começando a recolher os papéis.

— Obrigada. Sou meio desastrada mesmo.

— Tudo bem, não se culpe, isso acontece com qualquer um. Hoje em dia, todos nós temos o hábito de fazer as coisas mais depressa do que podemos e, por isso, algumas delas não saem bem como deveriam.

Elas se levantaram ao mesmo tempo. A mulher devia ser uns dez anos mais velha que Caroline e vestia um jaleco branco. Tinham quase a mesma estatura e seus cabelos castanhos eram curtos, cortados um pouco acima dos ombros. Seu rosto era redondo, terminando em um queixo pequeno; os olhos tinham traços orientais, o nariz era fino e arrebitado, e, logo abaixo, vinha uma boca larga com lábios finos.

— Meu nome é Marcela. Prazer em conhecê-la.

— O meu é Caroline.

— Veio visitar alguém, Caroline?

— Na verdade, vim por uma oferta de emprego.

— Você é médica?

— Sim.

— Está tentando conseguir a vaga do doutor Michel?

— Sim.

— Não quero desanimá-la, mas não será fácil. Mais de dez médicos já tentaram, mas a doutora Laura, que é proprietária deste lugar, rejeitou todos. Eles eram grandes amigos. Alguns chegaram a dizer que tinham um caso, outros que era apenas um amor platônico, mas nada foi provado, e eles sempre foram muito discretos. Seja como for, o doutor Michel era um homem muito especial, e todos nós que o conhecíamos também sofremos muito. Eu lhe desejo sorte, doutora.

— Obrigada, Marcela — respondeu, percebendo que a vaga era assunto de fofocas no local. — Acho que vou precisar.

Caroline caminhou até parar diante da recepção, cuja secretária, uma mulher que já passava dos cinquenta anos, usando um vestido verde com um generoso decote em "v", se aproximou.

— Bom dia.

— Bom dia, minha jovem. Em que posso ajudá-la?

A mulher era alta e tinha um corpo esbelto e cabelos castanhos compridos, que combinavam com seu rosto largo e carismático. Ela estava bem maquiada. Abriu um sorriso largo com a boca pintada de batom vermelho-vivo.

— Tenho um encontro marcado com a doutora Laura, às nove horas.

Ela ajeitou os óculos e consultou a agenda no computador que estava instalado no balcão.

— Doutora Caroline Guedert?

— Sim.

— Pegue aquele elevador ali — disse, apontando para o lado — e vá ao terceiro andar. Quando sair, caminhe pelo corredor até o final e, então, dobre à direita. Não tem como errar.

— Obrigada.

— Doutora Caroline?

— Sim.

— É para a vaga do doutor Michel que está aqui?

— Sim.

— Posso lhe dar um conselho?

— Claro — respondeu, pensando que todos pareciam ter algo a dizer sobre a vaga.

— Tire os óculos. A doutora Laura gosta de olhar nos olhos das pessoas quando está conversando.

— Ah, sim, claro! Que descuido o meu — disse, retirando os óculos e mostrando duas olheiras causadas pela noite insone.

— Nossa! Querida, você é muito bonita, mas seu olhar está péssimo.

— Dirigi a noite toda. Não tive como retocar a maquiagem.

A mulher olhou no relógio, abriu uma gaveta e retirou um estojo de maquiagem.

— Tome, pode usar. O banheiro é ali e você tem três minutos.

Ela pegou o estojo, ficou pensativa por alguns instantes e depois sorriu para a mulher e lhe agradeceu.

Foi ao banheiro e voltou com uma aparência bem melhor. Ao devolver o estojo de maquiagem, havia uma xícara de café no balcão.

— Agora, sim. Está bem melhor. Trouxe um pouco de café, mas não coloquei açúcar. Beba, irá lhe fazer bem.

— Obrigada, é muito gentil da sua parte.

— A doutora Laura tem o açúcar como um inimigo mortal e, de tanto me cobrar, acostumei-me a beber café sem adoçá-lo. Mas, se quiser, posso trazer açúcar para você.

— Não, está ótimo. Também bebo café sem açúcar.

Ela tomou alguns goles.

— Que indelicadeza a minha, não sei o seu nome.

— Ah, meu nome é Lúcia.

Caroline se despediu, caminhou até entrar no elevador e apertou o botão do terceiro andar.

Quando a porta se fechou, Marcela aproximou-se do balcão.

— O que achou? — A recepcionista quis saber.

— Simpatizei com ela.

— Eu também, e as informações sobre ela dizem que é muito competente. Pertencia à equipe do renomado doutor Salomão, e não poupou elogios quando conversei com ele. Mas é delicada demais, Marcela, parece uma boneca de porcelana e, infelizmente, não tem a menor chance de conseguir a vaga do doutor Michel.

— Você acha?

— A doutora Laura irá fritá-la em um caldeirão de óleo fervente.

Caroline conferiu o horário e, quando as portas do elevador se abriram, caminhou por um largo corredor. O piso era revestido de porcelanato em tom de areia, as paredes eram de concreto até a sua cintura e, depois, o vidro limpíssimo mostrava salas, consultórios e ambulatórios. Alguns médicos e enfermeiros conversavam em uma das salas e olharam para ela com curiosidade e interesse.

Caroline chegou ao final do corredor e dobrou a direita, conforme Lúcia havia indicado. A sala não tinha as paredes de vidro, mas havia uma porta de madeira de lei e uma placa de vidro com letras douradas: "Doutora Laura".

Ela respirou fundo, bateu à porta, aguardou a autorização e entrou.

— Bom dia.

A sala era ampla, bem decorada, com filetes de madeira clara e escura nas paredes e três quadros com fotografias em preto e branco de florestas cobertas de neve. Havia um sofá de três lugares de couro branco no canto, uma mesa de centro de vidro, com um vaso de flores, e um aparador com alguns porta-retratos. A escrivaninha ficava no fundo da sala, iluminada pelos raios do sol, pois as cortinas, de um tecido estampado e claro, estavam recolhidas e amarradas por uma fita fina e delicada. Atrás da escrivaninha, havia uma mulher sentada em uma cadeira grande, com os braços cruzados sobre o tampo de vidro. A luz do sol a iluminava por trás e as sombras dançavam em sua face.

— Bom dia. Entre, doutora Caroline — disse com uma voz fria, grave e pausada. — Estou esperando por você.

Ela entrou e caminhou sobre um tapete persa, parando diante da escrivaninha.

— Sente-se, por favor.

Caroline sentou-se, colocando a bolsa e a pasta no colo, e conseguiu ver os detalhes da mulher à sua frente. Ela vestia um terno preto com uma camisa vermelha, que combinava com um lenço da mesma cor amarrado no pescoço. Seus cabelos eram grisalhos, e seu rosto tinha rugas que lhe davam uma aparência forte e decidida, e essa impressão era ampliada por seus olhos azuis faiscantes. O nariz era pequeno, contrastando com a boca de lábios estreitos, pintados com um batom rosa-claro. As unhas eram pintadas na mesma cor e, no pulso esquerdo, havia dois braceletes finos de ouro e um relógio valioso de uma marca que Caroline cobiçava havia muito tempo.

Em um primeiro impulso, a jovem ia estender o braço para apertar sua mão, mas desistiu da ideia, porque a doutora Laura não havia movido um músculo sequer. Os olhos azuis percorreram o seu corpo, estudando sua roupa, cabelo, maquiagem, e ela podia jurar que até mesmo a posição em que estava sentada estava sendo avaliada.

— A doutora gostaria de beber alguma coisa?

— Não, obrigada, doutora Laura. Já bebi um café na recepção.

— Sem açúcar, é claro. Presumo que uma médica com um mínimo de conhecimento deve saber sobre os malefícios do açúcar e evitá-lo.

— Claro. Não uso o açúcar há algum tempo — disse, lembrando-se da informação preciosa de Lúcia.

— Muito bem. Podemos iniciar a sua entrevista?

— Sim.

— O que a doutora achou deste lugar? Acredito que tenha vindo caminhando. Passou pelo jardim, pela recepção e pelo corredor onde ficam as salas dos médicos?

— Sim, passei por esses locais — respondeu, sorrindo meio sem jeito.

— Muito bem. E qual a sua impressão?

— Achei o jardim, ou melhor, a área externa muito grande, arborizada, com planejamento, o que indica que, no inverno, é agradável para ficar ao sol e, no verão, deve ser mais agradável ainda ficar sentado nos bancos à sombra das árvores. A recepção é ampla, o que facilita a locomoção de cadeiras de rodas, macas ou pacientes com muleta. Já este andar me pareceu ter um design característico dos consultórios onde já trabalhei, com exceção das paredes de vidro, e confesso que achei bem interessante, embora deva ser um pouco mais difícil de climatizar.

— E quanto aos meus funcionários? Chegou a falar com algum?

— Sim, falei com três dos seus funcionários.

— E qual a sua impressão?

Caroline pensou em falar que o guarda fazia perguntas demais, que a enfermeira que encontrara era desastrada e fofoqueira e que a secretária, além de se vestir com roupas inadequadas e reparar em suas olheiras, oferecera um estojo pessoal de maquiagem. Mas, em seguida, lembrou-se do sorriso e da simpatia do guarda, de que a enfermeira poderia estar sobrecarregada e de que a secretária era uma pessoa bondosa e apenas quisera ajudá-la.

— Seus funcionários parecem felizes por trabalhar aqui. Trabalham com afinco e adoram ajudar as pessoas — respondeu, encarando os poderosos olhos azuis.

A doutora Laura absorveu a resposta e continuou:

— Diga-me, doutora, o que sabe sobre este local?

— Bem, este hospital...

— Não somos um hospital.

— Desculpe — respondeu, tentando se corrigir —, é o termo que achei mais apropriado.

— Mas está enganada. Este lugar é um centro de convivência para idosos e pacientes especiais, mas não é um hospital. Não temos pronto atendimento, e os pacientes que estão aqui precisam preencher uma série de requisitos para serem aceitos. Não basta somente querer ou ter dinheiro para estar aqui. Claro que são questões fundamentais, *sine qua non*, mas é necessário que este local o aceite.

— Entendi — respondeu automaticamente.

— Perguntarei novamente, o que sabe sobre este lugar?

Caroline respirou fundo e sentiu o cansaço por ter dirigido a noite toda, pois o aviso para a entrevista tinha sido repentino e, por esse motivo, não tinha conseguido um voo. Pensara em rejeitar, mas desejava trocar de emprego o mais rápido possível, e seria o primeiro passo para mudar de vida. Ela já estava decidida a sair da capital e era por isso que dirigira a noite toda e, agora, estava ali, exausta, procurando colocar as ideias em ordem para responder aos questionamentos da melhor forma possível.

— O Centro de Convivência Souto Lima foi fundado pela senhora e por seu marido, o doutor Ítalo. É um local que recebe pacientes com idade avançada e funciona como um centro de convivências para lazer e tratamento de doenças. O local possui geriatras em diferentes especialidades e é referência internacional no tratamento de idosos. Ele foi parcialmente destruído por um bombardeio durante a guerra, e seu marido, o doutor Ítalo Souto Lima, perdeu a vida nesse dia. O lugar foi reconstruído pela senhora, sendo de grande importância para o tratamento dos soldados feridos, e foi usado no desenvolvimento de novos medicamentos, como, por exemplo, a testoclorina. Esse foi apenas um dos medicamentos que foram desenvolvidos neste lugar durante a guerra, em parceria com a Universidade Federal. É o que sei sobre este centro e por isso estou aqui, porque gostaria de trabalhar em um lugar como este. Candidatei-me para preencher a vaga deixada pelo doutor Michel, o renomado médico que, infelizmente, morreu em um acidente de automóvel há três meses.

A doutora Caroline percebeu que, ao mencionar o doutor Ítalo, a doutora Laura permanecera imóvel, mas seus olhos se moveram, e ela balançou levemente a cabeça ao ouvir o nome do doutor Michel, como se afastasse uma lembrança. Concluiu, silenciosamente, que ele tinha sido mais do que um funcionário.

— Muito bem, isso basta. Sei tudo sobre a senhorita, doutora Caroline — disse, tamborilando as pontas dos dedos na pasta. — Desde a época em que entrou na Universidade.

— Então, se estou aqui, é porque o meu currículo lhe agradou?

— Sim e não. Diria apenas que cumpriu os requisitos mínimos. — Ela abriu a pasta, em que havia alguns papéis. — Sei, por exemplo, que veio de uma família humilde, estudou em colégio público e passou no vestibular de medicina em primeiro lugar. Ao se formar, foi para Paris e fez mestrado e doutorado na Université Paris Descartes e, então, retornou para trabalhar no Hospital Universitário Federal por três anos, na ala geriátrica, desenvolvendo um papel relevante junto aos pacientes que atendeu.

Ela cruzou os braços sobre a pasta.

— Estou correta?

— Sim, está correta.

A doutora Laura lançou um olhar felino.

— Diga-me, doutora Caroline, a senhorita acredita que alguém na minha posição, que precisa decidir uma importante contratação com esta, irá se basear apenas em um currículo?

— Não, claro que não. E por isso estou aqui, para poder apresentar as minhas habilidades.

— As suas habilidades, baseadas nas minhas pesquisas, demonstram ser mais do que suficientes para assumir o cargo que está vago.

— Então quer dizer que estou contratada? — perguntou, ansiosa, e depois se arrependeu por ter sido tão direta.

— Quando eu disse que pesquisei sobre você, quis dizer sobre *toda* a sua vida.

Um calafrio percorreu a espinha da jovem.

— Preciso fazer isso, porque o cargo que está vago é muito especial para este lugar. Sei que algo aconteceu recentemente em sua vida, algo muito grave, que a fez abandonar uma carreira promissora em um renomado hospital. Sei das suas capacidades e também que deixou a respeitada equipe do doutor Salomão. Para mim, isso mais parece um suicídio profissional. A questão é simples, doutora Caroline, a senhorita está buscando uma nova oportunidade ou está fugindo por...

— Basta! — Caroline a interrompeu, levantando-se. — A senhora tem todo o direito de pesquisar o meu passado profissional, faria o mesmo se estivesse no seu lugar, mas não tem o direito de pesquisar a minha vida particular. A senhora não me conhece, e não permitirei que faça comentários sobre assuntos que não lhe dizem respeito. Não tem esse direito, doutora. Sim, tive um problema particular e, sim, quero mudar de emprego. É por isso que estou aqui. Vim em busca de uma oportunidade, que é uma necessidade para a senhora, mas vejo que é impossível. E sabe o porquê, doutora Laura?

— Não, não sei. Poderia esclarecer para mim, por gentileza?

— A senhora não deseja substituir o doutor Michel. Ele era um ótimo profissional, um escritor renomado, e seus trabalhos estão espalhados pelo mundo. Mas ele sofreu um acidente, está morto e todos neste lugar já assimilaram isso.

Caroline colocou as duas mãos na mesa.

— Todos, menos a senhora.

A doutora Laura permaneceu em silêncio.

— Não dirigi a noite toda para que alguém que não conheço faça qualquer comentário sobre a minha vida particular. Isso eu não permitirei! Passar bem, doutora!

Ela pegou as suas coisas e se dirigiu para a porta.

— O emprego é seu.

Não houve alteração na voz. Foi como se falasse sobre o clima. Caroline parou e se virou para a mulher.

— O que disse?

— O emprego é seu, se desejar. A menos, é claro, que não o queira mais ou não aceite o valor que tenho a oferecer, embora acredite que a minha oferta será melhor do que o seu emprego atual.

— Não entendi. Como assim, o emprego é meu?

Ela pegou o telefone e digitou alguns números.

— Cibila, por favor, mande-os entrar.

— A porta se abriu, e entraram o guarda, a recepcionista e a enfermeira.

— Mas...

— Acalme-se — disse a doutora Laura. — Eles a conhecem, mas há uma necessidade urgente em refazer as apresentações. Na verdade, este é o doutor Mário, meu supervisor, esta é a doutora Lúcia, a nossa psicóloga, e esta é a doutora Marcela, a gerente do setor de enfermagem. A senhora pode estranhar, mas foi entrevistada por mim e por eles. Os candidatos que chegam até aqui, obviamente, passaram na fase de análise da sua experiência profissional, mas não foram aprovados, porque reclamaram que o guarda faz perguntas pessoais e fala demais, não ajudaram uma pessoa que cometeu um erro, perdem tempo com fofocas ou não aceitam usar algo que já tinha sido usado por alguém. Isso, é claro, sem contar o consumo do açúcar.

A doutora Laura levantou uma das sobrancelhas.

— Agora diga-me, doutora Caroline, como é que um médico que pensa e age dessa maneira pode cuidar adequadamente de uma pessoa idosa?

— Então tudo não passou de um teste?

— Sim — disse o doutor Mário. — Todos os candidatos são testados desde que passam pela portaria, e você foi a única que conseguiu passar por todos.

— E estamos muito felizes — acrescentou a doutora Lúcia.

— Seja bem-vinda — Marcela falou rapidamente.

— Então — Laura retomou a palavra —, aceita trabalhar conosco?

Caroline piscou, ainda um tanto atordoada, mas já estava decidida:

— Aceito — respondeu, intrigada com o método nada convencional ao qual fora submetida.

— Muito bem. Doutora Marcela, por gentileza, poderia levá-la até o departamento pessoal para que possam instruí-la sobre os detalhes de sua admissão?

— Por favor, queira me acompanhar.

Caroline se virou para a mulher atrás da mesa.

— Obrigada, doutora Laura.

— Pelo quê?

— Por me aceitar.

— Não me agradeça. Estou apostando em você, doutora, e espero provas de que fizemos a escolha certa ao contratá-la.

— Venha, doutora Caroline — Marcela chamou-a.

Assim que as duas mulheres saíram, Mário e Lúcia aproximaram-se da mesa.

— Ela foi uma boa escolha — afirmou ele.

— Acredito que tem o perfil que estamos procurando — Lúcia concordou.

— Pode ser — disse a doutora Laura, sem dar muito crédito à jovem —, mas acredito, ou melhor, tenho certeza de que não conseguirá se adaptar e, em menos de um mês, irá embora.

— Por que acha isso? — perguntou Mário.

— Porque ela está destruída por dentro, da mesma forma como os bombardeios fizeram com este lugar durante a guerra.

— Mas este lugar foi reconstruído — afirmou a doutora Lúcia.

— Esse é o ponto de interrogação que existe em minha mente neste momento. Será que a doutora Caroline terá forças para se reconstruir?

LEMBRANÇAS

— A operação foi cancelada — disse o doutor Salomão para o grupo de médicos que estava na sala.

— O que aconteceu? — perguntou um deles.

— A febre voltou, e voltou com força — respondeu, sem nenhuma emoção na voz. — Precisamos fazer novos exames para descobrir a causa, mas uma coisa já decidi: a cirurgia não será mais realizada. O doutor Fúlvio e a doutora Fernanda continuam no hospital, mas você, doutora Caroline, está liberada.

A doutora Fernanda bateu nas costas da amiga.

— Em plena sexta-feira. Que sorte a sua.

— Acho que sim, ainda mais depois de um dia duro de trabalho como o de hoje — respondeu sorrindo.

— Com certeza.

— Estão dispensados — disse o doutor Salomão. — Fúlvio, venha comigo. Quero que veja alguns exames que acabaram de chegar. Assim como a doutora Caroline é a minha menina de ouro em cirurgias geriátricas, você é o menino prodígio em tomografia, e quero ouvir sua opinião.

— Claro, doutor Salomão.

•

A doutora Caroline abriu a porta do boxe do banheiro, que estava embaçado pelo vapor do banho quente, e saiu enrolada em uma toalha. Ela assobiava sua canção preferida. Abriu o armário, pegou suas roupas e colocou-as sobre a mesa.

Foi quando sua amiga, Patrícia, uma enfermeira que trabalhava na emergência, surgiu em meio ao vapor. Era morena, alta, de corpo esbelto, cabelos cacheados, olhos amendoados e uma boca carnuda.

— Aí está você, Caroline! Estou a procurando em todo o hospital. Cheguei a pensar que já tinha ido embora.

— A cirurgia foi cancelada, Patrícia, mas não iria embora sem falar com você.

— Eu soube, e isso só prova que nesta noite os deuses da luxúria estão a seu favor.

Patrícia tinha um embrulho nas mãos e o entregou para a amiga.

— A sua encomenda está aqui, espero que sirva. Sabe que o ideal é provar antes, então não reclame se ficar um pouco apertada. Aliás, se ficar, é até melhor.

Caroline abriu o pacote. Havia uma lingerie preta com detalhes em renda.

— É linda.

— Claro que é, fui eu que comprei. Ah, quase esqueci.

A enfermeira colocou a mão no bolso do jaleco e tirou um pequeno embrulho.

— O que é isso?

— É uma liga de perna. Comprei de renda, para combinar. Veja, tem até alguns brilhantes, porque acho que é mais sexy. A regra de ouro é: não é você que deve tirar. Deixe-o decidir, entendeu?

— Acho que sim.

— Agora termine de se enxugar e coloque a lingerie.

A doutora fez o que a amiga havia pedido.

— Como ficou?

Patrícia olhou para ela, pensativa.

— Vire-se.

Ela deu uma volta.

— E então?

— A sua bunda.

— O que tem ela?

— Sinto muito, mas preciso dizer a verdade. Sua bunda está cheia de celulite, e o seu peito está caído.

— Patrícia!

A amiga se aproximou e colocou as mãos em seus ombros.

— Você é linda, Caroline, uma das mulheres mais lindas que já conheci. Termine de se vestir e vá ao encontro de Augusto. Esqueça que é uma médica, esqueça que teve um dia difícil, esqueça seus pacientes. Esqueça a razão, a lógica, tudo, e use apenas o instinto animal que todas nós temos. Traga de volta a fêmea que existe em você, a fera soterrada sob séculos de civilização. Libere o sentimento mais primitivo que existe aí dentro, somente ele, nada mais. Viva, minha amiga, apenas viva, e faça isso com o homem que você ama.

Caroline deu um abraço sincero na amiga.

— Muito obrigada, Patrícia.

— Sempre estarei ao seu lado. Agora vá e seja o súcubo de Augusto.

•

A porta do apartamento abriu com o mínimo de ruído. Caroline entrou e trancou-a, colocou sua bolsa sobre o sofá e tirou a roupa na sala, ficando apenas de lingerie. No início, sentiu frio, mas logo depois as batidas do coração aumentaram e sentiu um calor que cresceu e parecia queimá-la por dentro. Conferiu a lingerie, ajeitou a liga na perna e, então, caminhou descalça, como uma felina, atravessando a sala iluminada apenas pela claridade da lua cheia. Sentiu-se como uma feiticeira prestes a seduzir um jovem camponês em alguma aldeia distante. Seria um súcubo, pecadora e obscena, que enfeitiçaria o coração de um homem, tornando-o seu para sempre. Atravessou o corredor sentindo-se imponente, poderosa, dona do destino do homem que encontraria em breve.

A porta do quarto estava entreaberta. Ela respirou fundo e abriu-a com cuidado. Então, viu uma cena que congelou o seu coração.

Havia um homem nu na cama e, sobre ele, uma mulher. Seu cabelo era comprido, estava solto, e vários fios estavam colados em seus ombros suados. Caroline distinguiu gotas de suor na testa da bela mulher. Um suor de prazer que deveria ser seu. A janela do quarto estava aberta e a luz do luar dava aos corpos uma tonalidade azulada, como uma pintura, só que em movimento. Ela conhecia a jovem — era Pâmela, médica cardiologista e uma de suas melhores amigas no hospital.

Caroline sentiu uma convulsão. Seu estômago se contraiu, e ela vomitou sobre os próprios pés descalços.

Pâmela olhou para a porta aberta e gritou. Saltando de cima do homem, puxou o lençol e se protegeu no canto do quarto como um animal acuado diante de uma fera. Mas Caroline não representava nenhum perigo. Toda a coragem, a autoconfiança e o poder que a tinham levado até aquele quarto haviam se dissipado.

O homem se levantou e ficou parado na sua frente. Ele era jovem, seu corpo nu musculoso estava suado, e a expressão de desespero e desonra em seus olhos destruíram qualquer pensamento na mente da jovem parada diante da porta.

•

Caroline acordou em um sobressalto, com o corpo encharcado de suor. Levou as mãos ao rosto, procurando controlar a sua respiração, mas não conseguiu. Correu até o banheiro e vomitou dentro do vaso sanitário. Continuou até não haver mais nada no estômago, até cair de joelhos, com os olhos cheios de lágrimas. Sem saber se eram pelos espasmos contínuos ou pela lembrança que a atormentava. Finalmente levantou-se, lavou o rosto, foi até o frigobar, pegou uma garrafa de água e apoiou-se na janela. Era madrugada, e ela ficou observando as luzes da cidade que havia escolhido para recomeçar.

Estava chovendo, e as gotas caíam na janela e escorriam pelo vidro por caminhos aleatórios. Olhou para o letreiro do hotel onde estava hospedada e depois para a rua, quando um carro passou em alta velocidade, fazendo o barulho característico sobre um asfalto molhado.

Caroline havia abandonado tudo, sua família, seu trabalho e seus amigos. Escolhera fugir, deixar tudo o que havia conquistado para começar de novo. E o que leva uma pessoa a recomeçar? Uma grande tragédia, a vontade de construir algo novo ou uma traição. No seu caso, era a terceira opção. Tivera um grande motivo para fugir, para abandonar tudo que havia conquistado. Mas para onde estava indo? O que o destino reservaria para ela naquele lugar? Não tinha certeza, mas prometera seguir seus instintos. Havia conseguido um ótimo emprego, um sinal de que estava no caminho certo. Sempre planejara suas decisões meticulosamente, mas dessa vez seria diferente. Queria fazer o que nunca havia feito em sua vida.

Desejava arriscar. Não sabia para onde suas escolhas a levariam, mas estava disposta a correr o risco para descobrir. Era a sua decisão final. Havia apostado o seu destino naquela cidade e, apesar de não fazer ideia do que estava em jogo, iria até o fim para descobrir se a sua aposta valeria a pena.

A CASA DO CAPITÃO

Os dois carros estacionaram em frente à casa quase ao mesmo tempo. Caroline desceu primeiro e esperou que a mulher apanhasse seus papéis e saísse do carro a seu tempo.

— Chegamos. Tenho certeza, doutora Caroline, de que irá se apaixonar por ela.

A jovem médica analisou a frente da casa. Era antiga, construída com tábuas de largura estreita, encaixadas perfeitamente e pintadas de branco. Os pilares de sustentação da varanda da frente eram cobertos de trepadeiras, e o telhado era novo, com telhas em formato germânico, que desciam harmoniosamente sobre a estrutura. A varanda era grande e, junto à porta de entrada, duas cadeiras de vime estavam dispostas uma ao lado da outra. A garagem ficava fora da casa, era construída com troncos largos de madeira, e seu telhado era coberto de plantas que desciam enroladas nos pilares até o chão. O muro na frente da casa era um gradeado de madeira, pintado de branco, mas desbotado pela ação do tempo. Havia um grande carvalho na parte esquerda da casa, e ela percebeu que, nos fundos, existiam diversas árvores, com altas copas, que ultrapassavam a altura do telhado. O gramado estava em péssimo estado: tinha alguns buracos e estava repleto de ervas daninhas.

— Não sei, Carla. Parece aconchegante, mas é muito antiga. Confesso que adoro plantas, adoro mexer com a terra, mas achei o gramado grande demais, tem muitas árvores. Queria uma coisa menor, até porque não terei muito tempo para cuidar de tudo.

— Por favor, não decida ainda, doutora. Vamos entrar e conhecer a casa.

Caroline olhou ao redor. As outras casas eram de alvenaria, novas e com design elegante. A única que destoava era aquela na qual ela estava prestes a entrar. Então, olhou para o outro lado da rua. À sua frente, havia uma bela livraria, e um jovem parado junto à porta a observava com curiosidade. Ao lado de onde ele estava, uma mulher organizava, com dois funcionários, as mesas que ficavam na calçada. A mulher percebeu que o jovem observava a moça do outro lado da rua, então se aproximou e disse alguma coisa para ele, que olhou para Caroline, balançou a cabeça e entrou. Sem dar atenção ao ato, a jovem continuou a observar as redondezas. Algumas dezenas de metros à frente, havia uma cantina de massas e, na outra esquina, uma padaria, também com mesas na calçada, onde algumas pessoas estavam sentadas, tomando café e conversando. Caroline olhou novamente para a casa, para o vento batendo nos galhos das árvores, e teve uma sensação estranha, como se eles estivessem dançando, felizes com sua presença. Não soube explicar, mas também se sentiu feliz, em paz ao estar ali. Sentiu uma alegria que começou pequena, mas foi aumentando até preencher todo o seu coração. Carla, a corretora, era uma mulher de cinquenta anos, baixa, vestindo um terno azul com o nome da imobiliária bordado no lado direito do peito.

— Doutora, não cheguei a falar sobre este bairro, mas tenho certeza de que irá adorá-lo. É bastante tranquilo. Venha, vamos conhecer o interior da casa.

As mulheres caminharam até a varanda, subiram os degraus de madeira e a corretora abriu a porta.

— Deixe-me abrir as janelas para que possa ver melhor, porque não há energia.

— Está bem.

À medida que ela foi abrindo as janelas, Caroline pôde perceber a mobília antiga, o sofá clássico com o estofado em vermelho e a mesa de jantar de madeira escura, com pés largos e entalhes sinuosos. Ela puxou uma das cadeiras para constatar que o estofamento estava em ótimo estado. Passou a mão suavemente pelos entalhes na madeira da cadeira e imaginou as pessoas que haviam sentado nela, as conversas agradáveis, os sorrisos e as confidências. Então, caminhou até um grande aparador de madeira, abriu uma das gavetas e pegou um porta-retratos vazio.

— Esta não é uma casa comum, doutora Caroline. Ela pertenceu ao capitão Afonso e sua esposa. A senhora conhece a história?

— Não, não conheço.

— A senhora nunca se interessou pela guerra?

— Não — respondeu honestamente, colocando o porta-retratos dentro da gaveta e fechando-a em seguida.

Caminhou pela sala, depois dirigiu-se à porta do quarto do casal e constatou que as mobílias eram clássicas e refinadas. Em seguida, conferiu os outros cômodos.

A corretora a acompanhou.

— Ele foi um herói da guerra. Era muito valente, e os soldados que comandava tinham grande respeito e admiração por ele. O capitão Afonso morreu salvando seus companheiros em uma das últimas batalhas, pouco antes do armistício ser assinado. Dizem que salvou mais de dez soldados antes de ser abatido.

— E quanto à sua esposa? — perguntou com curiosidade. — O que aconteceu com ela?

— Seu nome era Luíza, e teve um fim trágico. Após as homenagens de sepultamento do capitão Afonso, ela estava retornando para casa quando um bombardeio atingiu a rua por onde caminhava.

— Que fim terrível para ambos — disse Caroline com pesar. — Meu pai teve mais sorte. Ele lutou na guerra, mas voltou para casa e, alguns anos depois, casou-se com a minha mãe.

— Então deve ter muitas histórias para contar.

— Ele nunca falou sobre os horrores que vivenciou. O máximo que nos contou foi que nunca se sentiu um herói, apenas fez o que tinha que fazer.

Ela caminhou pela sala, tocando os móveis e as paredes. No início, não havia gostado da casa, mas foi se familiarizando e simpatizando com o ambiente aos poucos.

— Como eles não tinham nenhum parente vivo — continuou a corretora, como se não houvesse interrompido a narrativa —, a casa acabou passando para o governo. Entretanto, como o capitão Afonso era militar, o imóvel foi mudando de mãos e passou para o exército, que vem cuidando dela durante todos esses anos. A ideia original era fazer um museu, mas, já que não há recursos para isso, os militares nos contrataram para alugá-la. O dinheiro do aluguel será repassado para a associação que cuida dos veteranos.

— Então esta casa pertence ao exército?

— Sim. O telhado é novo, todas as paredes foram pintadas no ano passado e a mobília foi reformada. É aconchegante, bem iluminada e fica perto de onde a doutora irá trabalhar.

A médica entrou na cozinha. Havia uma mesa para quatro lugares, um balcão grande coberto com mármore e uma pia em estilo colonial. O fogão de bancada havia sido colocado recentemente, pois destoava um pouco do ambiente.

— O fogão é novo e toda a tubulação foi refeita — informou enquanto abria a porta dos fundos. — Agora, venha aqui fora. Deixe-me mostrar uma coisa.

Elas saíram para uma varanda espaçosa. Ao seu lado, havia duas espreguiçadeiras de vime em ótimo estado. Nas vigas de madeira que sustentavam a varanda, havia ganchos de parede para colocar vasos de flores e dois xaxins de fibra de coco pendurados por correntes enferrujadas, sem nenhuma planta. O terreno nos fundos da casa era amplo, com calçadas feitas de pedra, que circulavam mais de uma dezena de árvores, a maioria frutífera. Havia pássaros coloridos nas árvores, que, ao verem as duas mulheres, saíram voando. Junto aos muros, existiam canteiros, e a jovem imaginou como aquele lugar ficaria bonito se fosse bem cuidado.

— Viu os pássaros? Este lugar é um refúgio para eles. A doutora estará sempre em boa companhia.

Caroline caminhou pela varanda até a extremidade e, sem descer os degraus, ficou olhando as árvores balançando com o vento leve daquele fim de tarde.

— As árvores não parecem tão velhas.

— Algumas foram plantadas pelo capitão e por sua esposa, como aquele velho carvalho lá no fundo, mas as demais foram substituídas por uma equipe do exército quando ficaram velhas ou doentes.

— Por que fazem isso?

— Como já disse, até dois anos atrás, havia a possibilidade de tornar este lugar um museu, e acredito que é por isso que o mantiveram em tão bom estado, apesar de tudo.

— Carla, achei muito bonito, mas...

— Doutora Caroline, imagine os canteiros floridos, plantas novas nos vasos e a grama verde e aparada. Imagine como este lugar ficará e a tranquilidade de morar em um ambiente tão agradável.

Um beija-flor apareceu e ficou alguns instantes diante da jovem médica, distante não mais de meio metro. Ela olhou o pequeno pássaro verde com tons azulados pairando no ar, olhando-a com curiosidade. Então, o pássaro soltou um silvo e voou, desviando-se dos galhos, desaparecendo no céu.

— Você viu, Carla? Meu Deus! Ele ficou na minha frente!

A corretora sorriu.

— Até os pássaros a querem aqui.

— Este lugar parece mágico!

— Ele é mágico, doutora Caroline, e pode ser seu novo lar.

— Não sei, Carla. De todos os lugares que me mostrou, este me parece ser o melhor, até lembra um pouco a minha casa, minha infância, mas...

— Mas?

— Como já disse, a parte externa é muito grande e vai dar muito trabalho mantê-lo limpo e organizado.

— Doutora Caroline, vou lhe fazer uma proposta. Contratarei uma empresa para pintar o muro da frente da casa, deixar o gramado impecável e ainda recuperar o pomar, cortando os galhos secos e retirando as folhas que estão no chão. Transformarei esta casa num pedaço do paraíso e farei isso especialmente para a senhorita.

A mulher piscou para ela.

— Então, o que me diz?

A jovem passou a mão na espreguiçadeira e ficou pensando nas vantagens que teria em aceitar a proposta. O preço do aluguel não era nenhuma pechincha, mas era melhor do que a maioria das casas que havia visitado.

— Vou lhe conceder um desconto de dez por cento no aluguel e que Deus me ajude com os militares. Aceite, doutora. Posso assegurar que não encontrará um lugar melhor na cidade.

— Está bem, Carla. Você me convenceu. Aceito.

A mulher sorriu.

— Fez uma ótima escolha, doutora. Não irá se arrepender.

— Espero que não.

— Tive um pressentimento assim que entramos nesta casa.

Caroline olhou para o sol, que se punha naquele belo final de tarde, e pensou em como seria tomar uma taça de vinho contemplando aquela paisagem.

— E qual foi esse seu pressentimento?

— De que esta casa estava esperando pela senhorita.

A doutora sorriu, mas a simpatia do seu sorriso não foi pelo comentário de Carla, mas porque tivera a mesma impressão.

NÍVEIS

A manhã estava ensolarada, e vários pacientes estavam espalhados pelo gramado, tomando sol, fazendo exercícios ou sentados nos bancos, folheando revistas ou lendo livros.

A doutora Marcela caminhava pelo gramado com Caroline, parando para conversar com os pacientes. A jovem médica fazia questão de falar com todos os funcionários e conversar com todos que encontrava. Havia percebido certa desconfiança em alguns deles, mas achou natural. Afinal de contas, estava ocupando o lugar do doutor Michel e era óbvio que fariam comparações.

— Estas são as fichas de alguns pacientes — disse Marcela, entregando algumas pastas azuis para a médica. — São os pacientes do nível três. Os níveis indicam o estado do paciente. Nível um são os que podem fazer qualquer atividade, como se locomover, se alimentar e até mesmo praticar algum esporte. Para esses, há uma área esportiva, duas quadras de vôlei, uma de tênis e uma piscina térmica coberta, além de uma programação diária para realização de exercícios, com supervisão dos fisioterapeutas. Nível dois são os pacientes com limitação de locomoção, restrição de alimentação ou incapacidade de realizar exercícios físicos. Nível três são os pacientes que estão em quartos e recebem tratamento para alguma doença. Nível quatro são os pacientes que exigem cuidados especiais. É como se fosse a UTI de um hospital convencional.

A doutora Caroline balançou a cabeça em sinal afirmativo, e a outra continuou a explicação:

— Cinquenta por cento dos idosos que estão aqui pertencem ao nível um. São aposentados. Diria que são solitários e vêm para este lugar como se viessem para um clube. Fazem atividades físicas, exames, conversam, enfim, se divertem e trocam experiências. Eles ficam até o final da tarde, quando retornam para suas casas, mas também é possível dormir aqui se desejarem. Há um transporte especial que traz os idosos e os leva até seus lares. Muitos vêm uma vez para conhecer e não param mais de frequentar.

— Sabe, doutora Marcela, olhando o tamanho deste lugar e a sua estrutura, pergunto-me como a doutora Laura consegue manter tudo isto funcionando.

— Isto aqui é uma mina de ouro administrada com muita competência pela doutora Laura. Além do dinheiro pago pelos idosos que frequentam este lugar, há recursos do governo, parcerias com a Universidade Federal e o pagamento de *royalties* dos medicamentos que foram desenvolvidos aqui durante a guerra. Além, é claro, dos militares, que fazem repasses de grandes somas em dinheiro para cá.

— Os militares repassam dinheiro para este lugar?

— Este centro médico sofreu um pesado bombardeio durante a guerra, que quase o destruiu completamente e causou a morte do doutor Ítalo. Os militares auxiliaram na sua reconstrução, enviaram centenas de soldados feridos, e, em troca, quando a guerra acabou, a doutora Laura exigiu de alguns generais uma compensação. Como recompensa pelos excelentes serviços prestados, o Centro Souto Lima recebe até hoje uma boa quantia dos militares.

— Imagino que vários veteranos costumam frequentar este lugar.

— Sim.

— Ainda há algum internado?

— Só resta um.

— Só um?

— Está conosco desde o fim da guerra. Chegou aqui com o corpo todo queimado e há boatos de que guarda um grande segredo. Sugiro que nunca faça nenhum comentário a seu respeito.

— Um segredo?

— Sim, um segredo que os militares não querem que seja divulgado. Por isso está aqui.

— Ele nunca disse nada?

— Algumas enfermeiras já o ouviram dizer frases desconexas, gritar nomes de companheiros, coisas desse tipo.

— Imagino que esteja no nível quatro.

— Sim, e é o único paciente que a doutora Laura atende pessoalmente. Alguns acreditam que ela sabe seu segredo, e, quando ele morrer, ela e os militares poderão respirar aliviados.

— Que mistério intrigante — murmurou, mais para si mesma do que para a companheira. Aquele lugar parecia cheio de segredos, mais até do que ela gostaria. — Quando vou conhecê-lo?

— Primeiro, quero lhe mostrar a sua sala, que pertencia ao doutor Michel. Finalmente, a doutora Laura permitiu que encaixotássemos as suas coisas.

— Ele deixou algum registro pessoal sobre os pacientes?

— Tudo foi entregue para a doutora Laura. Você pode até falar com ela, mas duvido que lhe entregue uma única página.

— Por quê?

A doutora Marcela sorriu maliciosamente. Parecia mesmo gostar das fofocas.

— Medo de que tenha escrito algo que possa incriminá-la.

•

O consultório que pertencera ao doutor Michel era amplo, tinha duas poltronas de couro cinza, um belo tapete entre as duas e uma pequena mesa de centro feita de vidro, em um design elegante, sobre a qual havia algumas revistas de geriatria. Havia dois armários novos junto à parede e, próxima à janela, uma mesa retangular. Sobre a mesa, repousava um notebook de última geração, além de um vaso com uma orquídea vermelha e um cartão de boas-vindas assinado pela doutora Laura. Atrás da mesa, havia uma janela ampla, que permitia enxergar o gramado, as árvores e parte da cidade, já que a sala se localizava no terceiro andar. Nas extremidades da janela, havia dois vasos grandes com dracena arbórea.

— Então, o que achou? — perguntou a doutora Marcela.

— É muito bonito — disse, deslizando a mão pela mesa, pelo notebook branco e parando em frente à janela.

— E quanto às flores? — perguntou a doutora Laura, parada na porta.

— Doutora Laura, bom dia! — respondeu Caroline, um pouco surpresa.

— Bom dia! — respondeu-lhe, caminhando em direção às duas mulheres que estavam na sala.

— Doutora Laura! — saudou Marcela, com um breve acenar de cabeça.

— Bom dia, doutora Marcela. E então, doutora Caroline, diga-me, qual a sua impressão?

— É uma ótima sala. As flores são lindas, assim como o notebook. — Ela pegou o cartão e passou os olhos pela mensagem de boas-vindas. — Agradeço pela gentileza. Muito obrigada.

— Não me agradeça. Retribua a confiança que estamos depositando em você e faça por merecer o seu pagamento e a memória do médico que está substituindo.

— Quanto a isso, não se preocupe. Darei o meu melhor.

— Obrigada. Era exatamente o que esperava ouvir. Agora, se me dão licença, tenho uma reunião com alguns fornecedores de medicamentos.

— Doutora Laura?

— Sim, doutora Caroline.

— Eu poderia ter acesso às anotações feitas pelo doutor Michel? Acredito que me auxiliariam junto aos pacientes que ele atendia.

Um pesado silêncio caiu na sala, e a doutora Marcela olhou com ar de reprovação para Caroline.

— Infelizmente, isso não será possível.

— Posso saber por quê?

— Porque existem anotações pessoais em seus registros, e eu gostaria de preservá-las. Mas não se preocupe, temos um sistema que possui tudo de que precisará, e tenho certeza de que a doutora Marcela e a doutora Lúcia poderão ajudá-la. Agora, se me dão licença...

Assim que a mulher se afastou, Marcela se aproximou.

— Cuidado, doutora Caroline! Avisei que a doutora Laura não autorizaria o seu acesso a essas informações.

— Apenas solicitei algo que poderia ajudar no meu trabalho — respondeu sorrindo.

— A soberba é um pecado — alertou.

— Mas não fiz nada de mais.

— Você precisa saber duas coisas importantes sobre este lugar. A primeira é que o doutor Michel era um homem especial para a doutora Laura. Ninguém sabe, e acredito que ninguém nunca saberá o porquê . A única pessoa que pode revelar essa informação é a própria doutora, mas ela é fria como gelo e jamais revelará seus sentimentos. A segunda, e mais importante, é que quem desejar enfrentá-la sempre sairá derrotado. Não sei se estava acostumada a enfrentar seus superiores, mas vou lhe dar um aviso para que se lembre todas as vezes que passar pela portaria deste centro: entrar em uma discussão com a doutora Laura é suicídio. Você me entendeu?

— Sim, entendi.

— Muito bem. Vou deixá-la arrumar suas coisas por aqui e, no início da tarde, começaremos as visitas aos pacientes no nível três.

— Obrigada, doutora Marcela.

Enquanto a moça se afastava, o seu celular tocou, preenchendo a sala com uma melodia discreta.

— Mãe! Que bom ouvir a sua voz. Estou bem... Sim, estou gostando do meu novo trabalho. Estou na minha sala agora, e ela é linda. Vou tirar algumas fotos e enviar para você. Já aluguei uma casa também. Diga para o papai não se preocupar, é bonita e segura. Ela pertenceu a um oficial que morreu na guerra... Sim, é antiga, mas é linda, e vocês irão adorar. Pretendo me mudar em breve, mas antes preciso voltar para...

Ela fez uma pausa ao se lembrar do seu passado, sentiu náuseas, colocou a mão na barriga e pressionou o estômago.

— Preciso embalar as minhas coisas para trazer... Como? O papai vai fazer isso? Seria ótimo, assim vocês poderiam trazê-las, conhecer a minha casa e passar um fim de semana comigo.

Ela ouviu as palavras de sua mãe e ficou em silêncio junto à janela, observando os prédios ao longe.

— Estou bem, mamãe... Sim, claro, vou me cuidar. Estou me alimentando bem e também estou dormindo melhor.

Então, abaixou a cabeça e ficou em silêncio.

— Não estou vomitando mais.

NÍVEL TRÊS

— Com licença — disse Marcela, abrindo a porta do quarto e entrando junto com Caroline.

— Doutora Marcela, estava esperando a sua visita, mas... Meu Deus! Quem é essa beldade?

— É a doutora Caroline, que substituirá o doutor Michel.

— Até que enfim uma notícia boa.

Caroline sorriu.

— Obrigada.

— Deixe-me apresentá-lo — Marcela continuou. — Esse é Lúcio Rinaldi.

O quarto não era grande, mas era confortável. Havia uma cama de hospital, suporte para medicamentos, um armário de duas portas, uma poltrona e uma porta que dava para um pequeno banheiro. Em uma das paredes, penduraram alguns quadros de um jovem Lúcio tocando violão, e um disco de platina emoldurado. Ao lado da cama, repousava um violão em madeira clara.

O paciente era careca, e seu rosto, cavado com olheiras profundas; estava magro, e suas mãos pareciam garras. Ele vestia um pijama amarelo e estava coberto por um cobertor azul-claro.

— Senhor Lúcio Rinaldi, adoro as suas músicas! — revelou Caroline, um tanto surpresa por encontrar tal figura ali. — Aliás, não são músicas, são poesias em forma de canção. Cresci vendo minha mãe cantar e dançar suas canções com meu pai e simplesmente me apaixonei por elas. Tenho várias músicas suas no meu carro e adoro ouvi-las.

Ele sorriu.

— Viu, doutora Marcela, ainda existem pessoas que reconhecem o meu talento.

— Eu também gosto das suas músicas — Marcela interpôs.

— Gosta nada. Está dizendo isso somente para me agradar.

— Mas foi ideia minha e do doutor Michel colocar os quadros, o disco de platina e até compramos esse violão.

— Doutor Michel, bah! Aquele velho interesseiro! Ele queria comprar o meu disco de platina para colocar na parede da casa dele e ficou furioso quando eu disse que não venderia. Até rogou uma praga para mim, mas Deus é grande e o levou primeiro.

— Não fale assim — Marcela o repreendeu. — Ele sempre cuidou bem de você.

— Claro, mas sempre com interesses escusos.

Enquanto conversavam, Caroline conferia a medicação e o prontuário que estavam sobre um balcão ao lado da cama. Lúcio Rinaldi tinha câncer na garganta, e o seu tratamento já durava anos.

— Estou tomando medicamentos demais, sei que estou. Por causa disso, estou ficando cada vez mais fraco. Doutora Caroline, por favor, olhe por mim. Aqui, neste lugar esquecido por Deus, são todos maníacos por medicamentos.

— Não é verdade — disse a doutora Marcela, sorrindo. — Todos estamos cuidando muito bem do senhor. E quer saber de uma coisa? Se está reclamando assim, é porque já está melhor.

— Não estou nada melhor. Doutora Caroline, poderia ver as batidas do meu coração? Por favor.

— Claro.

A doutora retirou o estetoscópio do pescoço e o colocou no peito do paciente. Constatou que o seu coração batia fraco e descompassado.

— Como estou?

— Está melhorando, e acredito, como a doutora Marcela acabou de dizer, que a medicação condiz com o seu tratamento. Mas atenderei ao seu pedido. Vou rever os seus exames, apenas porque me pediu.

— Obrigado. A senhorita é um anjo.

— Mas há uma condição.

— Qual?

Ela estendeu a prancheta com uma folha em branco e uma caneta.

— Poderia me dar um autógrafo, para mim e para minha mãe?

Seus olhos sem brilho e sem vida se iluminaram.

— Mas é claro! Como é o nome de sua mãe?

— Felícia. O nome dela é Felícia.

•

A doutora Marcela fechou a porta do quarto, e elas caminharam pelo corredor.

— Como um músico famoso como ele veio parar aqui? — perguntou Caroline. — Ele não é rico?

— Ele tem muito dinheiro, ou é o que dizem pelo menos, e ainda recebe direitos autorais por suas canções. Além de tudo isso, uma biografia sobre a sua carreira foi lançada ano passado e, até hoje, tem sido um sucesso de vendas.

— Comprei um exemplar para minha mãe.

— Ele é amigo da doutora Laura e do falecido doutor Ítalo. Quando foi diagnosticado com câncer, ela *mexeu os pauzinhos* para que realizasse o tratamento aqui. Acho que fizeram um acordo, mais ou menos do tipo: nós cuidamos de você e, quando morrer, sua fortuna será doada para o Centro.

— E isso é legal? Quero dizer, isso é possível?

— Sim, mas quem não está gostando nada dessa história são suas ex-mulheres, que querem repartir o dinheiro. Ele detesta todas as cinco.

— Mas ele não tem parentes?

— Não tem filhos e não possui irmãos.

— Suas esposas nunca vieram visitá-lo?

— Não, mas há uma legião de advogados contratados por elas para fazê-lo mudar de ideia.

— E acha que vão conseguir?

— Na verdade, quem o está representando é a doutora Laura. Ela também tem ótimos advogados, os melhores, posso assegurar. Entrar em uma briga contra ela já seria por si só um ato de burrice. Chance de vencer? Zero. Esqueça. A doutora Laura nunca perde.

— Sabe, doutora Marcela, sobre a doutora Laura, devo confessar que não sei se irei amá-la ou odiá-la.

— Talvez um pouco dos dois. Pelo menos, é o que nós fazemos. Venha, agora gostaria que conhecesse uma mulher incomum.

Dizendo isso, a doutora bateu à porta próxima e entrou.

— Com licença.

— Entre, doutora Marcela. Oh, que surpresa agradável! A Miss Universo virou médica? Quem é essa bela jovem?

— Sou a doutora Caroline — respondeu sorrindo, aproximando-se e cumprimentado a mulher que estava deitada na cama.

— Muito prazer, sou Helena Cortês.

— Helena, o prazer é meu.

A mulher estava em uma cama, em um quarto semelhante ao que haviam visitado, com exceção dos quadros nas paredes e do violão. O que havia de incomum era uma escrivaninha cheia de livros antigos.

Caroline olhou para a estante com curiosidade, depois voltou-se para a paciente e sorriu.

— Vejo que a senhora gosta muito de ler.

— Minha jovem — disse ela com uma voz rouca, e tossiu com dificuldade —, por favor, retire o *senhora* quando desejar falar comigo, e me chame apenas de Helena. Os livros que você vê são de filosofia. Há cento e cinquenta livros exatamente nessa estante, dispostos em ordem alfabética. Essa estante é um resumo do que o homem produziu de melhor em conhecimento filosófico neste mundo, é a síntese do conhecimento humano, e esses autores me são muito caros, se é que a doutora me entende.

— Entendo, sim, com toda certeza.

A doutora Caroline pegou o prontuário sobre o balcão. Olhava para as anotações e, vez por outra, observava a mulher deitada na cama. Ela tinha os cabelos avermelhados e olhos azuis cheios de vida. O nariz era pontudo, e a boca era grande, mas com os lábios finos. A pele estava enrugada e flácida e o pescoço era longo, pois a mulher era alta: devia ter mais de um metro e oitenta. A doutora concluiu que devia ter sido muito bonita, exótica até. Ela tinha bronquite crônica, e, ao analisar o prontuário, verificou que o quadro da paciente era grave, principalmente pela prescrição dos medicamentos.

— Tenho bronquite crônica, doutora. Nos últimos anos, ela e eu estamos travando grandes batalhas. Ela fez aliados, ganhou força e destruiu os meus pulmões, e é por estar perdendo a guerra que, *voilà*, aqui estou.

— Li o seu histórico. A senhora, ou melhor, você foi uma fumante inveterada durante anos.

— Ah, o cigarro. — Ela suspirou. — Homens, cigarro e vinho, o que mais uma mulher pode querer?

— Nunca fumei — respondeu Caroline, sorrindo —, mas já experimentei os outros dois e devo admitir que são excelentes, apesar de o primeiro ter efeitos colaterais indesejáveis.

— Sim, preciso concordar. Mas o prazer e a dor sempre andam juntos quando se trata de homens. Quanto a fumar, a doutora deveria experimentar.

— Não, senhora, nem pensar — interveio a doutora Marcela, como se julgasse necessário aconselhar a colega. — Não dê ouvidos a ela, doutora Caroline. Deixe-me resumir um pouco da sua história: Helena foi professora da Universidade Federal de Filosofia por anos e é muito famosa. Tome muito cuidado ao entrar por aquela porta. Se alguém pode mexer com sua mente, esse alguém é essa mulher. O apelido dela aqui no Souto Lima é Lex Luthor de cabelos vermelhos.

— Ah — suspirou Helena —, tanto conhecimento armazenado para ser comparada a um vilão de uma revista em quadrinhos. Que fim melancólico para mim.

E voltou a tossir.

— A senhora deve evitar falar tanto — alertou Caroline.

— E fazer o quê? Quando alguém raramente entra por aquela porta, é apenas para me dar medicação, um sorriso amarelo, uma ou duas frases ensaiadas que são ditas para todos, e, depois, volto para a solidão de meus pensamentos. Que destino trágico para uma pessoa que já enfrentou grandes plateias, foi sabatinada em congressos mundiais, escreveu quinze livros e uma centena de artigos. Não, minha cara doutora, não me peça para interromper um dos poucos prazeres que me resta, que é o de conversar com outro ser humano.

— Ela substituirá o doutor Michel — Marcela anunciou tardiamente.

— Foi o que imaginei. Ele era um grande amigo, e senti muito a sua perda, mas a morte será o destino de todos nós, sem exceção. Eu lhe desejo boa sorte com a Laura, doutora Caroline. Não será fácil, porque não é sempre que se tem a oportunidade de enfrentar o demônio frente a frente e, desde já, afirmo que meus pensamentos e minha energia vital estarão sempre com a doutora.

— Obrigada — agradeceu a jovem, achando graça na dramaticidade da paciente.

— Diga-me, a senhora gosta de ler?

— Sim, adoro ler.

— Pegue um livro emprestado, então. Já os li tantas vezes que praticamente decorei o seu conteúdo.

— De todos eles? — Seu tom era de incredulidade e não passou despercebido.

— Não subestime o poder da mente humana, querida!

— Agradeço, mas não sei se devo. Eles me parecem tão valiosos.

— Por favor, satisfaça o desejo desta velha moribunda.

— Muito bem. — Ela caminhou até a prateleira e examinou os livros com atenção. Alguns autores ela conhecia, e outros, não. — Vou levar este emprestado.

— Com quem a senhora conversará?

— Sócrates.

— Um dos primeiros, uma boa escolha para começar. Aconselho que a conversa seja regada a uma boa taça de vinho tinto.

— Seguirei o seu conselho.

— Muito bem — interveio a doutora Marcela. — Agora iremos deixá-la com seus caros amigos, porque precisamos visitar outros pacientes.

— Venha sempre que quiser, doutora Caroline, e não somente quando a luz vermelha do meu quarto acender num dos painéis de controle. Venha para discutir suas crises existenciais ou compreender as angústias de sua alma.

— Aceito o seu convite.

— Ela era uma referência mundial em filosofia — disse a doutora Marcela ao fechar a porta do quarto —, até que a doença a tirou de cena e a fez parar aqui.

— Ninguém costuma visitá-la?

— Até dois anos atrás, alguns professores vinham vê-la, mas, depois, as visitas foram rareando até que ninguém mais apareceu. Como a doutora pode perceber, sua mente está mais afiada do que uma navalha, mas seus pulmões estão se deteriorando rapidamente, e nenhum dos tratamentos que fizemos surtiu efeito razoável.

— Achei Helena uma mulher formidável!

— Você ainda não viu nada, doutora Caroline. Ainda não viu nada. Venha, vou lhe mostrar outros pacientes.

FERIDAS DA GUERRA

— Onde colocamos estas aqui? — perguntou a mãe de Caroline, parada na sala com duas caixas nas mãos.

— Junto à lareira, mamãe, por favor.

Seu pai entrou segurando mais três caixas.

— E estas são as últimas, mas são somente sapatos.

— No quarto dos fundos, papai, por favor.

— Há sapatos aqui para serem usados até o dia do juízo final.

— As mulheres são todas centopeias. O senhor não sabia?

Após as caixas serem colocadas em seus destinos, o casal se aproximou de Caroline.

— Está tudo aí — disse seu pai.

Caroline abraçou os dois.

— Não sei o que faria sem vocês.

— Você é que sempre foi a razão de vivermos, minha querida — respondeu sua mãe. — E nós estaremos ao seu lado sempre que precisar. O que acha de fazermos um almoço, como nos velhos tempos?

— Vou adorar.

— Ótimo, vou abrir uma garrafa de vinho — anunciou seu pai, já adiantando-se para a cozinha. — Ouvi dizer que os que existem nesta região são excelentes.

— Acho que o senhor vai apreciar o sabor. Achei-os realmente divinos.

As duas mulheres fizeram o almoço, rindo e lembrando a infância e a adolescência de Caroline. Almoçaram devagar, saboreando a comida, a reunião da família e o prazer que o destino proporcionara ao permitir aquele encontro. Após o almoço, as mulheres ficaram arrumando a cozinha, enquanto seu pai abriu outra garrafa de vinho, levou-a com sua taça até a varanda da parte de trás da casa e sentou-se em uma das confortáveis poltronas de vime.

— Que tal um café?

— Claro. Deixe-me mostrar, mamãe, onde estão as coisas. Sabia que nunca consegui fazer um café igual ao seu?

— Então preste atenção, minha doce menina, porque fazer um bom café é uma qualidade que toda mulher precisa ter.

Felícia preparou o café e, ao colocar a água fervente sobre o pó, fez a cozinha ser preenchida com um aroma adorável. Ela era uma velha senhora de cabelos grisalhos, rosto triangular, olhos castanhos, nariz pequeno e um sorriso que parecia estar sempre em seu rosto. Era baixa, magra, vestia um abrigo de moletom azul-escuro e uma blusa de lã cinza com a gola alta.

— O que a senhora achou da casa?

— Gostei. Apesar de achar um pouco antiga, é aconchegante e bem conservada. Seu pai ainda acredita que seria mais seguro você ficar em um apartamento.

— Mãe, eu gostei deste lugar. Gostei dos móveis, do jardim e das árvores que existem nos fundos do terreno.

— Sei que sempre gostou de plantas. Sempre ajudou seu pai no jardim de casa e biologia é uma de suas paixões. Mas é tanto verde, minha querida, e você já tem tantos compromissos em seu trabalho, além de estar morando em uma cidade desconhecida. Quem irá ajudá-la a cuidar de tudo isso?

— Para aparar a grama, limpar os canteiros e adubá-los, contratei uma empresa que a corretora indicou. Sabe, não estou me sentindo na obrigação de resolver todas essas coisas de uma única vez. Estou priorizando o meu trabalho. Quero recomeçar devagar e acredito que, neste lugar, encontrarei a felicidade que estou procurando.

— Minha criança, a casa não é sua. Quem é o proprietário?

— O exército.

— O exército? — A voz revelava a surpresa.

— Sim. A casa pertenceu a um capitão chamado Afonso. Ele morreu na guerra, e a sua esposa, em um bombardeio logo após a sua morte.

— Meus Deus, Caroline, e você ainda quer ficar aqui?

— Foi há tanto tempo! Eu nem era nascida.

A mulher segurou a mão de sua filha com ternura.

— Para as pessoas que viveram naquela época, nunca será uma questão de tempo, minha cara. Mesmo depois de tantos anos, não é fácil lembrar aquele período, porque ele carrega muita tristeza. Seu pai nunca contou onde esteve, o que viu e fez. Quando nos casamos, e isso foi alguns anos depois de ele ter voltado da guerra, tinha pesadelos durante a noite, e demorou muito tempo para que pudesse ter uma noite de sono tranquila. Acredito que até hoje tenha pesadelos, mas os esconda melhor do que antes. Ele perdeu muitos amigos que lutaram ao seu lado e não regressaram para casa.

Caroline não disse nada, apenas ficou observando enquanto sua mãe bebia um gole de café.

— Mas não quero influenciar sua decisão. Foi corajosa ao se mudar para tão longe, deixar seu promissor emprego para trás e recomeçar uma nova vida. Não acredito que esteja fugindo, mas recomeçando. Se está feliz, eu e seu pai também estamos.

— Obrigada, mamãe. Sabia que podia contar com você. Não está sendo fácil. É tudo novo, o trabalho, a cidade...

— E os enjoos? — interrompeu-a.

— Continuo sonhando, ou melhor, continuo tendo os pesadelos... é como um vídeo recorrente. Eles diminuíram; acho que a distância e o tempo estão me fazendo esquecer pelo que passei. Mas os sinto sempre que tenho pesadelos. Não consigo evitar, é mais forte do que eu.

— Não se preocupe. Somente o tempo irá curar essa ferida. Talvez devesse procurar uma psicóloga, contar o que aconteceu, ouvir uma opinião de alguém sem um vínculo afetivo. Onde você trabalha não tem ninguém com esse perfil?

— Tem a doutora Lúcia. Ela é meio engraçada, sabe? Desbocada seria o termo mais apropriado. Já pensei em conversar com ela, mas ainda não me sinto à vontade. Talvez quando conhecê-la melhor. Só preciso de um pouco mais de tempo.

— Faça as coisas devagar, porque nada é para sempre, minha querida, nem a felicidade, nem a tristeza.

— Sim, eu sei.

— Agora conte-me sobre o seu trabalho. Como está se saindo?

— Estou gostando bastante, mas as primeiras semanas foram mais difíceis. É um grande centro médico que cuida de pacientes idosos e alguns com necessidades especiais. A proprietária é uma mulher, a doutora Laura, e todos tremem só de vê-la passar nos corredores. Ela tem um olhar penetrante, e acho que acreditam que pode ler nossos pensamentos. Mas o lugar é incrível, nunca vi nada parecido. O ambiente, a organização, tudo é muito profissional. Ainda estou conhecendo os pacientes e... Claro! Meu Deus! Como pude esquecer?! Sabe quem está lá?

— Não faço a menor ideia. Quem?

— Lúcio Rinaldi.

Sua mãe arregalou os olhos.

— Você não está falando sério.

— É um dos meus pacientes. Falei com ele, disse que a senhora era uma grande fã, e ele até fez um autógrafo para você.

— Meu Deus! Quanta honra! E como ele está? Eu posso vê-lo? Meu Deus! Ele é lindo, Caroline! Uma vez...

A jovem sorriu ao ver a mãe falando sem parar sobre certa ocasião em que quase encontrara-se com o seu ídolo. Quando ela finalmente parou, foi a vez de segurar suas mãos.

— Vou lhe contar como ele está.

•

A porta dos fundos foi aberta. Caroline aproximou-se de seu pai e viu que já havia bebido metade da garrafa.

— E sua mãe?

— Foi descansar um pouco. O senhor não quer descansar também?

— O meu companheiro é agradável — disse, levantando a taça. — A cadeira é confortável e o lugar é bonito. Eu tinha algumas restrições quanto a você ficar em uma casa, mas devo admitir: escolheu um belo lugar para recomeçar.

— Obrigada, pai.

Caroline observou o homem sentado, segurando a taça de vinho. Ele era alto, de ombros largos, braços firmes e mãos grandes e fortes. Seus cabelos eram completamente brancos. A face tinha a testa larga, sobrancelhas grandes e grisalhas, olhos castanhos profundos; o nariz era levemente achatado e a boca grande terminava em um queixo quadrado. Usava uma bota preta surrada, calça jeans preta e uma jaqueta jeans desbotada sobre uma camisa xadrez.

— Posso me sentar ao seu lado?

— Claro.

Caroline arrastou a outra cadeira para perto e sentou-se. Ficaram em silêncio, até que ele retomou a conversa:

— Quando sua mãe me contou que viria para cá, num primeiro momento não concordei, mas depois ela me convenceu. Você sabe como é sua mãe, sempre consegue me convencer.

— Somente ela consegue tudo o que quer com o senhor.

— É verdade, mas, desta vez, acho que ela tem razão. Aqui me parece um bom lugar, uma cidade calma, e você conseguiu um bom trabalho.

— Sabia que o senhor entenderia. Foi difícil pegar as minhas coisas com Augusto?

— Ele não queria me entregar, disse que queria falar com você e perguntou onde estava, mas fui persuasivo, bastante persuasivo — explicou, parecendo ocultar algum detalhe agressivo da conversa.

— O senhor disse onde eu estava?

— Não.

Eles ficaram em silêncio, olhando o vento bater nas árvores.

— Alguns amigos meus me confessaram que gostariam que seus filhos ficassem para sempre com eles, como eternas crianças, para protegê-los de qualquer mal que pudesse acontecer. Mas eu nunca pensei isso sobre você. Sempre achei que deveria ver o mundo, Caroline, vê-lo com seus próprios olhos e tirar suas conclusões sobre quem somos e o que estamos fazendo aqui.

— Você sempre mostrou o caminho que eu deveria seguir.

— É óbvio que os pais não querem que seus filhos sofram, mas não posso mantê-la em uma redoma para sempre. Cada um de nós precisa enfrentar a sua batalha, porque a vida é uma jornada individual. Enfrentei a minha, e, agora, você precisa enfrentar a sua. Se vai vencer ou perder, acho que só depende de suas escolhas. Quer um conselho? Faça o seu melhor sempre, e fique perto de pessoas que ficarão ao seu lado quando as coisas complicarem.

— Pode deixar, pai. Ótimo conselho.

— Aprovo sua decisão em deixar tudo para trás. Foi uma derrota que sofreu, uma batalha perdida. Você já estava noiva, tinha um bom emprego, e Augusto parecia um bom homem. Não vejo o seu abandono como uma fuga, mas como uma retirada estratégica para poder reunir suas forças. A vida lhe deu uma trégua, minha filha, mas novas batalhas virão, e aqui parece um bom lugar para reunir suas tropas, juntar forças e se preparar.

Ela sorriu e o abraçou.

— Obrigada por me compreender.

Eles ficaram olhando a brisa bater nas árvores e ouvindo o cântico de uma meia dúzia de pássaros.

— Sabe aqueles danadinhos que estão cantando para nós?

— Quais, aqueles brancos com manchinhas pretas? Eu os apelidei de *gritões*.

— Não, não são eles. Eles são *gritões* mesmo. Aliás, para mim, eles não cantam, mas berram. Tem gente que gosta do som estridente, mas não aprovo e acredito que o Criador não estava em um bom dia quando os fez. Estou falando daqueles ali — disse, apontando para outra árvore.

— Os amarelinhos?

— Sim, esses mesmos. Só existem nesta região e estão fazendo suas últimas canções, porque o inverno está chegando, então irão para lugares mais quentes e só voltarão na primavera.

Ela ficou olhando os pássaros cantarem e, então, sorriu para seu pai.

— Também tenho uma curiosidade para o senhor.

— E qual seria?

— Sabe quem construiu e morou nesta casa?

— Não.

— Um militar do exército. Ele lutou na guerra e, por aqui, dizem que foi um grande herói.

— E qual o seu nome?

— Chamava-se Afonso. Capitão Afonso Andrade.

Seu pai deixou escapar um grunhido, e Caroline percebeu que suas feições ficaram sombrias. Sabia que qualquer assunto sobre a guerra era doloroso para ele, mas havia uma grande curiosidade que a incomodava desde que chegara naquela casa. Ela queria saber a história do casal que havia construído aquele lugar.

— Desculpe, não queria fazer o senhor lembrar o que passou. Era só uma curiosidade idiota sobre quem construiu este lugar.

— Talvez seja a hora de falar um pouco sobre o que aconteceu, e acredito que o vinho vai me dar coragem. Afinal, *in vino veritas*, não é mesmo?

Ao ouvir aquelas palavras, que significavam "no vinho está a verdade", Caroline tomou coragem e resolveu insistir.

— O senhor o conheceu?

O pai demorou um pouco, como se estivesse decidindo se iria responder.

— Quando estava no acampamento, sempre pensava em arrumar uma namorada. Mas quando partia para uma missão e os combates começavam, o único pensamento era sobreviver. Sobreviver a qualquer custo. Sobrevivi, apesar de achar que, algumas vezes, recebi uma ajuda que não posso explicar. Durante o combate, é preciso enfrentar duas coisas: seus inimigos e a si mesmo. Enfrentei os dois, várias vezes. Fiz o que tinha que fazer e voltei para encontrar sua mãe. Alguns podem dizer que tive sorte em voltar inteiro fisicamente e têm razão, mas os que dizem isso não sabem das lembranças, das noites sem dormir e dos pesadelos.

Ele olhou para o horizonte.

— Ninguém volta inteiro. Todos trazem cicatrizes.

Os pássaros voaram, e ele ficou observando-os se afastarem até desaparecerem.

— É difícil conviver com a possibilidade de que a morte pode chegar a qualquer momento, que a sua vida pode acabar por causa de um soldado com uma boa pontaria, um bombardeio ou uma mina terrestre. São só algumas possibilidades, mas a morte pode vir e levar qualquer um de nós sem aviso. E eu a vi várias vezes passando ao meu lado, levando meus companheiros e, por algum motivo que não sei explicar, ela não me levou. A morte em um combate não é a mesma que em um hospital, em que os pacientes mais graves morrem primeiro. Vi jovens, que num dia estavam rindo e apostando seu soldo em um jogo de cartas, voltarem, horas depois, dentro de um saco plástico. Via dezenas de identificações, que usávamos no pescoço e chamávamos de *dog tag*, sobre uma mesa sempre que cada missão terminava. Eram dos soldados que não voltariam mais para seus pais, suas esposas e seus filhos. Vi homens que se vangloriavam ao redor de uma fogueira e durante o combate se atiravam em um buraco, chorando e gritando por suas mães. Mas vi também homens arriscarem suas vidas para salvarem seus companheiros, e o respeito e a admiração em seus olhares quando o seu nome era pronunciado por seus camaradas. Esses homens eram especiais, porque pareciam não ter medo de nada.

E, então, ele bebeu um longo gole de vinho.

— Foram esses homens que fizeram a diferença na guerra, e o oficial que morou aqui, que construiu esta casa, era um deles.

— Então ele foi um dos corajosos?

— Ele comandava uma unidade de elite, uma unidade especial de infiltração. Eram doze homens muito especiais. Realizavam as missões complexas, sempre dentro do território inimigo. Se era preciso explodir um depósito de munição que a nossa artilharia não conseguia atingir, *eles* eram os enviados; se fosse preciso explodir uma ponte bem protegida, *eles* eram chamados; se fosse necessário eliminar um figurão do exército inimigo que a nossa inteligência descobrira onde estaria, *eles* eram solicitados, e podia-se considerar o homem morto. Andrade era o líder dessa unidade, mas não era apenas mais uma das unidades de elite do nosso exército. Eles eram os melhores, os peritos em missões muito especiais. A cada missão que realizavam, o moral dos soldados aumentava, e muitos de nós se espelhavam em sua coragem.

– Não me lembro de o senhor ter mencionado o nome dele em nenhum momento.

– É verdade, nunca chegamos a conversar. Mas eu o vi uma vez. Foi num final de tarde. Os combates tinham diminuído, e existiam rumores de que haveria uma trégua, mas os nossos comandantes não queriam aliviar a pressão. A sua unidade estava entrando em um helicóptero para realizar mais uma missão. Ele estava junto à porta, com uma mochila nas costas e segurava o fuzil em uma das mãos. Cada um dos homens que entrava na aeronave tinha uma feição sombria, mas ele os recebia com um tapa nas costas e um sorriso. Não me pergunte como um homem que estava para enfrentar a morte conseguia sorrir. Por isso, acredito que aquele homem era especial. É estranho recordar essa história, porque agora me lembrei de um detalhe.

– Qual?

– Antes de entrar no helicóptero, ele percebeu que eu o estava olhando, porque se virou na minha direção e acenou para mim. Por um instante, ficamos nos observando, e, então, retribuí o gesto e acenei de volta. – Ele colocou um pouco de vinho na taça. – Aquela foi sua última missão.

– O que aconteceu?

– Eles atacaram uma posição de artilharia que estava massacrando nossas tropas. O lugar onde os canhões estavam posicionados era muito bem protegido e havia sido construído dentro de bunkers de concreto reforçado. A Força Aérea havia feito vários bombardeios tentando colocá-los fora de ação, então o capitão Andrade e sua unidade foram enviados. Eles cumpriram a missão, destruíram os canhões e salvaram muitos dos nossos rapazes naquele dia. Se hoje estou aqui, tomando vinho em sua casa, com você ao meu lado, devo isso a ele e a seus homens.

– O que aconteceu com eles?

– A versão oficial é que o inimigo tinha colocado explosivos em toda aquela área e, com o ataque da unidade do capitão Andrade, eles os acionaram. Nenhum daqueles homens que vi entrando no helicóptero voltou daquela missão. Alguns dias depois, foi declarado um cessar fogo, seguido de um acordo de paz. Mas, para o capitão Afonso e seus homens, isso já não importava mais.

— Por que mandar aqueles homens para uma missão tão perigosa em uma guerra prestes a terminar?

Seu pai deixou escapar um sorriso irônico.

— Pergunte aos militares que planejaram e ordenaram aquela missão, mas tenho certeza de que eles responderão que é confidencial.

— A esposa dele morreu em um bombardeio a esta cidade, logo após participar do seu enterro — informou Caroline.

— Nós soubemos do bombardeio nesta cidade quando estávamos em um acampamento, mas não ficamos sabendo que a sua esposa também tinha morrido. Sabe o que acredito sobre essa história toda? É que talvez, para eles, tenha sido melhor assim. Olhe esta casa, as árvores, e tudo que há ao nosso redor. O seu amor ainda está por aqui. Não estou ficando maluco, há algo especial nesta casa. Então, quando o capitão se foi, talvez o destino tenha levado também sua esposa para o reencontrar em algum lugar. Um lugar longe de guerras, de morte e de tristezas. Não sou muito religioso, você sabe, mas acredito que, de alguma forma, eles acabarão se reencontrando em algum lugar e ficarão juntos novamente, se já não estão.

Caroline não sabia o que dizer. Queria apenas absorver todas aquelas informações e imaginar ter o amor roubado por uma guerra. Quanto mais sabia da história do casal que havia morado naquele lugar, mais se apaixonava pela casa.

— Obrigada por compartilhar sua história.

— Estava na hora de contar para você, e o capitão Afonso, sua esposa e esta casa me ajudaram. Vá descansar com sua mãe. Vou ficar mais um pouco por aqui, se não se importar. Quero terminar o vinho e ver se aparece alguém interessado em cantar para mim.

— Fique à vontade.

Ela se afastou e ele ficou parado, pensativo. Então, ergueu a taça.

— Um brinde à sua bela casa, capitão. Ela está em boas mãos.

O INTRUSO

Caroline abriu a porta de sua casa e acendeu a luz da sala pressionando o interruptor antigo que estava ao seu lado esquerdo. Segurava uma caixa e trazia uma bolsa a tiracolo. Colocou as chaves e a bolsa na mesa e depositou a caixa no chão.

— Muito bem. Deixe-me ver você melhor.

Ela abriu a caixa, tirou de dentro um filhote de beagle e o aproximou de seu rosto.

— Você não é barato, meu amigo, mas sempre quis ter um cão e, agora, está aqui para me obedecer, está entendendo?

O filhote se contorceu, tentando fugir.

— Está com fome?

Ela colocou o cachorro no sofá.

— Fique aqui.

O cachorro ficou cheirando uma almofada enquanto ela retirava da caixa um pequeno saco de ração. Foi até a cozinha, tirou duas tigelas pequenas, encheu uma delas com água e colocou um pouco de ração na outra. Trouxe as duas para a sala, colocou-as no chão e, em seguida, pegou o cachorro e o colocou ao lado dos potes.

— Vamos ver se você gosta.

O cachorro bebeu a água e começou a comer a ração vorazmente.

— Fique aqui. Vou tomar um banho e, depois, vou comer alguma coisa.

Ela passou pelas caixas de papelão que estavam empilhadas no canto, perto da lareira, e foi para o quarto, onde havia mais algumas que não havia terminado de arrumar. Abriu o guarda-roupa. Pegou um pijama e uma toalha e foi para o banheiro.

Vinte minutos depois, ela saiu do banheiro vestindo o pijama de algodão estampado com ursos de pelúcia e uma toalha enrolada na cabeça, e se dirigiu à cozinha. Olhou para as cinco garrafas de vinho tinto que estavam deitadas na pequena adega que ficava ao lado da pia e escolheu uma.

— Aceito sua companhia, meu amigo.

Retirou a rolha da garrafa, pegou uma taça de cristal na cristaleira, encheu-a pela metade, cheirou a bebida e depois tomou um gole.

— Nada mal para levantar o astral.

Olhou para o cachorro, que caminhou desajeitadamente em sua direção, parou no tapete e devolveu-lhe o olhar.

— Já está satisfeito, não é mesmo?

Ela abriu a geladeira.

— Vamos ver o que temos aqui. Ah, já sei. — Retirou um pequeno pote de vidro. — Vou preparar uma massa ao pesto e, depois, vamos pensar em um nome para você.

Caroline comeu em silêncio, bebendo o vinho em pequenos goles. Uma ventania começou, e as árvores pareciam cantar uma triste canção com o vento atravessando seus galhos. Ela arrumou a cozinha e foi para o quarto, levando o cachorro.

— Hoje está frio — disse, deitando-se na cama com o cão ao seu lado. — Que nome seria melhor para você? Que tal Zeus? Não, muito forte para você. Sansão? Não, também não. Manchinha? Bah, péssima ideia. Bem, não precisamos decidir isso hoje. Afinal, não há pressa, já que ficaremos juntos por muito tempo. Agora, fique aqui ao meu lado e não faça sujeira na cama. Comporte-se como um cavalheiro.

O cachorro ficou olhando para ela. Tentava arranhar o lençol e morder o outro travesseiro. Ela pegou o livro sobre a mesinha de cabeceira e abriu na página em que estava o marcador, que indicava que já tinha lido mais da metade. O cachorro subiu por suas pernas e começou a morder a capa do livro

— Não, senhor. Este livro é emprestado e pertence a uma de minhas pacientes. Você gostou? É de um grande filósofo, Sócrates era seu nome.

Sabia que estou gostando de filosofia? Confesso que não era uma área do meu interesse, mas as conversas que estou tendo com Helena são muito interessantes e estão me fazendo ver a vida com outros olhos.

O cachorro tentou morder novamente o livro.

– Não, por favor, não faça isso. Será um desrespeito com Sócrates e... Ei! Já sei, é isso, o seu nome será Sócrates. Claro! Perfeito!

Ela colocou o livro no colo e pegou o pequeno cachorro com as mãos.

– Sim, Sócrates. Agora me deixe ler um pouco ou coloco você para fora da minha cama, entendeu?

•

Sócrates acordou no meio da noite e levantou as orelhas para ouvir o zunido forte do vento nos galhos das árvores. Olhou para a janela e viu um vulto, no escuro, usando um capuz, olhando para dentro do quarto.

O pequeno cachorro mostrou os dentes e começou a latir.

– Acalme-se, meu pequenino. É apenas o vento.

Ela passou a mão na cabeça do cãozinho, que não parava de latir. Então, olhou para a janela e arregalou os olhos ao ver o vulto parado, observando-a. Tentou sair da cama, puxando a coberta, e caiu no chão, enrolada no cobertor. Foi se arrastando para longe da cama até encostar-se à parede.

O vulto saiu da frente da janela vagarosamente.

Ela respirava ofegantemente. Tentou se mover ou gritar, mas não conseguia. Estava em pânico, mas sabia que precisava se controlar. Os latidos de Sócrates a trouxeram de volta à realidade. Ouvia os passos do homem na varanda, vagarosos e pesados, e iniciou a organização de seus pensamentos em uma lógica de sobrevivência.

"Ele está vendo como pode entrar e, se ele conseguir, estarei perdida. Deixei alguma janela aberta? Não. As portas estão todas trancadas? Sim. Como ele pode entrar? Arrombando uma das janelas ou portas. Com posso chamar socorro? O meu celular."

Escorregou, encostada na parede, e tateou sobre a mesinha de cabeceira, olhando para a janela, até encontrar o celular. Pegou o aparelho e percebeu que estava sem carga. "Maldição! Onde está o carregador? Em minha bolsa. E onde está minha bolsa? Na sala, sobre a mesa."

Precisava ir até lá, pegar o carregador, ligar o celular e chamar a polícia. Então, ela se levantou junto à parede e caminhou até a porta, abriu-a sem fazer barulho e foi até a sala. Abriu sua bolsa e pegou o carregador.

Ouviu um barulho na porta da frente e viu a maçaneta girando. Caroline soltou um grunhido abafado e, ao se afastar, tropeçou no tapete e caiu. Desesperada, rastejou de costas até a cozinha, arfando em desespero. Na escuridão, conectou o celular no carregador e o ligou na tomada. A tela acendeu, indicando que estava carregando.

O barulho dos passos pesados mudou de direção, saindo da frente da casa e indo em direção à varanda, que ficava na parte de trás da casa. Reunindo o resto de coragem que tinha, ela levantou as mãos acima da cabeça, abriu a gaveta, tateou e retirou uma faca grande.

O desconhecido parou junto à porta, girou a maçaneta e empurrou com força.

Sócrates saiu do quarto e parou diante da porta, latindo com o máximo de força que tinha. De onde estava, Caroline olhou para a porta e viu o vulto observando pela fresta entre a cortina de tecido e a janela. Não conseguia ver o rosto, porque estava oculto pelo capuz.

— Polícia? — disse ela, colocando o celular ainda descarregado junto ao rosto. — Socorro! Estou morando na casa do capitão Afonso e há um ladrão na varanda da minha casa. Sim! Isso mesmo! Por favor!

Ela ouviu os passos se afastando rapidamente e só então respirou fundo. Começou a tremer, largou a faca e o celular e desabou em prantos. Sócrates parou de latir e pulou no seu colo. Ela abraçou o cãozinho com força.

— Meu herói! Meu pequeno herói!

E ficou ali, abraçada ao pequeno cachorro, chorando sem parar.

O VETERANO

— Mas que loucura! — exclamou Marcela.

— Você foi muito corajosa, doutora Caroline. E o que a polícia fez? — perguntou o doutor Mário.

— Quando consegui ligar para eles, mandaram uma viatura. Os policiais chegaram, fizeram uma busca na casa e no jardim, mas não encontraram nada. Eles tiraram impressões digitais da maçaneta, mas esta manhã me ligaram dizendo que só encontraram as minhas e de meu pai, que esteve me visitando junto com minha mãe no mês passado.

— Ele devia usar luvas.

— Então não é um assaltante comum.

— Hoje em dia, todos usam luvas.

— Isso é verdade.

— É claro que não está interessado em uma casa velha. Está interessado em seu jovem corpo — disse o doutor Mário categoricamente. — É uma compulsão masculina: um corpo feminino frágil, desprotegido e morando sozinho em uma casa velha.

— Ela não é uma casa velha, e, além disso, estou arrumando algumas coisas e adoro aquele lugar. Até comprei um cachorro.

— Um cachorro? Que raça? — perguntou o doutor Mário. — Um cão pode ser muito útil em uma situação como essa. É um pastor-alemão?

— Não, é um beagle. Dei a ele o nome de Sócrates.

— Um beagle! — exclamou Lúcia. — Minha cara, doce e jovem amiga, eu já tive um. Ouça um conselho: aproveite que o comprou há pouco tempo e devolva-o o quanto antes.

— Por quê?

— Porque você não comprou um cachorro, você comprou um demônio. Tudo bem, concordo, ele é bonito, é fofinho, mas é o satanás em forma de cão. A menos que esteja disposta a gastar parte do seu salário com reforma de estofados, travesseiros e colchões, sugiro que se desfaça desse pequeno destruidor antes que seja tarde demais.

— Não vou me desfazer de Sócrates — ela afirmou, decidida —, e também não vou deixar aquela casa. Não vou fazer nenhuma dessas coisas e ponto-final.

— Tudo bem, a decisão final é sua — retrucou a doutora Lúcia. — A casa está reformada, há a história do capitão Afonso e sua esposa, uma história de amor muito bonita, que a comoveu, e nós não a estamos repreendendo. Na sua idade, as paixões inspiram nossas vidas, ainda mais uma paixão interrompida. Tudo isso é, de certa forma, emocionante para alguém tão jovem, mas o homem que tentou invadir a sua casa não estava interessado em nada disso, e nós sabemos no que ele estava interessado. Se voltar e conseguir entrar, poderá machucá-la, e é isso que deve levar em consideração.

— A doutora Lúcia tem razão. Talvez fosse melhor ir para um lugar mais seguro — Marcela interpôs.

— Agradeço a preocupação de vocês, mas não quero abandonar aquele lugar. Não vou fugir novamente.

Os três médicos se entreolharam e compreenderam por que a doutora Caroline estava firme em sua decisão, por que resistia à ideia de abandonar a casa onde morava. Estava fugindo do seu passado e considerava aquela casa um ponto de resistência. Abandoná-la seria recuar, se acovardar e assumir uma nova derrota. E ela não queria fugir novamente.

— Minha querida, ninguém está dizendo que, ao sair daquela casa, você fugirá — disse a doutora Lúcia. — É apenas uma questão de segurança.

— Doutora Lúcia, agradeço a preocupação, mas vou continuar lá. E, quanto ao invasor, não se preocupem, já estou tomando providências.

— Que tipo de providências? — Mário quis saber.

— Contratei uma empresa de segurança para instalar sensores e câmeras nas varandas e no jardim e farão isso hoje mesmo.

— É uma atitude inteligente — concordou Mário. — Bem, particularmente, admiro sua coragem e posso continuar acompanhando-a até sua casa, como já estamos fazendo nos finais de expedientes.

— Agradeço, doutor Mário.

— Você não suspeita de ninguém? Talvez seu noivo?

— Não, Lúcia, ele não sabe onde estou trabalhando.

— Mas isso não é difícil de descobrir.

— Augusto não faria isso.

— Talvez alguém perto de sua casa. Você já percebeu alguém a observando?

— Não, não consigo imaginar quem possa ser. — Então ela parou por um momento. — Na frente da minha casa, há uma livraria, e, algumas vezes, percebi o dono me observando.

— Eu o conheço — disse Marcela. — Já comprei alguns livros lá para Helena, mas pode abandonar suas suspeitas, ele não faria mal a uma mosca. Já a sua mulher... Bem, ela o vigia feito um cão de caça. Se estiver interessada nele, cuidado com ela.

— Não estou interessada em homens neste momento.

— Minha cara, qualquer homem irá observá-la por onde passar — afirmou a doutora Lúcia. — Basta se olhar no espelho para entender o que estou falando.

— Acho que tem razão.

Então, bateram à porta e uma enfermeira entrou.

— Com licença, doutora Caroline.

— Sim.

— O paciente do quarto 206 acordou...

— O quarto 206? — interrompeu Marcela. — Mas é o veterano de guerra. Ele acordou? Não é possível. Ele vive dormindo com a medicação prescrita pela doutora Laura.

Os três olharam para Caroline ao mesmo tempo.

— Achei a dosagem de calmantes um pouco acima do normal e pedi para reduzir. Algum problema?

— Você falou com ela? — perguntou Marcela.

— Com a doutora Laura?

— A própria.

— Não, não falei.

— Você devia tê-la avisado. Ele é o seu único paciente — disse a doutora Lúcia.

— Eu ia avisá-la, mas, depois do que aconteceu, acabei esquecendo.

A doutora Lúcia não respondeu, apenas virou-se para a enfermeira.

— Lisa, você sabe onde a doutora Laura está?

— Ela tinha uma reunião às nove da manhã com os professores da academia e da fisioterapia. Agora são dez e trinta, então acredito que já deve ter terminado.

— Venham comigo! — chamou Marcela, apressando-se pela porta, enquanto Lisa e Caroline a seguiam. — Agora!

— Que Deus as ajude — disse Lúcia.

As duas mulheres saíram apressadas em direção ao quarto do veterano.

— O que você mudou em sua medicação?

— Pedi apenas para reduzi-la. Você chegou a ver a dosagem que estava sendo prescrita? Nas três vezes que o visitamos, estava dormindo.

— Quem altera a medicação daquele paciente é somente a doutora Laura.

Elas pararam diante do elevador.

— E por que ele é tão especial assim?

— Pergunte para ela.

Elas entraram no elevador.

— Vou lhe contar o que sei. Ele está aqui há muito tempo. Chegou depois que a guerra acabou. Acho que estava em algum hospital de campanha que foi desativado e acabou vindo parar aqui. Desde aquela época, a doutora Laura cuida dele.

O elevador abriu, e as três mulheres saíram apressadas.

— Talvez ainda dê tempo. Lisa, vá até a enfermaria e traga *dez ml* de cloridrato de alfentanila. Venha comigo, doutora Caroline, vamos ver o Belo Adormecido.

Elas caminharam pelo corredor e pararam diante da porta do quarto 206. Entraram e deram com uma enfermeira servindo uma sopa ao paciente.

— Muito bem, senhor Adônis, está indo muito bem.

— Bom dia, bom dia — disse a doutora Marcela. — Olhe só o nosso paciente que acordou. Bom dia, senhor Adônis!

O homem, deitado na cama inclinada para a frente, virou-se para a doutora Marcela, mas não sorriu. Não tinha cabelos, e a sua pele era cheia de cicatrizes. Seu rosto era deformado. Não tinha a orelha direita, o nariz praticamente não existia e os lábios haviam sido recriados após várias cirurgias. Ele usava um pijama azul-claro de mangas curtas e seus braços eram magros, a pele enegrecida devido às queimaduras que havia sofrido. Os dedos das mãos sobre o lençol pareciam garras, e ele tinha perdido as duas pernas.

O homem percebeu que havia uma mulher atrás da doutora Marcela e arregalou os olhos ao ver a doutora Caroline sorrindo para ele. O paciente soltou um urro, deixando as mulheres perplexas. Girou os braços desordenadamente, batendo no prato de sopa e atirando o líquido sobre a enfermeira, que soltou um grito e afastou-se. Em seguida, ele começou a se debater. Havia um monitor que media sua pressão e seus batimentos cardíacos e, num gesto de desespero, ele puxou os fios que o ligavam ao aparelho e o derrubou.

Em um gesto de reflexo, a doutora Marcela tentou segurar as suas mãos, e a enfermeira, suja de sopa, após o susto inicial, também a ajudou. Mas, mesmo usando toda a força que tinham, não conseguiam contê-lo.

O paciente olhava para a doutora Caroline com os olhos arregalados, injetados de sangue, com uma expressão de desespero e loucura. Caroline estava atônita, sem saber o que fazer diante daquela cena.

A porta se escancarou e a doutora Laura surgiu.

— Mas isso é impossível! — guinchou, aterrorizada e paralisada.

Então, Lisa surgiu na porta com uma seringa em uma bandeja.

— Graças a Deus, Lisa. — Arfou Marcela. — Aplique depressa!

A enfermeira se aproximou, mas as duas mulheres não conseguiam contê-lo. Diante da paralisia da doutora Laura, Marcela refez as ordens:

— Caroline, aplique a injeção! Lisa, nos ajude a segurá-lo!

A enfermeira entregou a seringa para a médica e puxou o braço esquerdo do paciente, que se debatia. Caroline voltou à realidade e sabia que precisava agir rápido. Segurou seu braço, e ele emitiu um grunhido de animal ferido. Ela sentiu sua pele enrugada pelas queimaduras, localizou a veia e aplicou a injeção.

A doutora viu que lágrimas saíram dos seus olhos, e, aos poucos, ele foi se acalmando. A doutora Marcela pegou seu estetoscópio e o colocou no peito do paciente.

— A medicação está fazendo efeito. Ele vai dormir como um bebê.

— Mesmo depois de tantos anos deitado em uma cama, ainda é muito forte — constatou Lisa.

— Você esqueceu que é um soldado.

— Como isso aconteceu? — interveio a doutora Laura, finalmente retomando seus movimentos. — Como o paciente acordou se a medicação que prescrevi deveria tê-lo mantido em um estado brando de letargia?

— Fui eu.

— Você, doutora Caroline? E quem autorizou?

— Ninguém.

— Doutora Marcela, assuma as coisas por aqui. Lisa, solicite que o pessoal da manutenção substitua o que foi destruído. Pietra, tome um banho e troque o uniforme.

— Sim, doutora Laura — responderam as três mulheres ao mesmo tempo.

Ela encarou a doutora Caroline com gelo no azul dos olhos.

— Venha à minha sala.

Assim que a doutora Laura saiu junto com Caroline, as mulheres se olharam.

— Não queria estar na pele da doutora Caroline — disse Pietra.

— Gosto dela. É uma boa profissional — afirmou Lisa.

— Realmente tenho que concordar com você, Lisa. Ela é muito competente, dedicada e está se saindo bem. Foi elogiada na última reunião do conselho, presidido pela doutora Laura, e talvez isso possa contar a seu favor, mas a doutora Laura não costuma perdoar acontecimentos desse tipo.

— Acha que vai chegar a tanto? — disse Lisa e franziu o cenho, já sentindo muito pela doutora Caroline.

— Ela mudou a medicação prescrita sem avisar a doutora Laura.

— Mas ela não sabia.

— Sei disso, Lisa, mas não fará a menor diferença. Ela não admite erros, e vocês sabem disso.

A doutora Marcela observou o paciente.

— Ainda mais quando se trata do nosso amigo aqui.

— Então a doutora acha mesmo que ela pode ser mandada embora?

— Não será justo.

— Acredito, garotas — suspirou Marcela —, que tudo dependerá da conversa que estão tendo neste momento. Mas, pelo olhar da doutora Laura, creio que a possibilidade de perdão é quase nula.

•

— Sente-se, doutora Caroline.

A doutora Laura sentou-se em sua cadeira e cruzou os braços sobre a mesa.

— Doutora Laura, eu...

— Eu gostaria de conduzir a conversa.

— Sim, claro.

— Diga-me, por que a senhora mudou a medicação do paciente sem me consultar?

— Verifiquei os exames e os prontuários anteriores. Julguei a dosagem da medicação elevada.

— Mas ela foi prescrita por mim. A doutora está aqui há poucos meses, enquanto esse paciente está aqui há décadas. Como pode alterar a prescrição de sua medicação sem falar com o médico que o está atendendo?

— O médico que o atendia era o doutor Michel.

— O doutor Michel está morto. Quem atende aquele paciente sou eu, e sei que a senhora conhece essa informação.

— Sim, mas...

— E, mesmo assim, alterou a medicação sem falar comigo.

— A redução foi pequena, a senhora mesmo pode conferir. Não imaginei que o paciente fosse ficar tão alterado com a redução da dosagem que estava sendo ministrada.

— Ele disse alguma coisa?

Ela estranhou a pergunta.

— Ele fala?

— Sim, pode falar. Apesar de todas as cicatrizes que possui, sua saúde é muito boa, graças ao tratamento que recebe. — Fez uma pausa. — Principalmente pela medicação que recebe. Vou repetir a pergunta: ele lhe disse alguma coisa?

— Não.

— O que aconteceu exatamente?

— Nós entramos, e ele estava tomando a sopa. A doutora Marcela o cumprimentou, ele se virou para cumprimentá-la e, então, me viu e ficou transtornado daquele jeito. Bateu no prato de sopa, que caiu sobre Lisa, e puxou o monitor, que caiu no chão.

— Ele não disse nenhuma palavra?

— Não, apenas me olhava como se estivesse...

— Se estivesse o quê?

— Apavorado. Parecia apavorado, como se tivesse me reconhecido.

A doutora Laura respirou fundo e deixou o ar dos seus pulmões sair devagar, parecendo aliviada.

— Deve ter sido uma alucinação, não seria incomum para os casos como o dele. Talvez em sua mente perturbada pela medicação possa ter confundido a doutora com alguém.

— Pode ser. Ele tem família?

— Ele não tem ninguém.

— Ninguém vem visitá-lo?

— Não.

— Nem mesmo um amigo, um veterano ou alguém do exército?

— Não.

— É estranho que ainda esteja aqui e seja mantido pelo exército. Alguém deveria vê-lo. Afinal, por todas as suas cicatrizes, deve ser um herói de guerra.

— Herói?

Um pesado silêncio caiu sobre a sala.

— A nossa reunião está encerrada. Pode continuar o seu trabalho, doutora Caroline, mas fique claro que o paciente do quarto 206 será atendido somente por mim.

— Sim, entendi. Peço perdão e assumo toda a responsabilidade...

— Está dispensada.

Assim que Caroline deixou a sala, a doutora Laura levantou-se e foi até o armário, abriu a porta, retirou um copo e uma garrafa de conhaque e serviu uma dose generosa. Caminhou até a janela e, com a mão trêmula, levou o copo até a boca.

— Você nem imagina, doutora Caroline. Não sabe de nada.

A LIVRARIA

Era sábado de manhã. Estava nublado e soprava um vento gelado, empurrando grossas nuvens como rolos densos de fumaça. Caroline atravessou a rua e entrou na livraria. As mesas não haviam sido colocadas na frente do estabelecimento, porque só um louco enfrentaria o frio e o vento.

O interior era amplo, o teto era alto e as paredes tinham prateleiras de madeira escura, que preenchiam toda a sua extensão e estavam repletas de livros. Havia expositores espalhados pelo agradável ambiente, iluminado por luminárias redondas que desciam do teto. No fundo do amplo salão, havia um bistrô elegante, com uma cafeteria cercada por mesas de madeira e cadeiras confortáveis.

Ela viu dois atendentes colocando livros em uma estante, outro na cafeteria e um homem fazendo anotações em um livro, ao lado de uma registradora antiga, usada como decoração. Ela o reconheceu como o homem que costumava observá-la e, curiosa, foi em sua direção.

Parou diante dele, sem emitir qualquer ruído, e ficou observando-o, sem que tivesse notado a sua presença. Ele tinha estatura média e ombros fortes; os cabelos eram castanhos com alguns fios grisalhos. A sobrancelha era grande; o nariz, longo e proporcional à sua face. Os lábios eram finos, e o queixo, pontudo. Vestia uma bota *chelsea* marrom, uma calça jeans surrada, uma jaqueta de couro envelhecida e um cachecol preto com as pontas brancas.

— Bom dia.

O jovem se virou para ela, e Caroline viu uma grande cicatriz no outro lado de sua face. Num ato de reflexo parou de sorrir.

O jovem respondeu com um sorriso despreocupado:

— Bom dia.

E estendeu a mão para cumprimentá-la. Ela ficou envergonhada e se aproximou, apertando sua mão.

— Desculpe a minha reação, é que não imaginei...

— A minha cicatriz? Não se preocupe, estou acostumado. Prazer em conhecê-la, o meu nome é Benjamin.

— O meu é Caroline.

Ficaram com as mãos apertadas, e ele continuou a olhá-la, sorrindo. Caroline usava uma blusa de tricô marrom, uma calça de moletom branca e um par de tênis confortáveis para corrida.

— Você é a inquilina da casa do capitão?

— Sim.

— Pelo sotaque, devo presumir que veio de longe.

— Venho da capital e estou trabalhando no Centro Souto Lima.

— Com a doutora Laura?

— Sim.

— É verdade que ela comanda aquele lugar com mão de ferro?

— Não é tão ruim como dizem, mas tenho que admitir que não é uma mulher fácil.

— E o que está achando da casa do capitão? Vejo que está fazendo uma série de reformas.

— Acho a casa ótima.

— E a vizinhança?

— Saio cedo e volto tarde, então não tive muito tempo para conhecê-la. Acho que é bom ir aos poucos, conhecendo as pessoas devagar.

— O que achou da minha livraria?

— Muito agradável, espaçosa e aconchegante. Muito legal a ideia de colocar uma cafeteria.

— Não é uma ideia nova, mas acredito que combina bem. Quando está agradável, colocamos as mesas lá fora, como já deve ter observado. Quando o tempo piora, usamos nosso espaço interno.

— Confesso que, para mim, é um privilégio uma livraria na frente de casa.

— Obrigado, doutora. Gostaria de tomar um café?

— Não, obrigada. Estou procurando livros de uma filósofa. Ela é minha paciente no Souto Lima. Chama-se Helena Cortês.

— Temos várias obras dela. Não todas, porque algumas são verdadeiras raridades. Venha comigo, doutora.

Os jovens começaram a caminhar entre as mesas repletas de livros, e ela percebeu que ele mancava um pouco.

— Benjamin?

— Sim.

— Posso fazer uma pergunta pessoal? — disse, olhando para ele e sentindo compaixão pela cicatriz em sua face.

— Claro, doutora, se não me comprometer.

— O que houve com o seu rosto?

— Um acidente de carro quando tinha dezoito anos. Alguns amigos, um carro veloz e uma estrada escorregadia num dia chuvoso.

— Sinto muito.

— Tudo bem. Já superei o que aconteceu.

— Já pensou em fazer uma cirurgia plástica?

— Alguns amigos me sugeriram essa possibilidade, mas me acostumei com ela e, por enquanto, vou deixá-la onde está.

Caroline se arrependeu do que dissera. Como médica, tinha jurado aliviar o sofrimento alheio, mas se intrometera em um assunto delicado e pessoal.

Algo, porém, incomodava-a. Sentia na voz e no olhar de Benjamin que a cicatriz de alguma maneira aprisionava sua alma.

— Desculpe, não tenho motivos para me intrometer ou opinar em sua vida.

— Tudo bem, doutora. — Ele parou e olhou direto em seus olhos. — Não precisa se preocupar comigo. Apesar de não estar sempre sorrindo, sou um homem feliz.

Ela se sentiu ainda mais constrangida.

— Obrigada, Benjamin. Posso fazer uma outra pergunta?

Ele deu uma risada.

— Você veio comprar um livro ou fazer um interrogatório?

— Desculpe.

— Estou brincando, claro que pode fazer.

— É sobre o casal que construiu a casa em que estou morando.

— O que têm eles?

— Você sabe alguma coisa a seu respeito?

— Sei muito pouco sobre eles, quase nada, para dizer a verdade. O nome dele era Afonso e era um capitão do exército. Sua esposa se chamava Luíza. A casa foi construída pouco antes da guerra começar. Quando os combates iniciaram, ele foi enviado para o *front,* comandava uma unidade de elite. Existem várias histórias sobre o capitão Afonso, suas façanhas e de sua unidade, mas devo confessar que não acredito em tudo que dizem, porque vivo em meio a histórias e posso afirmar com propriedade que nem sempre um fato é descrito como realmente aconteceu. Ele morreu ao realizar uma missão, dias antes de ser anunciado o armistício, e, por seus atos de bravura, é considerado um símbolo para o exército.

— O que aconteceu com sua esposa?

— Ela foi ao enterro e, quando voltava para casa, foi atingida por um bombardeio.

Benjamin olhou para os olhos ávidos de Caroline, querendo saber mais sobre a história trágica do casal.

— É tudo o que sei sobre eles.

— Obrigada. Sei que pode parecer estranho, e pode me achar meio maluca, mas a casa que eles construíram é especial. Não sei explicar direito, mas sinto uma energia, uma paz e uma tranquilidade que nunca vi em outro lugar.

— Não duvido. Já ouvi histórias dizendo que, em noites de lua cheia, os espíritos do capitão Afonso e de sua esposa podem ser vistos dentro de casa.

— Não saberia o que fazer se visse os dois dançando na sala.

— Nem eu. Tenho vários livros sobre a guerra que foram escritos por renomados historiadores. Se quiser, posso lhe mostrar.

Ela se lembrou do pai e do quanto era doloroso para ele falar sobre o que havia acontecido. Acreditava que os traumas que carregava não poderiam ser descritos em um livro.

— Não, acredito que há muitas feridas abertas e apenas estou curiosa sobre o capitão e sua esposa. Estou procurando os livros de Helena Cortês.

— Os livros de filosofia estão aqui. Deixe-me ver... Ah, sim. Encontrei! Tenho estes.

Ele retirou cinco livros e os espalhou sobre uma das mesas.

— *A questão moral do suicídio.* — Ele leu o primeiro título.

— Este me parece pesado. Um livro duro, como os filósofos costumam falar.

— Também acho.

— Ela tem uma coleção em seu quarto. São cento e cinquenta livros, e afirma que são o resumo do pensamento humano. Também diz que alguns autores são caros para ela, quer dizer, que são muito especiais e não os venderia nem por uma grande quantia em dinheiro.

— Se ela diz isso, é porque devem ser muito especiais. Sabe, um livro é um amigo que nunca a abandonará.

Ela olhou a contracapa e passou a mão sobre a imagem.

— Como ela era bonita.

— Ela está muito doente?

— Tem uma degeneração rara nos pulmões, e os tratamentos quase não têm surtido efeito.

— Não é possível transferi-la para outro local com mais recursos?

— Já conversei com alguns especialistas, mas não há nenhum tratamento ou medicação diferente do que estamos fazendo. Ela piorou na semana passada e foi transferida para o nível quatro, que é o último nível que existe no Souto Lima. Desde aquele dia, ela só vem piorando, como se o tempo neste mundo estivesse chegando ao fim.

— Não deve ser fácil ver pessoas sofrendo sem poder ajudá-las.

— Por mais que eu diga que estou acostumada, estou mentindo para mim mesma. Coloco-me no lugar deles, vejo seu sofrimento e pareço sentir a sua dor. Faço o possível para ajudá-los e, quando não é possível, procuro aliviar o seu sofrimento.

O jovem procurou mudar de assunto:

– Entendo, ou, pelo menos, acho que entendo. Diga-me, que livros já leu sobre filosofia?

– Li obras escritas pelos pais da filosofia.

– Sócrates, Platão e Aristóteles. Está indo bem, porque eles influenciaram diretamente a filosofia.

– Nunca tinha lido sobre esse tema, mas depois do primeiro não consegui parar.

– Deixe-me ver se me lembro de algo. De Sócrates: "Só sei que nada sei". De Platão: "Uma vida não questionada não merece ser vivida". De Aristóteles: "Nunca existiu uma grande inteligência sem uma veia de loucura".

– Nossa! Muito bem, Benjamin.

– Preciso confessar que não li nenhum livro sobre Helena Cortês, mas este é o mais vendido por aqui.

Ela pegou o livro de sua mão e leu o título:

– *A intervenção do livre-arbítrio sobre o destino.*

– É um clássico.

– Vou levá-lo.

– Fez uma boa escolha.

– Bom dia!

Eles se viraram ao mesmo tempo para a mulher que se aproximava e os interrompia. Ela era alta, com corpo esguio, seios grandes e um pescoço comprido. Os cabelos eram escuros, estavam soltos e as pontas haviam sido clareadas. Seu rosto era redondo, a testa era larga, tinha o nariz arrebitado e os olhos verdes e penetrantes. Os lábios grandes e sensuais estavam cobertos de um batom rosa-claro e brilhante. Ela usava um cachecol vermelho, uma jaqueta preta de couro justa, uma calça jeans skinny e uma bota de couro de cano curto marrom.

Ela parou tão próxima de Caroline que a obrigou a dar um passo para trás.

— Muito prazer, sou Sabrina — disse, estendendo a mão. — Eu e Ben somos casados e os donos desta livraria.

O perfume forte e adocicado preencheu suas narinas.

— Muito prazer, Sabrina. Sou Caroline e, como dizia para seu marido, vocês têm muito bom gosto e estão de parabéns, o lugar é mesmo lindo.

— Obrigada. Sou a responsável por toda a decoração, e meu marido cuida da parte administrativa.

Então, Sabrina deu um passo para trás e colocou as mãos no ombro de Benjamin.

— Este lugar significa muito para nós — disse, com um largo sorriso no rosto. — É o nosso projeto de vida. Não é verdade, meu amor?

— É verdade.

— Diga-me, Caroline, você está na cidade a trabalho, estudo ou está fugindo de algo? — Usava um tom de brincadeira, mas a médica percebeu que havia provocação por baixo do humor.

— Sou médica. Mudei-me há pouco tempo para cá e estou trabalhando no Souto Lima.

— Um ótimo trabalho. Imagino que seja bem tranquilo cuidar dos velhinhos, levá-los para pegar sol, papinha na boca, essas coisas.

— Mais ou menos isso. Bem, já encontrei o que vim buscar. Foi um prazer conhecê-los.

— Volte sempre que quiser — disse Benjamin.

— Espere, vou acompanhá-la até o caixa. — A mulher adiantou-se.

— Obrigada, Sabrina.

Assim que Caroline se afastou, o jovem pegou os livros que havia retirado da mesa e os colocou de volta no lugar. Após levar Caroline até o caixa, Sabrina retornou, abraçou-o e beijou-o levemente nos lábios.

— Ontem à noite foi maravilhoso. Quero repetir a dose.

— Por que não? — Ele abraçou a sua cintura. — Afinal de contas, o que não faço por você?

— Tem que fazer tudo por mim. Tudo! Porque somos uma dupla imbatível, não é mesmo?

— É claro.

— Sabe onde estive?

— Não faço a menor ideia.

— Com Thomas.

Ele soltou sua cintura.

— Achei que já tínhamos resolvido esse assunto.

— Mas ele fez uma nova proposta, Ben.

— Não estou interessado.

— Não quer nem ouvir?

— Não.

— Benjamin, não seja irracional. O valor é ótimo, e Thomas garantiu que manterá a livraria aberta.

— Já disse que não quero vender. E o que ele disse é mentira, vai fechá-la assim que assinarmos o contrato de venda. Somos o seu maior concorrente nesta cidade, e sei como ele pensa. Você já esqueceu como foi difícil quando começamos?

— Mas, Ben, veja Gianella e Francesco! O restaurante deles vive lotado, e estão ganhando muito dinheiro.

— Já viu os nossos números. O último mês foi excelente, e é isso que está incomodando Thomas.

— Mas pense, nós podemos ganhar muito mais com um restaurante.

— Sabrina, nunca foi por dinheiro que montamos este lugar. Foi para construirmos um sonho. O *nosso* sonho. E agora você quer vendê-lo para ganhar mais dinheiro?

— Não estou desistindo de nós. Sabe que jamais faria isso. O que estou pedindo é para você considerar a possibilidade de mudar os nossos planos, de terminarmos uma fase de sucesso e começarmos algo novo. Serão novos desafios, novas possibilidades. Vamos expandir a nossa capacidade empreendedora.

Ele se aproximou dela e acariciou o seu rosto.

— Sabe como este lugar é importante para mim, e eu sei que, sem você, não teria conseguido chegar até aqui.

— Nós — ela o corrigiu. — Nós não conseguiríamos ter chegado até aqui. Só pensei que seria bom termos um novo desafio.

— Vamos criar desafios aqui, neste lugar.

— Claro, meu amor.

Ele a abraçou.

— Sempre estarei ao seu lado, Ben.

— Preciso ver a situação dos pedidos que fizemos para as distribuidoras.

— Certo. Vou conferir as remessas dos livros que chegaram ontem.

— Ótimo.

Os jovens se afastaram. Sabrina pegou o celular e se dirigiu a um local afastado.

— Alô, Thomas? É Sabrina. Falei com Benjamin, mas não tive sucesso... Sim, continua irredutível... Não, é claro que não vou desistir, e nosso acordo continua. Não se preocupe, sempre consigo o que quero. Só preciso descobrir um ponto fraco, uma forma de romper a recusa dele... Claro, assim que tiver novidades, entrarei em contato.

Desligou o telefone, olhando a distância a figura do marido.

— Não se preocupe, Ben. Sei o que será melhor para nós dois. E o melhor será vendermos esta livraria melancólica e abrirmos um restaurante bem longe daqui. Um lugar novo, cheio de vida e de pessoas felizes. — Sorriu maliciosamente. — Afinal, eu sempre consigo o que quero.

BRILHANTES DEDUÇÕES

A doutora Caroline abriu a porta devagar, olhou pela fresta e sorriu ao ver Helena acordada.

— Entre, minha linda jovem — disse ela com dificuldade.

Helena estava deitada na cama, que tinha a cabeceira levantada para facilitar a respiração. Usava um *bipap*, que verificava suas pressões respiratórias, e estava conectado em seu nariz por meio de uma fina mangueira. A doutora Caroline observou o monitor e constatou que a respiração da paciente estava fraca, então fez um pequeno ajuste, aumentando o fluxo de oxigênio. Em seguida, conferiu as três bolsas fixadas em um suporte, com mangueiras finas que desciam até o seu braço e injetavam a medicação em suas veias.

— Como estamos hoje?

— Um pouco pior do que ontem e caminhando rumo a um final melancólico. Mas o que é a jornada da vida se não uma grande melancolia seguida de breves suspiros de alegria?

— Talvez tenha razão — disse, colocando a mão em sua testa. — Mas a febre cedeu ontem à noite, e Lisa me disse que, esta manhã, ela ainda não apareceu. Talvez seja uma batalha ganha.

— Acho que ela saiu para tomar um café, mas não se preocupe, ela sempre volta.

— Quanto às dores de cabeça?

— Fugiram assim que você entrou por aquela porta.

A doutora Caroline colocou o estetoscópio em seu peito e viu que os chiados aumentaram.

— Está conseguindo respirar sem dor?

— Quer uma resposta politicamente correta para deixá-la feliz ou a realidade nua e crua?

— Como sua médica, gostaria da verdade nua e crua.

— As dores nunca passaram, minha jovem discípula, nunca passam, e os breves momentos de alívio já não trazem mais alento em minha mente. Não pretendo buscar a felicidade, porque ela é uma ilusão no deserto, e quando encontramos algum alento são apenas goles de água quente em meio a um sol escaldante. Mas se acha que reclamarei ou direi injúrias contra os deuses, está muito enganada. Aceito o meu destino com resignação. Aceito as tristezas e as alegrias que tive nesta vida. Assim como o fazendeiro que semeia, eu fiz as minhas plantações. Muitas vezes não colhi nada, mas, em outras, tive boas safras e, a cada boa safra, regozijei-me com o que pude colher. Lutei o bom combate. Minha mente está afiada como uma espada templária, mas o meu corpo não deseja mais combater. Então, não me resta outra coisa a não ser largar meu escudo, embainhar minha espada e partir para outra jornada, porque esta já está terminando.

Ela tossiu algumas vezes, e suas feições se fecharam com a dor aguda.

— Não deve falar tanto assim.

— Dê-me um pouco de água, minha querida.

A doutora foi até o balcão, encheu o copo com água e deu à sua paciente em pequenas doses.

— Beba devagar, assim. Trouxe uma surpresa para você.

— Uma surpresa?

A doutora Caroline mostrou o livro que havia comprado.

— Ah! — Helena exclamou. — *A intervenção do livre-arbítrio sobre o destino.* Décima primeira edição. Achei que não passaria da primeira.

— Dizem que é um clássico, e quem me vendeu afirmou que é muito procurado.

Helena observou Caroline em silêncio.

— Seus olhos mostraram um brilho diferente ao falar do rapaz que vendeu o livro. Quem é ele?

— É o dono de uma bela livraria que fica em frente à minha casa.

— Uma livraria na frente de casa, muito interessante. Poderia, por gentileza, falar sobre ele?

— Ele — hesitou por um momento, pensando em como descrevê-lo — sofreu um acidente, tem uma cicatriz no rosto e um problema na perna que o faz mancar um pouco. Mas supera o que aconteceu com um olhar cativante e um sorriso encantador.

— Os atributos físicos são importantes, diria até que são premissas básicas, é claro, mas e quanto ao intelecto?

— Parece-me ser bem inteligente.

— Vocês já conversaram muito?

— Algumas vezes. O inverno está chegando e trazendo o frio, então, nos sábados pela manhã, costumo tomar café com ele.

— Ele serve café?

— Tem um bistrô dentro da livraria e, quando não está muito frio, monta algumas mesas do lado de fora, na calçada.

— Café em uma livraria? Como os franceses?

— Sim, como os franceses — respondeu sorrindo.

— Gostaria de conhecê-lo. Fale mais sobre ele. Como é o seu nome?

— Benjamin.

— É um nome bonito.

— Não há muito o que falar, nós conversamos apenas algumas vezes. Mas ele é gentil. Pelo menos, até sua esposa chegar.

— Ah, claro, sua esposa. Era óbvio que teria alguém. Homens interessantes sempre têm uma mulher por perto. Fale-me dela.

— Não sei muito sobre ela, apenas que é bonita, tem um corpo atlético e, assim que aparece, Benjamin se afasta.

— Você gostaria de fazer sexo com ele?

— Helena! Que pergunta é essa? Não, claro que não. Ele é apenas um amigo que conheci faz pouco tempo. Não tenho essa intenção, e, além disso, ele é casado.

— E quem disse que um casamento é um sinal de castidade absoluta? Um juramento não significa nada quando o desejo fala mais alto.

Os olhos de Caroline entristeceram, e ela baixou a cabeça.

– Oh, céus! Que falta de tato a minha! Mil perdões! Agora percebo que houve uma história de traição em sua vida, uma história que a entristece muito.

Ela se manteve em silêncio. Não precisava confirmar. A verdade era facilmente lida em seus olhos.

– Gostaria de falar sobre isso? – Helena insistiu.

– Na verdade, gostaria de esquecer.

– Admiro sua atitude diante da aflição que se abateu sobre sua alma, sem que isso tenha alterado o seu caráter. Sabe, doutora, pessoas como você são raras hoje em dia. Podemos voltar a um assunto mais leve, mais interessante e atual. Vamos voltar a Benjamin. Se assim desejar, é claro.

Caroline concordou e franziu a testa.

– Ele parece ter medo de Sabrina. Mas não sei se é medo que ele sente... Poderia ser outro sentimento. Quando ela aparece, está sempre segura de si, com um ar arrogante, e, então, ele muda completamente. Fala pouco, olha para baixo ou para os lados e, se tem uma oportunidade, desaparece o mais rápido que pode.

– Ela parece exercer um grande poder sobre ele. Conte-me mais.

Caroline contou os detalhes das conversas que havia tido com Benjamin e da sua mudança de comportamento sempre que sua esposa aparecia.

– Acha que é um covarde? – A médica questionou antes que pudesse se refrear.

– Não. Você gostaria de saber o que o incomoda quando sua mulher aparece?

Caroline pensou se gostaria de ouvir a opinião de Helena, e a sua curiosidade de sabê-la prevaleceu.

– Sim, gostaria.

– Eles se conheciam antes do acidente que desfigurou o seu rosto, e ele nutre um forte sentimento de gratidão por ela ter ficado ao seu lado. Ela, por sua vez, se aproveita dessa situação, porque sabe que é bonita e desejada por outros homens. Não me surpreenderia em saber que já o traiu. Faria isso sem cerimônias devido ao seu ego e o excesso de confiança de que ele jamais faria o mesmo. Talvez já tenha pensado em deixá-lo várias vezes, mas sempre acaba desistindo.

— Por que ela faria isso?

— Porque ele é o seu porto seguro. Desde que ela esteja no controle, é claro, e isso o incomoda, mas jamais irá admitir. Então, a situação de Sabrina é confortável, mas você apareceu e alterou esse delicado equilíbrio. Essa mulher, como uma predadora em seu território, sente-se ameaçada todas as vezes que você se aproxima de Benjamin.

— Então ele não é um covarde?

— Não, minha querida. Benjamin é um cavalheiro e prefere se afastar para evitar um possível conflito entre vocês. Não, definitivamente, não é um ato de covardia. Sabe qual a conclusão a que cheguei após ouvir o seu relato?

— Não.

— Benjamin vive um belo romance medieval, só que às avessas. Ele é uma princesa, esperando um príncipe encantado surgir e matar o dragão que o aprisionou e vigia a torre em que está prisioneiro.

Helena riu, divertindo-se com aquela ideia descompassada.

— E talvez a doutora seja seu príncipe encantado.

— Eu? — disse ela, admirada com as conclusões de Helena. — Confesso que não conseguiria fazer uma dedução como essa. Como você consegue?

— A resposta está ali — disse, apontando para a estante cheia de livros. — Poderia lhe ensinar, mas temo que não tenha tempo hábil para isso.

— Helena, você é incrível. Então, imploro que me ensine enquanto for possível e, por favor, faça uma dedicatória para mim.

— Muito bem. Farei o que me pede, porque não tenho mais nada interessante que possa fazer. Trouxe uma caneta? Oh, está aqui, claro. Que grosseria a minha perguntar o óbvio. Muito bem, aceitarei o seu pedido e farei uma dedicatória, mas com uma condição.

— E qual seria essa condição?

— Só poderá ler o que escrevi quando eu não estiver mais aqui — disse, olhando para a jovem com tristeza e resignação. — Só poderá ler o que escrevi quando eu já tiver partido.

Então, ela voltou a tossir forte e, dessa vez, respirou com dificuldade.

— Mas não demorará muito tempo, minha querida. Sabe, você tem sido o brilho do sol que rompeu as grossas nuvens que pairavam sobre a minha cabeça. É o anjo que me fez acreditar que ainda há uma pequena chance de redenção para a humanidade. Irei em breve, e, como os estoicos diriam, aceitei as limitações da minha breve vida e encontrei a paz. Todos os dias, travo uma luta externa e uma luta interna. A externa eu já perdi, não há o que fazer. Meu exército foi dizimado e já assinei os termos da minha rendição. Mas a interna, essa não. Essa lutarei até o último suspiro. — Segurou a mão da jovem com uma força surpreendente. — Por acaso acha que está muito melhor do que eu? Pobre ingenuidade a sua! Posso lhe assegurar que não está, porque todos precisam lutar contra os seus demônios.

Helena engasgou e, com o olhar suplicante, continuou a segurar firme a mão da jovem médica, que conferiu o visor do monitor para constatar que os batimentos cardíacos estavam um pouco alterados.

— Acalme-se e beba mais um pouco de água. Sim, assim mesmo. Muito bem, Helena, você me convenceu. Aceito suas condições.

Helena escreveu uma longa dedicatória com a mão trêmula, esforçando-se para tornar a letra o mais legível possível. Por fim, assinou e depois fechou o livro devagar.

— Aqui está, e rogo, mais uma vez, que respeite minha decisão. Leia esse breve texto de preferência em um belo final de tarde. Tomara que esteja frio, e recomendo que tenha como única companhia uma taça de vinho. Por favor, faça isso em minha homenagem. Sempre gostei de beber vinho no inverno. Faça isso, como um último desejo de uma grande amiga. Agora, olhe para meus olhos e me diga que o fará?

A doutora Caroline enfrentou os olhos tristes e suplicantes da mulher.

— Helena — disse a médica, afagando a testa enrugada e passando a mão nos cabelos desgrenhados —, eu atenderei ao seu pedido.

DELÍRIOS

A chuva caía forte, com trovões rugindo como se forças titânicas lutassem pelo controle do firmamento. Caroline estava junto à vidraça, no segundo andar do edifício principal do Centro Médico Souto Lima, observando a chuva torrencial que atingia com violência o prédio. Os grossos pingos de chuva batiam na vidraça e escorriam como lágrimas, influenciados pelo vento forte, que vinha em rajadas. A jovem não tinha medo da chuva nem dos trovões e achava o espetáculo uma maravilha da natureza. Seu rosto sorria ao ver um raio irromper nos céus e iluminar a noite, colorindo seu rosto com tons azulados. Estava cansada, mas sua mente estava serena e procurava afastar todos os pensamentos que pudessem afligi-la, mas algo em sua consciência dizia que aquela calma não duraria muito tempo. Era somente a calmaria antes da tempestade.

Então, ouviu um grito que a trouxe para a realidade. Correu e entrou no quarto 206.

O paciente estava amarrado à cama com tiras de couro e se debatia em profundo desespero. Os olhos estavam fechados, a testa estava cheia de gotas de suor e saliva escorria pelo canto de sua boca.

— A doutora Laura? — Caroline questionou Lisa, que tentava controlar o paciente. — Ela está no Centro?

— Não, doutora! Ela já foi embora. Ainda não o mediquei e, quando abri a porta, já estava neste estado.

Caroline pegou o telefone e discou para o ramal da equipe de plantão, responsável pelo nível quatro.

— Luiz! É a doutora Caroline. Estou no 206, e o paciente apresenta espasmos e agitação profunda. Traga uma seringa com cinco ml de haloperidol!

Ela desligou o telefone.

— Ajude-me, Lisa!

Elas tentaram segurar o veterano, mas ele se agitava cada vez mais.

— Ela voltou...

— O que ele disse? — A médica assustou-se.

— Não faço a menor ideia, doutora. Ele está delirando!

— Ela voltou! Ela voltou por mim! — ele gritou, e as duas mulheres se olharam, atônitas. — Sabia que voltaria! Ela voltou. Veio me buscar!

— Quem é *ela*? — perguntou a doutora, forçando o peito do homem para baixo. — Alguém veio visitá-lo?

— Não!

— Você tem certeza?

— Ele nunca recebeu visitas, doutora Caroline!

— Ouço a sua voz! Ela está perto de mim! — continuou ele, descontrolado.

— É você, doutora — respondeu a enfermeira, assustada. — É de você que ele está falando! Ele reconheceu a *sua* voz! Por favor, fale com ele, acalme-o!

Caroline estava incrédula com a afirmação de Lisa, mas o que ela dizia parecia fazer sentido. Então, aproximou-se do rosto do paciente e colocou uma das mãos em sua testa suada.

— Acalme-se, Adônis, eu estou aqui. Estou aqui, vou cuidar de você e preciso que se acalme. Não precisa ficar nervoso, não há motivo para isso.

O corpo do paciente estremeceu e suas agitações foram diminuindo. A enfermeira soltou os braços, deu um passo para trás e ficou observando a doutora falando com o paciente. A porta se abriu e o enfermeiro entrou com uma seringa nas mãos. Lisa fez um sinal para que aguardasse e ficasse em silêncio.

— Você voltou... Voltou por mim.

— Voltei — concordou Caroline. — Vim para cuidar de você.

— Sabia que você viria. Sempre soube. Sabia que não acabaria assim. O pingente é de ouro e é meu, somente meu e de mais ninguém.

– Muito bem, soldado, muito bem – ela disse. – Agora quero que descanse.

– Doutora Caroline, vamos aplicar também o haloperidol? – questionou o enfermeiro, que parecia confuso com a cena.

– Não, Luiz, obrigada. O quadro do paciente está normalizando. Pode voltar para o plantão. Está tudo sob controle, e nós cuidaremos de tudo.

– Doutora, ele reconheceu sua voz – Lisa afirmou novamente quando Luiz saiu da sala.

– Foi a mesma impressão que tive quando ele me viu pela primeira vez, como se tivesse me reconhecido. Quero lhe pedir um favor: não diga nada para ninguém sobre o que aconteceu aqui. Diga apenas que o paciente teve uma agitação descontrolada e eu ajudei a acalmá-lo.

– Por que deseja omitir que o paciente parece reconhecê-la?

– Apenas me prometa, por favor.

– Está bem. Doutora, que segredos acha que ele guarda? O que seria esse pingente de que falou? Será uma joia que ele tinha?

– Não faço a menor ideia. Ele pode não ter condições de revelar os seus segredos, mas conheço uma pessoa que pode.

•

A doutora Laura ouviu o relato de Caroline sem fazer qualquer questionamento ou interrupção. Ficou imóvel, com as mãos sobrepostas sobre a mesa de vidro, observando a jovem médica explicar o que tinha acontecido na noite anterior e como ela havia estabilizado o estado do paciente.

– Doutora Caroline, do ponto de vista profissional, achei precisa a sua intervenção. Solicitar haloperidol e decidir não aplicá-lo foi uma decisão sábia, e isso não é nada mais do que o conjunto de atribuições que me fizeram contratá-la. Seu desempenho demonstra que minha decisão foi acertada ao aceitá-la em nosso quadro de colaboradores.

A jovem médica encarou os olhos azuis penetrantes da doutora Laura. Eles pareciam vazios, não demonstravam nenhum sentimento ou emoção. Se Helena afirmava que os olhos eram as janelas da alma, os olhos da doutora Laura mostravam que sua alma era vazia ou, ao menos, muito bem oculta e sombria.

— Mas achar que há algo naquele paciente, ou melhor, que aquele pobre homem tem um segredo, e que a sua presença teria, de alguma forma, incentivado lembranças que o estão atormentando, é impossível.

— Mas, na primeira vez que ele teve uma crise, a senhora perguntou se havia conversado comigo.

— Sim, mas há um motivo que me parece bastante claro.

— E qual seria?

— Ele é um veterano de guerra, não tem família, foi gravemente ferido e teve as duas pernas amputadas. Realizei a cirurgia de amputação depois de fazer o possível para salvá-las, mas nunca me interessei em saber a sua história. Não há muitas informações sobre ele. Durante a guerra, não havia centros médicos ou hospitais para todos os feridos nas batalhas. Então nós entramos em acordo com o exército, que liberou recursos para que pudéssemos reconstruir este lugar após sofrer aquele pesado bombardeio. Eles começaram a chegar, centenas deles. Fiz de tudo para salvá-los, usei todos os meios possíveis e, hoje, somente um ainda está conosco: o paciente do quarto 206.

— Ninguém veio visitá-lo durante todo esse tempo?

— Não, e considero natural que a questione se houve algum tipo de comunicação entre a doutora e o paciente, apenas a título de curiosidade, nada mais. Doutora Caroline, aquele homem não é mais um soldado. Ele é um sobrevivente, e devemos cuidar de sua saúde, porque esta é a missão deste centro médico.

— A doutora saberia informar se ele trazia algum pertence quando veio para cá?

— Não, não saberia informar.

— Mas os outros veteranos deviam trazer algum pertence, como Helena Cortês ou Lúcio Rinaldi. Ele pode ter trazido alguma coisa com ele, medalhas, fotos ou um pingente.

Caroline percebeu uma leve perturbação na expressão da doutora Laura à menção do último item.

— As pessoas que a doutora citou fizeram essa solicitação posteriormente à chegada neste centro, e todos os seus objetos foram catalogados antes de entrarem neste edifício. O paciente do quarto 206 chegou somente com a roupa simples de um hospital de campanha.

— A doutora tem certeza quanto a isso? Não há nada que o identifique melhor?

— Isto é uma conversa informal ou um interrogatório? Se deseja mais informações sobre ele, sugiro que pergunte aos militares. Nós não somos o departamento de inteligência do exército, e a época dos interrogatórios terminou há muito tempo, doutora Caroline.

— Desculpe, doutora Laura.

— Tenho uma reunião que iniciará em cinco minutos e gostaria que a doutora esquecesse esse assunto e continuasse a exercer suas atividades com a competência e eficácia que vem demonstrando.

Caroline deixou a sala após confirmar com a cabeça e pedir desculpas mais uma vez. A doutora Laura ficou pensativa por alguns instantes, pegou o telefone e discou um ramal.

— Rodrigo, bom dia. É a doutora Laura. Avise a Osório que desejo falar com ele imediatamente.

Minutos depois, alguém bateu à porta.

— Sim?

A porta se abriu, e um homem baixo, de corpo atarracado e inclinado para frente surgiu com um semblante preocupado. Não tinha o braço esquerdo, os cabelos eram grisalhos e seu rosto era grande e redondo.

— Com licença, doutora Laura.

— Entre, senhor Osório. Sente-se, por favor.

Ela observou o homem à sua frente, visivelmente perturbado por ter sido chamado, caminhando com passos inseguros, como se estivesse se aproximando de um predador que poderia atacá-lo a qualquer momento.

— Como estão as coisas no almoxarifado?

— Estão muito bem, doutora Laura.

— Li o relatório do último inventário. Cem por cento de acerto. Meus parabéns!

— Obrigado, doutora Laura — disse, sentindo-se um pouco mais à vontade. — Fui um dos primeiros funcionários contratados pelo doutor Ítalo, que Deus o tenha. Ele era um homem muito bom, doutora Laura. Sinto muito orgulho de trabalhar aqui, sempre fiz e farei o meu melhor. Nos bons momentos — hesitou e olhou para o lugar onde deveria estar o seu braço — e também nos difíceis. Perdi um braço, mas a senhora perdeu muito mais.

— Foram tempos difíceis, Osório, mas agora estamos em um outro momento. Preciso de sua ajuda sobre um assunto delicado e confidencial.

O homem se remexeu na cadeira.

— Pode contar comigo, doutora Laura.

— Antes de tratarmos desse assunto, preciso que assuma um compromisso de máxima discrição sobre o que trataremos a seguir.

— Não se preocupe, doutora.

— Sabia que podia contar com sua compreensão.

— A doutora sempre poderá contar comigo.

— Estou em uma situação delicada com o exército — revelou, sem rodeios.

— Com o exército? Depois de tudo o que a senhora fez por eles?

— Sim, é verdade. Mas, como já disse, os tempos são outros e, por isso, chamei-o aqui.

— Do que se trata, doutora?

— O exército fará uma homenagem para os veteranos daqui a algumas semanas e me procuraram para saber se ficou algum pertence conosco, alguma medalha ou objeto pessoal da época em que nós recebemos os soldados feridos. Lembro-me de que você era o responsável por receber, catalogar e armazenar os pertences que chegavam, mas a dúvida é se ficou algum objeto em nosso poder. Essa solicitação é sigilosa, está sendo feita em outros hospitais e está exigindo cautela e discrição, porque se trata de um assunto delicado.

— Se esse assunto a preocupa, doutora, pode ficar tranquila, não existe nenhum objeto em nosso poder.

— Como pode ter certeza? Não estou pondo em dúvida sua afirmação, mas espero que entenda a minha situação...

— Mas é claro. Na época em que os soldados feridos começaram a chegar, vindos de vários hospitais de campanha, o exército encaminhava caixotes de madeira com os seus pertences, e eu era encarregado de conferir, catalogar e armazená-los, como a senhora bem se lembra. Quando vinha algum parente realizar uma visita, a primeira coisa que fazíamos era conferir se o paciente tinha algum objeto, e, se tinha, nós entregávamos aos familiares.

— E para aqueles veteranos que não receberam nenhuma visita de um parente? Imagino que tenham acontecido casos assim.

— Sim, mas foram muitos poucos. Pode até parecer estranho ninguém visitar um soldado ferido, entretanto os motivos mais comuns eram porque a família tinha sido morta em um bombardeio ou porque havia algum tipo de ressentimento entre eles.

— E nesses casos, o que era feito com seus pertences? — perguntou, tentando disfarçar a impaciência que surgia com o nervosismo.

— Quando um soldado recebia alta, se ainda tivesse algum pertence conosco, eles eram entregues. Se ele viesse a óbito, eram encaminhados para o exército.

— E não sobrou nada?

— Devem ter sobrado umas três caixas de objetos que não conseguimos identificar, e, como não sabíamos o que fazer, guardamos no almoxarifado.

— O que aconteceu com essas caixas? Elas ainda estão conosco?

— Há uns quinze anos mais ou menos, entreguei-as à Associação dos Veteranos. Se a doutora precisar, tenho arquivado o recibo da entrega.

A doutora Laura pareceu aliviada.

— Muito bem, Osório. Não será necessário conferir o recibo da entrega, mas o tenha por perto, caso tenhamos que apresentá-lo ao exército.

— Claro.

— Você está dispensado. Devo apenas lembrá-lo do nosso acordo sobre esse assunto.

— Esse assunto será esquecido assim que passar por aquela porta.

O homem deixou a sala, e a doutora Laura caminhou até a janela. Estava um dia cinzento, e um vento frio balançava a copa das árvores. Havia alguns pacientes no pátio, e a doutora Caroline conversava alegremente com um grupo de idosos. Ela gesticulava com as mãos, dava gargalhadas e se abaixava para analisar o joelho de uma senhora que estava sentada em um banco.

— A pergunta a ser feita é: como solucionar um caso insólito como este? Há muitas questões para serem respondidas, mas o final desta história irá convergir para uma única decisão: o que devo fazer com você, minha jovem amiga?

•

— Doutora Caroline? O que faz aqui embaixo no setor de estoque?

A doutora se aproximou do homem que colocava algumas caixas em uma prateleira de aço, utilizando com habilidade a única mão que possuía.

— Senhor Osório, me disseram que o senhor poderia me ajudar.

— E quem disse isso?

— O doutor Mário. Segundo me informou, o senhor é a pessoa certa para tratar de um assunto delicado.

— É mesmo? E qual seria o assunto?

Ela não deixou de notar o tom de desconfiança em sua voz.

— Antes de falar sobre essa questão, gostaria de contar com sua discrição.

Ele sentiu-se lisonjeado ao receber a piscadela da bela mulher. O tom de voz anuviou-se:

— Serei o mais discreto possível.

— O senhor já ouviu falar do paciente do quarto 206?

— Sim, é o último veterano que está conosco. Ouvi falar que anda um pouco agitado ultimamente.

— É verdade, mas, diga-me, o senhor lembra quando ele veio para cá?

— Lembro da época. Eu trabalhava no departamento que recebia os soldados feridos, auxiliava na sua identificação e era o responsável por cuidar dos seus pertences enviados.

— Os pertences não vinham junto com os soldados?

— Não, primeiro vinham os soldados feridos com seus prontuários e, alguns dias depois, chegavam os seus pertences. Eu os catalogava e os armazenava para serem entregues aos familiares.

— Muito bem. Mas o paciente do quarto 206 nunca recebeu uma visita, não é mesmo?

— Sim, é verdade. O paciente do quarto 206 é uma incógnita, ninguém nunca soube nada sobre ele.

— O senhor saberia me dizer, apenas por curiosidade, se ainda existe algum pertence seu aqui no Centro?

Ele deu uma piscadela para a doutora Caroline.

— Tudo bem, doutora Caroline, sei quem a mandou aqui. É mais um daqueles testes que ela costuma fazer, não é mesmo?

— Teste?

— Sim, sei que foi a doutora Laura que a mandou até aqui. Aguarde um momento, por favor.

Ele atravessou a fileira de estantes, foi até a escrivaninha, abriu uma gaveta e retirou um papel amarelado. Ele sorriu e voltou na direção da doutora com ar triunfante.

— Quando ela me procurou, falando sobre esse mesmo assunto, a primeira coisa que fiz foi procurar o recibo. Veja, aqui está ele.

Caroline olhou o papel, refletiu sobre o que Osório havia dito sobre a doutora Laura e falou devagar, calculando as palavras:

— Muito bem, senhor Osório. Pelo que estou vendo aqui, o senhor entregou para o Centro de Apoio aos Veteranos três caixas com o que restava dos pertences dos soldados feridos.

— Foi isso mesmo que disse para a doutora Laura, e aqui está a prova.

— Entendi. Agora, vamos fazer uma análise para que eu possa reportar para a doutora Laura.

— Sim, claro.

— A doutora o procurou algum tempo atrás, pedindo informações sobre a possibilidade de ainda termos pertences dos veteranos.

— Cinco dias atrás, para ser mais exato, e é para uma homenagem que o exército irá fazer para os veteranos.

Caroline lembrou que fora nesse mesmo dia que ela a havia questionado sobre a possibilidade de existirem pertences do paciente do quarto 206.

— Então o senhor a informou que — ela olhou para a data do documento que tinha nas mãos —, há dezessete anos, reuniu todos os pertences que ainda restavam e os entregou ao Centro de Apoio aos Veteranos.

— Sim, doutora Caroline, e o espaço ainda existe e está no mesmo endereço.

— O senhor confirmou que a doutora Laura não devia se preocupar, porque não existe mais nenhum pertence no Souto Lima, correto?

Osório abriu um largo sorriso.

— A prova está em suas mãos, doutora Caroline.

— Posso tirar uma foto deste recibo?

— Com toda certeza, doutora.

Ela colocou o recibo sobre a mesa, pegou o celular e tirou uma foto.

— O senhor fez um ótimo trabalho. A doutora Laura deseja que guarde esse documento em segurança, porque os militares podem solicitá-lo.

— Foi o que ela me pediu.

— Como o senhor já sabe, a minha vinda até aqui foi um teste solicitado pela doutora Laura, e direi para ela que o senhor foi aprovado com louvor.

— Eu agradeço, doutora — respondeu, satisfeito.

— Mas preciso que o senhor me prometa que jamais irá conversar com doutora Laura sobre nossa conversa. Ela ordenou discrição absoluta e se o senhor comentar que descobriu o teste, bem, o senhor sabe como ela é...

— Não se preocupe, doutora. Jamais falarei com a doutora Laura sobre isso. Sei que ela não gosta de ver os seus testes sendo descobertos assim, pelos funcionários.

— Muito bem, senhor Osório, muito bem.

Ela ia se afastando quando ele a chamou:

— Doutora Caroline?

— Sim.

— A doutora acha que os militares virão atrás deste documento?

Ela sorriu para ele.

— Não tenho a menor dúvida.

CONSELHOS

– Você foi muito corajosa, minha cara. Se por um momento a doutora Laura imaginar que foi atrás do senhor Osório e visitou o Centro de Apoio aos Veteranos, irá fritá-la em óleo fervente.

– Não tenho medo dela, Lúcia, muito menos de suas ameaças.

– Mas deveria. Ela não é uma mulher comum. Sobreviveu a uma guerra e a um bombardeio que destruiu este lugar e matou o seu marido, mas conseguiu reconstruí-lo e, hoje, é uma referência internacional. Ela é uma sobrevivente poderosa, e desrespeitá-la é, no mínimo, falta de inteligência.

As duas mulheres conversavam na sala da doutora Lúcia. Estavam em duas poltronas de couro vermelho, posicionadas uma na frente da outra.

– Mas não sou somente eu que a desafio. Ela nunca reclamou destes sofás vermelhos, dessa parede verde, e desses vasos com plantas e flores?

– É claro que reclamou. Mas eu disse que seria muito importante para mim poder atender bem os meus pacientes, e, por isso, a minha sala precisaria ser um refúgio para as almas angustiadas.

– E ela aceitou fácil assim?

– Não, mas depois da quinta negativa adotei outra tática. Fui trazendo um vaso pequeno, depois outro, e outro. Um dia, trouxe aquele vaso grande com bambus e, depois, aquele ali – disse, apontando para um vaso enorme com uma espécie de palmeira, localizado junto à janela. – Por fim, comprei a tinta verde e, num final de semana, vim aqui e pintei a parede.

– *Você* pintou a parede?

– Pintei.

— Nossa, Lúcia! Meus parabéns.

— Na verdade, a minha pintura ficou uma droga e, ainda por cima, sujei todo o corredor.

— O que ela disse quando viu?

— Ela chegou na segunda-feira, olhou o corredor sujo de tinta, seguiu o rastro até a minha sala e perguntou se eu não desistiria. Disse que não. Então, mandou limpar o corredor e contratou um profissional para pintar a parede novamente nas cores que eu desejava.

— E quanto a estes sofás vermelhos?

— Toda a mobília foi trocada no ano passado, e a doutora Laura, num gesto altruísta, permitiu que decidíssemos a decoração de cada sala. Então, mantive a parede verde, comprei mais plantas e estes sofás. Mas não se engane, ela não costuma fazer essas concessões. A doutora Laura é muito centralizadora e, normalmente, são suas decisões que prevalecem. É incrível como sabe as coisas que acontecem neste lugar. Ela é um autêntico *olho que tudo vê*, uma Illuminati, pode acreditar em mim. É por isso que deve ter cuidado com ela.

— Estive no Centro de Apoio aos Veteranos...

— Por que correu esse risco?

— Precisava ir. Não sei explicar exatamente por que, mas a falta de informações do paciente do quarto 206 me deixou muito curiosa. Gostaria... não, *precisava* saber mais a seu respeito.

— Não pode estar falando sério, doutora Caroline. Isso foi há décadas. Por que se envolver nisso agora?

— Já lhe disse, não sei exatamente por que, mas precisava ir até o fim dessa história.

— E o que descobriu?

— O paradeiro das caixas. Sei o que aconteceu com elas.

— O quê?

— Foi tudo leiloado para colecionadores alguns meses depois de serem entregues pelo senhor Osório, e o dinheiro foi usado para ajudar a associação.

A doutora Lúcia respirou fundo e olhou para a jovem à sua frente.

— Desde que você chegou a este lugar para substituir o doutor Michel, muitos associaram a sua juventude a uma provável inexperiência. Mas provou o contrário, principalmente para a doutora Laura. Não jogue tudo isso fora. Não jogue o brilhante recomeço de sua vida em uma investigação inútil.

— Acho que tem razão.

— Ainda lembro quando entrou por aquela porta e iniciamos sua terapia.

— Estou superando meus traumas graças à sua ajuda. Sinto muita tristeza sobre o que aconteceu, porque tínhamos um relacionamento que parecia ser sincero. Augusto nunca tinha me dado motivos para desconfiar de que estava me traindo, e, às vezes, acho que nossa história foi interrompida por um impulso idiota.

— Não tenho dúvidas disso. Nesta vida, não temos o controle sobre as outras pessoas. Podemos até influenciá-las, mas a decisão final é delas. A decisão de seu noivo foi traí-la, e, com isso, perdeu a possibilidade de um futuro ao seu lado. Alguma vez procurou saber como ele está, como enfrentou seus amigos e como reagiu ao saber que você veio para este lugar?

— Não, nunca mais tive contato com ele. Para mim, é como se estivesse se distanciando cada vez mais, como uma lembrança ruim que o tempo irá se encarregar de apagar da minha vida.

— Você está conduzindo muito bem essa questão. Como está resolvendo muito bem o seu passado, vamos falar do seu futuro. Já tem algum pretendente, um jovem de nossa cidade já despertou o seu interesse?

— Não, nenhum.

— Quem sabe o doutor Juliano.

— Não, ele não.

— Por que não?

— É quieto demais. Nunca se sabe o que está pensando.

— E o doutor Murilo? Ele terminou com a namorada na semana passada.

— E já reatou ontem à noite.

— Como você sabe?

— Ele me contou hoje pela manhã. Falou até em noivado.

— Que azar! Ele é um pedaço de mau caminho.

— Também acho, mas está comprometido. Além do mais, homens com esse perfil estão riscados da minha lista.

— E o dono da livraria sobre quem me falou algumas semanas atrás?

— Benjamin?

— Esse mesmo.

Caroline sentiu uma sensação agradável ao lembrar-se de Benjamin.

— Também é comprometido. Sabe, não estou à procura de um novo relacionamento.

— Muito bem. Vá devagar, um passo de cada vez. — Conferiu o relógio. — Nosso tempo acabou, mas continuaremos esta conversa em nossa próxima sessão. Você é muito interessante, e tenho certeza de que irá encontrar, em breve, alguém por quem irá se apaixonar. Vá, minha querida, viva, porque a vida é breve, porque você é jovem e merece.

As mulheres se abraçaram, e, em seguida, Caroline deixou a sala. A doutora Lúcia dirigiu-se à janela para olhar a paisagem à sua frente e ficou refletindo alguns minutos, até que respirou fundo, sentou-se em sua cadeira e pegou o telefone.

— Boa tarde! É Lúcia. Sim, tenho novidades sobre a doutora Caroline. Ela acabou de deixar a minha sala... Sim, está indo bem. O trauma foi superado. Dei alguns conselhos para ela, mas tenho quase certeza de que não fará nada do que sugeri. É uma romântica e vai esperar o príncipe encantado para sempre... Sim, você tinha razão. Ela falou com Osório e foi até o Centro de Apoio aos Veteranos, mas eles disseram o que foi combinado. Ela não suspeitou de nada... Sim, eu as encontrei. Estavam lá, e pedi para abrirem, mas não tinham nada demais: algumas medalhas, luvas, fotos, cartas, essas coisas.

Ela ouviu, atenta, as novas instruções.

— Sim, com toda a certeza. Não se preocupe, eu a manterei informada, doutora Laura.

A CAÇADORA

— Então, como estou?

O cachorro estava sentado no sofá, mordendo um bicho de pelúcia. Ele olhou para a jovem, girou a cabeça para os lados e latiu alto para competir com a música eletrônica que tocava no aparelho da sala.

Caroline estava vestida para caçar. Usava um scarpin preto com salto alto, meias pretas e um vestido curto colado ao corpo esguio. Seus cabelos estavam amarrados em um coque atrás da cabeça, e ela usava uma maquiagem com rímel que lhe dava uma expressão agressiva.

Pegou a taça de vinho sobre a mesa e bebeu o resto que havia em um só gole, com cuidado para não borrar o batom vermelho. Colocou mais um pouco de vinho na taça e saiu dançando pela sala. Foi até o banheiro no seu quarto, levando uma pequena caixa que apanhara no guarda-roupa. Colocou a caixa sobre a penteadeira, abriu-a com cuidado e olhou para as suas joias.

— Olá, amigas, há quanto tempo que não nos vemos.

Colocou nas orelhas um par de brincos com desenho de golfinho e, no pescoço, uma corrente delicada de ouro com um pingente em forma de gota. Contemplou o pingente pelo espelho e surgiu em sua mente a lembrança do pingente perdido citado pelo veterano Adônis, que ela, em vão, tentara procurar.

— Hoje, não.

Então, desfez-se das lembranças e colocou algumas pulseiras finas no braço esquerdo e um belo relógio no pulso direito.

— Espelho, espelho meu...

Deixou escapar uma gargalhada descontraída. Saiu dançando ao ritmo da música até a cozinha, bebeu mais um pouco de vinho, pegou uma pequena bolsa e passou as mãos em seu cachorro, que ainda permanecia no sofá.

— Muito bem, Sócrates, cuide da nossa toca. Vou à caça e voltarei com uma presa nos dentes. Quer saber um segredo? — sussurrou maliciosamente no ouvido do cachorro. — Não estou usando nada por baixo do vestido.

Caroline desligou o aparelho e saiu de casa. Olhou para a esquina e viu as luzes da cantina, o som da música acompanhado de palmas e uma algazarra incompreensível de vozes e risadas.

— Esta noite, encontrarei uma presa e a trarei até o meu covil para me servir como bem desejar.

Ela saiu caminhando a passos decididos pela calçada. Os dois lados da rua estavam repletos de carros estacionados. O frio havia dado uma trégua, e uma pequena massa de calor havia trazido um tempo quente nos últimos três dias. Segundo a previsão do tempo que ouvira pelo noticiário do rádio de seu carro, seria a última onda de calor antes de o frio chegar com força. Ela atravessou a rua e percebeu que as pessoas estavam conversando na calçada e a observavam se aproximar. Viu quando dois homens pararam de conversar para vê-la passar, então olhou para eles e sorriu.

Caroline chegou na entrada da cantina. O local era amplo, construído em madeira, com vigas grossas e torneadas. Havia trepadeiras nas paredes, canteiros com pequenos arbustos e vasos com plantas na entrada. O gramado do jardim era bem aparado e havia luminárias acesas, como pequenos faróis iluminando as mesas que estavam na rua.

Todas estavam ocupadas.

As quatro janelas eram grandes, estavam abertas e era possível ver o interior, as pessoas sentadas jantando e conversando. A música italiana alegre era tocada por um grupo de quatro músicos vestidos com trajes típicos. Eles estavam em um palco no fundo do amplo salão, e alguns casais dançavam ao som da música agradável em uma pista logo à frente. Havia uma pequena fila e dois seguranças estavam organizando a entrada.

— Vita Felice. Gostei do nome — ela comentou ao ver a placa de madeira entalhada acima da porta.

— Boa noite, doutora Caroline, que bom ver a senhora.

Ela olhou para o segurança e sorriu.

— Virgílio! — saudou-o ao reconhecer o segurança, que trabalhava no Centro Souto Lima. — Você trabalha aqui também?

— Sim — disse o homem forte vestindo um terno preto. — O serviço de segurança no Souto Lima é terceirizado — completou, sorrindo e mostrando os dentes brancos.

— Entendi.

— É a primeira vez que a doutora vem aqui?

— Sim, é a primeira vez.

— Seja muito bem-vinda. Tenho certeza de que a senhorita vai gostar do lugar.

— Obrigada.

Ela atravessou a calçada sem olhar para os lados. Os homens sentados junto às mesas admiravam a sua passagem. Uma jovem chegou a beliscar o ombro do seu namorado. Caroline caminhou devagar, como se estivesse em uma passarela e todos os holofotes estivessem voltados para si, e concluiu que havia chegado ao seu local de caça. Entrou. Olhou para a pista de dança e viu alguns casais dançando.

— Ainda não é a hora de caçar.

Foi em direção ao outro salão, pensando em um prato de massa saboroso regado a um bom vinho. Um homem baixou o cardápio e seus olhares se cruzaram.

— Caroline.

— Benjamin.

O jovem sorriu para ela e colocou-se de pé. Ele usava uma calça jeans desbotada e uma camisa branca com as mangas dobradas. Os cabelos estavam molhados e penteados para trás. Ele girou levemente o pescoço para que a cicatriz ficasse em um ângulo que Caroline não pudesse ver.

— Que bom vê-la aqui.

Eles se abraçaram, e ela sentiu o perfume com notas picantes de madeira e cravo.

— De tanto ouvir as músicas e conversas alegres, não resisti à tentação e vim conferir o lugar.

— Fez muito bem. É um ótimo lugar para quem está procurando um bom jantar e um local para se divertir.

— Esta noite, escolhi todas as opções.

— Então veio ao lugar certo.

— Que ótimo vê-la aqui! — Outra voz os interrompeu, como de costume.

Eles se voltaram para Sabrina, que se aproximou sorrindo. Ela também usava um vestido, mas era azul, com uma fenda na coxa esquerda e um decote em "V" ressaltando seus seios.

— Que bom vê-la conversando com Benjamin. Nós sempre viemos aqui, doutora Caroline, mas que eu me lembre nunca a vimos no Vita Felice.

— Ando ocupada com o trabalho.

— E também fazendo um novo jardim. Nós a vimos plantando flores na manhã de sábado. Está fazendo um excelente trabalho.

— Obrigada, Sabrina. Estou plantado cíclames, gardênias e azaleias, que são próprias para aguentar o inverno que está chegando. Vamos ver como suportam o frio que está por vir. Esfriou alguns dias atrás, mas agora apareceu este calor fora de época, não é mesmo?

— É o efeito estufa que está deixando este tempo louco — Sabrina respondeu, antes que Benjamin pudesse pensar em qualquer coisa. — Diga-me, está com alguém? Marcou algum encontro?

— Não, vim sozinha.

— Por que não janta conosco?

— Obrigada, é muito gentil da sua parte, mas não quero atrapalhar.

— Não será incômodo nenhum, não é mesmo, Ben?

Ele sorriu para ela.

— Fique, Caroline, será um prazer tê-la conosco.

Sabrina se aproximou.

— Os solteirões mais gatos da cidade sempre passam mais tarde por aqui, e posso lhe apresentar alguns que fazem academia comigo. Não é atraente uma mulher ficar sozinha em uma mesa. Fique, doutora, já pedimos uma garrafa de vinho.

Caroline sentiu um calor subir pela face e rogou que não fosse possível ver o seu rubor de raiva.

— Aceito o convite.

Eles se sentaram, e o garçom trouxe o vinho, junto com torradas e dois potes com patê de berinjela e atum. Benjamin pediu mais um copo.

— A uma longa amizade! — sugeriu Sabrina.

— A uma longa amizade! — todos repetiram e beberam um gole.

— O vinho é excelente — comentou Caroline.

— Sim, é verdade. As uvas principais são o Cabernet Sauvignon e Carménère, mas algumas vinícolas estão produzindo a primeira safra de Pinot Noir, e a qualidade está ótima! — explicou Sabrina. — Fale um pouco de você. Onde trabalhou antes de vir para cá?

— No Hospital Universitário Federal da capital.

— Uau! Dizem que é bem movimentado por lá.

— É verdade. Ainda sinto um pouco de saudade da agitação de uma emergência, da tensão que existe em um centro cirúrgico, mas isso é passado. Estou feliz aqui, gostando do meu novo trabalho, da casa onde moro e dos amigos que já fiz.

— E por que veio para cá mesmo?

Caroline pensou um pouco antes de responder:

— Tive um problema em um relacionamento.

— Sério? O que houve?

— Tinha um noivo e tudo parecia perfeito. Acreditava na relação, fazia planos para o nosso futuro, mas ele não. Talvez não estivesse pronto para um relacionamento sério, então terminamos. Sabrina, se não se importa, não gostaria de falar sobre isso, pelo menos não esta noite. Deixei o meu passado para trás e estou criando raízes por aqui.

— Sim, claro. Vamos mudar de assunto. Dizem que não é fácil trabalhar com a doutora Laura. Pelo que sei, ela é muito exigente.

— Ela é exigente, mas também é justa, algo que considero muito importante em um bom administrador. Confesso que começamos com o pé esquerdo, mas, agora, as coisas estão mais tranquilas.

— Sabia que ela é uma grande amiga da minha avó?

— Não, não sabia.

— São amigas de infância. Olhe, Caroline, recomeçar é importante. Acho-a muito corajosa e confesso que tenho um pouco de inveja da sua coragem. Acredito que, às vezes, é importante começar algo novo, ir em busca de novos desafios. Ben e eu estamos pensando em vender a livraria e montarmos outro negócio, talvez fora daqui, e já temos até um comprador interessado.

Caroline sentiu-se incomodada e triste com a novidade. Gostava de conversar com Benjamin e a possibilidade de ele se afastar a entristeceu. Ela olhou para ele e percebeu que havia ficado constrangido com o comentário de Sabrina.

— É verdade?

Ele respondeu olhando através da janela aberta.

— Estamos discutindo essa possibilidade, mas não chegamos a uma definição.

— Somos muito unidos — disse Sabrina — e sempre fizemos tudo juntos, como almas gêmeas, para ser mais exata. Para mim, já está decidido. Mas sabe como são os homens, adoram dar a palavra final, então estou aguardando o sinal verde. Queremos algo novo, agitado como este lugar, cheio de pessoas alegres celebrando a vida. E, é claro, ganhando muito dinheiro.

Caroline olhou para Benjamin, incrédula, esperando que argumentasse, dissesse que a livraria significava muito para ele, mas o jovem se limitou a abaixar a cabeça.

— Achei que a livraria significava muito para você — ela o questionou com honestidade.

Benjamin olhou pra Caroline, sorriu meio sem graça e não disse nada, enquanto Sabrina sorria, confiante e vitoriosa.

— Sabe, Caroline, vou lhe dar um conselho de alguém experiente. Para ter sucesso em um relacionamento, é fundamental que o casal proteja a relação, faça sacrifícios e enfrente as dificuldades com coragem. Caso contrário, a relação se torna fraca e irá desmoronar ao primeiro desafio que surgir em seu caminho. Proteção e sacrifício são os fatores que tornam uma relação forte, feliz e duradoura. Ben e eu estamos em um nível acima das outras relações pelo simples fato de estarmos sempre em movimento e preparados para enfrentar novos desafios.

Sabrina olhou, triunfante, para Caroline.

— Não fugimos ao primeiro problema que aparece.

— Você quer dizer, não se acovardar e enfrentar os problemas?

Sabrina apontou o dedo indicador para ela e piscou um olho.

— Isso, garota! Isso mesmo.

— E estar sempre em movimento?

— Com planejamento, é claro. Mas você é jovem, Caroline, tem muito a aprender, e tenho certeza de que a vida lhe ensinará a fazer suas escolhas.

Caroline sorriu com o comentário, porque Sabrina deveria ter quase a mesma idade que ela.

— Talvez não tenha a experiência de uma relação como a de vocês, talvez não tenha enfrentado meus problemas e tenha fugido, mas somente *eu* sei pelo que passei e por que decidi abandonar tudo. Sei que terei que conviver com o meu passado e acreditar que tomei a decisão certa. Esquecer o passado e construir um novo futuro não é fácil, é uma luta diária, mas acredito que estou me saindo bem. De todo modo, agradeço seus conselhos e gostaria de retribuir a gentileza.

Caroline bebeu um gole com cuidado para não deixar a taça tremer e sentiu que o vinho já não tinha o mesmo sabor agradável.

— É mesmo? Ora, ora — disse Sabrina, pegando a taça de vinho e colocando em frente à sua face. — E qual seria o seu experiente conselho?

— Terminei o meu relacionamento porque não aceito traição e acredito que uma relação não pode se manter com mentiras, falsidade e hipocrisia. Se fosse apaixonada por um homem que estivesse ao meu lado, não sacrificaria a sua felicidade por uma vida mais agitada ou pela possibilidade de um retorno financeiro maior. É como minha mãe sempre diz: a gente só dá valor às coisas depois que as perde.

Sabrina parou de sorrir, e as duas mulheres se encararam como se estivessem se estudando para encontrar algum ponto fraco.

Helena Cortês havia ensinado a enxergar os sentimentos de uma pessoa através do seu olhar. Com a doutora Laura, Caroline não tivera sucesso, mas com Sabrina era diferente. Havia conseguido, tinha descoberto os sentimentos da bela mulher que estava à sua frente. Ela era inteligente, fria e calculista. Sabia usar todas as suas qualidades para conseguir o que queria. Sabrina era uma predadora.

Uma predadora como ela somente se movia quando tinha interesse, desde uma necessidade básica, como se alimentar, até algo mais importante ou crucial, como adquirir um bem material ou permanecer em segurança. Sabrina nunca desperdiçava energia. Provocava suas presas, levava-as a agir até estarem exaustas. Só então atacava sem piedade. Era uma predadora experiente, e Caroline estava em seu território. Mas, antes que pudesse dar o bote, outra interrupção chegou à mesa.

— Veja, Francesco, quem veio nos visitar nesta linda noite!

Um casal vestindo trajes típicos italianos se aproximou do trio. O homem tinha um pouco mais de cinquenta anos e estava em boa forma, com cabelos grisalhos bem aparados e uma face de proporções harmoniosas, em que se destacavam os olhos verdes. A mulher devia ter a mesma idade e era um pouco mais baixa, mas tinha um corpo sensual, quadris largos, cintura firme e seios grandes. Seus cabelos eram compridos e cacheados, com olhos profundos, amendoados e uma boca carnuda e sorridente.

— Benjamin e Sabrina, que casal maravilhoso! — exclamou a mulher, abraçando-os ainda sentados. — Que bom tê-los esta noite. Minha nossa, Sabrina, como você está linda!

— Obrigada, Gianella. Estamos muito felizes de estarmos aqui. O seu lugar é maravilhoso.

Então ela se virou para Caroline.

— E quem é essa bela *ragazza*?

— O meu nome é Caroline, muito prazer — apresentou-se, levantando-se para cumprimentar a dona.

— Caroline! — exclamou com prazer, dando um abraço apertado na jovem. — O meu nome é Gianella, e este homem sexy ao meu lado é Francesco, o meu garanhão italiano! Seja muito bem-vinda ao Vita Felice! Aqui é o lugar onde a tristeza não entra, não é mesmo, Francesco?

O homem segurou a mão de Caroline, curvou-se e beijou-a olhando em seus olhos.

— Senhorita Caroline, sua beleza é incomparável. Seja muito bem--vinda. A partir de agora, esta casa é sua.

— Obrigada, senhor Francesco, é muito gentil da sua parte.

— Aqui você só encontrará amigos — disse Gianella. — A propósito, já fizeram o pedido?

— Não — disse Benjamin. — Estávamos bebendo e conversando.

— Ótimo, então vamos dançar! Venham, tragam suas bebidas. Senhorita Caroline, vamos nos divertir muito esta noite!

Gianella pegou Caroline pelas mãos e a conduziu por entre as mesas até o salão antes que pudesse pensar em recusar o convite. A mulher parou no meio da pista, sorriu para os casais que dançavam e, em seguida, começou a dançar e a bater palmas na frente da jovem.

— Vamos, Caroline! Viva esta noite! Sinta a música!

Ela tentou acompanhar os movimentos da mulher e bater palmas.

— Isso! — Então, olhou para o gaiteiro e gritou: — Rugiero!

— Sim, senhora Gianella?

— Veja que bela *ragazza*! Toque para ela, só para ela!

— Sim, senhora!

Ele desceu do palco e foi tocando em sua direção. Caroline sorriu para ele e, finalmente, soltou os passos, dançando e batendo palmas com força.

— Gire, minha jovem! Sinta o sangue fluir em você! Abra os braços e respire a vida! Francesco, mate o seu desejo, dance com esta *ragazza*!

O homem se aproximou.

— A senhorita Caroline me concederia a honra desta dança? — perguntou, estendendo a mão.

— Mas é claro.

Ele segurou seus braços e saíram dançando pelo salão junto com os outros casais. As cores passavam rápido pelos seus olhos, e o efeito do vinho amplificou a alegria em seu coração como ondas de um mar em fúria.

— Isso! Muito bem, senhorita Caroline! — instigou Gianella. — Não vá roubar o meu Francesco!

Caroline soltou uma gargalhada espontânea.

— Tenho certeza de que Afrodite não lhe concedeu este belo sorriso para ficar escondido.

— Obrigada, senhor Francesco.

— Tire o *senhor*, afinal não sou tão velho assim. Seu sorriso é o nascer do sol em um dia de inverno. Ele aqueceria o coração de qualquer homem.

— Muito bem, muito bem! — exclamou Gianella. — Venha, Benjamin, mostre a ela como o senhor sabe dançar! Deixe Sabrina com ciúme!

Sabrina apenas sorriu e levantou a taça.

— Aceito o desafio. Vá, pode ir! Mas não tenho ciúme, porque jamais irei perdê-lo — disse, respondendo à provocação de Gianella.

Benjamin segurou a cintura de Caroline e saíram dançando. Ele procurava virar o rosto para que não visse a cicatriz, e ela o olhava sem sorrir. A música, a dança e as cores girando enquanto dançavam faziam Caroline perceber que o homem que a conduzia tinha um sentimento especial por ela, e, naquele momento, percebeu que, em seu coração, nascia um sentimento que jamais havia sentido por outro homem. Seus olhares se encontraram, e Caroline soube que Benjamin carregava uma profunda tristeza. Havia em seu olhar uma súplica de alguém aprisionado, esperando por um salvador que pudesse libertá-lo. Ela sorriu para Benjamin e, no mesmo instante, o seu olhar inundou-se de alegria, como se um raio de luz, uma centelha de esperança tivesse chegado em sua prisão.

Sabrina ficou olhando os dois dançarem e, então, moveu-se para dizer algo a Gianella. Um casal que vinha dançando bateu em sua taça, desequilibrando-a e atirando todo o seu conteúdo sobre Caroline.

— Meu Deus! — exclamou Sabrina, desesperada. — O que foi que eu fiz?! Perdoe-me, Caroline, por favor, perdoe-me!

Os músicos pararam de tocar e todos se voltaram para Caroline. O vinho tinha atingido o seu pescoço e escorrido para dentro do vestido.

— Que tragédia! — lamentou Gianella. — Francesco, peça para alguém vir aqui limpar o chão! Venha, senhorita Caroline, vamos ajudá-la!

— Você está bem? — perguntou Benjamin.

Caroline não respondeu. Olhou para as pessoas em volta, para o seu corpo sujo de vinho e sentiu um choque de realidade. A felicidade que sentira era efêmera e tinha se dissipado como um leve nevoeiro ao receber os primeiros raios do sol. O encanto havia se quebrado, e ela sentiu que não devia estar ali, que não pertencia àquele lugar. Um único pensamento tomou conta de sua mente: queria ir embora, fugir antes que as pessoas percebessem a sua fragilidade ou as lágrimas que inundavam seus olhos.

— Caroline — disse Benjamin, tentando segurar sua mão.

Ela deu um passo para trás.

— Estou bem, não se preocupe comigo.

— Deixe-me ajudá-la.

— Não se preocupe, Gianella. Moro aqui perto.

— Você tem certeza?

— Sim, está tudo certo.

Ela saiu de cabeça baixa e não percebeu o leve sorriso se formar no rosto de Sabrina, apenas para desaparecer rapidamente, como se nunca tivesse existido.

Caroline passou por entre as mesas e atravessou o jardim. As lágrimas começaram a cair de seu rosto e a borrar o rímel.

— Senhorita Caroline, tudo bem?

Ela não respondeu à pergunta de Virgílio e seguiu em frente.

— Caroline!

Benjamin correu atrás dela e parou na calçada, mas ela não se virou, porque não queria que visse as lágrimas escuras manchando seu rosto.

— Você quer me dizer alguma coisa? — questionou-o, ainda de costas.

— Não sei, talvez um pedido de desculpas pelo que aconteceu. Quero ajudá-la, mas não sei o que fazer.

— Foi o que imaginei que diria. Não se preocupe comigo, apenas volte para Sabrina. Seu lugar é ao lado dela.

Caroline caminhou pela rua de cabeça erguida, com o máximo de dignidade possível, até pisar em um buraco no asfalto, quebrando o salto do scarpin. Ela respirou fundo e continuou, mas o resto de dignidade que tinha se esvaiu ao caminhar mancando.

O principal motivo de sua vergonha era saber que Benjamin continuava a observá-la.

•

Caroline bateu a porta da sua casa com força.

— Vão todos para o inferno! Aquele lugar cheio de felicidade, aquele covarde do Benjamin e a ambiciosa da Sabrina! Eles se merecem!

Enxugou as lágrimas do rosto com o braço, tirou os sapatos e os atirou dentro da lareira.

— Malditos! Nem em vocês posso confiar. Mas em uma coisa eu posso.

Saiu caminhando até a mesa da cozinha. Caroline pegou a garrafa de vinho, a taça e voltou para a sala. Não acendeu as luzes; havia apenas a luminosidade que vinha das luminárias dos postes da estrada e atravessava as janelas e as cortinas da casa. Encheu a taça e bebeu tudo em um único gole. Ligou o aparelho de som e a música eletrônica invadiu a sala.

— Sou bonita, sexy e não preciso de ninguém! Não preciso de nenhuma ajuda, nem da doutora Lúcia e muito menos da doutora Laura.

Encheu a taça e bebeu um longo gole.

— Homens! Ah! Não preciso de traidores, muito menos de covardes. Também não preciso de mulheres arrogantes me dizendo o que fazer. Não preciso ser feliz para estar bem comigo mesma.

Sócrates se levantou no sofá e deu um latido.

— Você! — exclamou, apontando para o cachorro, e bebendo mais um gole. — Você é o único *macho* em que posso confiar!

A batida eletrônica acabou e começou a tocar uma música instrumental insinuante.

— Sabe o que queria esta noite? Só queria uma companhia agradável, me divertir e sexo! Sim, sexo, por que não? Eu me arrumei para isso, me preparei para isso.

Ela encheu o copo, colocou a garrafa no balcão e se aproximou de Sócrates.

— Eu me arrumei para achar uma presa. Ah! A caçadora! A predadora! Todos dizem que sou bonita, que sou linda, que sou gostosa... E sabe o que dizem também? Dizem que uma mulher, quando sai para transar, sempre consegue. Vejam só o paradoxo! Sim, paradoxo, que palavra filosófica! Helena ia gostar dela. Eu, a gostosa, a linda e inteligente doutora Caroline, me arrumo, saio para caçar e não consigo arrastar nenhum homem para cá. Sabe o que isso quer dizer? Devo ser o maior fracasso das mulheres no mundo todo. Sabe por quê, Sócrates? Porque saí para transar e não consegui!

Ela deu uma gargalhada nervosa.

— Sei o que está pensando! Está pensando se realmente sou tão bonita quanto estou afirmando. Mas posso realizar o seu desejo. Quer ver o que os homens perderam esta noite? Vou mostrar para você!

Ela colocou a taça no balcão e começou a dançar sensualmente sob a tênue claridade que vinha das janelas. Foi dançando na direção de Sócrates, mas o álcool conquistou sua mente e o seu equilíbrio, e ela desabou sobre o sofá.

— Ops — disse, tentando sorrir. — Acho que bebi um pouquinho além da conta.

Caroline não tinha mais forças para se levantar, sua mente estava turva e não conseguia pensar em mais nada. Sócrates repousou a cabeça em sua coxa e ficou quieto. Ela passou a mão na sua cabeça.

— Meu amigo, meu único e sincero amigo. Sabe de uma coisa? Os homens são todos uns idiotas.

Seus pensamentos foram se distanciando, como se estivessem se dirigindo para um lugar distante em sua mente. Antes que fosse vencida pelo torpor do vinho e caísse em um sono profundo, conseguiu dizer uma última frase:

— Benjamin, você é um covarde idiota.

A CORRIDA

Caroline corria procurando manter a respiração constante, mas, depois de percorrer dez quilômetros, já sentia a exaustão tomar conta do seu corpo. Apesar de vestir um abrigo apropriado para corridas, o vento gelado a fazia sentir os efeitos da noite fria. Seus cabelos estavam presos em um rabo de cavalo e batiam em suas costas a cada passada.

Ela conferiu no relógio o tempo e a distância percorrida e sorriu ao ver que havia melhorado sua marca. Dobrou uma esquina e desviou de uma poça. Tinha parado de chover havia umas duas horas, o ar estava úmido, e o asfalto estava molhado. Ela ouvia música pelo fone de ouvido, que estava conectado ao celular, preso em seu antebraço. A música *Caravanserai*, de Loreena McKennitt, entrava em seus ouvidos, ajudando-a a esvaziar a mente e concentrar-se na corrida. Nos últimos dias, Caroline tinha se preocupado somente com seu trabalho e, depois do que havia acontecido no Vita Felice, não havia mais procurado Benjamin ou frequentado a sua livraria. Havia notado que ele a observava quando chegava depois do trabalho, mas não queria mais vê-lo. Existia muita confusão em sua mente com o que havia acontecido, e ela tinha pensamentos que jamais imaginaria ter. Sentia raiva e inveja da felicidade que tinha visto em Gianella e Francesco, que viviam em uma cumplicidade que jamais tinha visto em um casal. Como podiam ser tão felizes depois de tantos anos? Havia falsidade no sentimento que demostravam ou era verdadeiro? E quanto a Benjamin? Metade de sua mente estava com raiva por ele não ter feito nada naquela noite, enquanto a outra metade compreendia que não havia nada que pudesse fazer. Ela tinha certeza de que não fora um acidente, Sabrina havia jogado a taça de vinho de propósito, e sabia que Benjamin também compreendera isso. Então, por que ele arriscaria sua história com Sabrina para ficar ao seu lado? O que ela poderia lhe dar que Sabrina já não dava? Sexo? Ficou furiosa com esse pensamento, porque a esposa de Benjamin era linda, sexy e deveria ser muito melhor do que ela em todos os sentidos. Como competir contra Sabrina? Mas, afinal, quem queria competir com ela? Não, ele não valia o seu esforço; já estava em um relacionamento sério, e ela devia respeitar isso. Caroline tinha sido noiva, fora traída e jamais faria a mesma coisa.

Ao chegar a essa conclusão, ficou com mais raiva e, apesar da exaustão que estava sentindo nos músculos das pernas, aumentou o ritmo. Afastou esses pensamentos e lembrou que estava evitando conversar com a doutora Lúcia. Havia elaborado uma série de desculpas para faltar às sessões de terapia. Havia abandonado sua vida pessoal, e todas as suas ações tinham se voltado para seu trabalho.

Ela dobrou a esquina e entrou na rua onde morava. Sua casa ficava a duas quadras de distância. Então, um movimento chamou sua atenção. Não estava correndo sozinha na rua. Alguém também corria junto com ela, a uns vinte metros de distância.

Olhou para trás e viu quem se aproximava atrás dela. Era um homem esguio, vestindo um abrigo com o capuz sobre a cabeça, o mesmo homem que tentara entrar em sua casa. O pânico tomou conta de sua mente, suas pernas ficaram mais pesadas do que já estavam, ela tropeçou e quase caiu.

Respirou fundo e o ar gelado a trouxe de volta à realidade. Olhou para os lados, mas não viu ninguém. "Tenho de chegar em casa. Não falta muito. Preciso conseguir, senão estarei perdida." A jovem não tinha coragem de olhar para trás outra vez. Suas pernas exaustas tentavam imprimir um ritmo mais forte, mas sentia que o homem que a perseguia estava diminuindo a distância.

Tentou gritar, mas emitiu somente um grunhido baixo. Faltava apenas uma dezena de metros, e, então, ela sentiu uma câimbra na coxa, uma dor muito grande a cada passada.

— Meus Deus, me dê forças.

Chegou mancando ao portão e o abriu, desesperada. Subiu os degraus e, com a chave que havia tirado do bolso da jaqueta e apesar da escuridão e do desespero, abriu a porta, entrou e fechou-a em seguida, girando a chave para trancá-la. Olhou pela cortina e viu o homem subindo os degraus. Sem forças, ela caiu no chão.

— Vá embora! — conseguiu gritar aos prantos.

O desconhecido quebrou a vidraça da porta, enfiou a mão e tentou girar a maçaneta para abri-la.

Sócrates passou pelo lado de Caroline, saltou e mordeu a mão do invasor, que soltou um grunhido e puxou-a pelo vidro quebrado, enquanto o cão latia e mostrava os dentes.

— Há câmeras na varanda. Estão filmando você e, em breve, a polícia vai chegar!

Ela ouviu o barulho de passos se afastando e correndo para longe da casa. Sócrates cheirou a fresta por baixo da porta e, depois, voltou para perto de Caroline, lambendo suas mãos.

— Meu herói! Meu pequeno herói! — Ela o abraçou. — Não consigo mais, não posso continuar aqui. Preciso fugir novamente.

ENCONTRO COM A MORTE

Caroline abriu a porta do quarto e percebeu, no mesmo instante, que a paciente respirava com dificuldade. Todos os sinais vitais do monitor estavam diminuindo, e sua respiração estava cada vez mais espaçada.

Sempre visitava Helena por último, porque gostava de conversar com ela antes de ir embora, mas, agora, estava arrependida e sentiu-se culpada. Helena a observava com um olhar perdido. A cabeça pendia para o lado, e um pouco de saliva saía do canto de sua boca, molhando o travesseiro. Constatou que o *bipap* estava funcionando e já ia apertar o botão de emergência.

— Helena, fale comigo. Olhe para mim. Sim, isso mesmo. Já estou chamando a emergência. Vou pedir uma medicação para reanimá-la.

— Por favor, minha querida, não chame ninguém.

— Você precisa de ajuda!

— Já me ajudou mais do que qualquer um poderia, fez mais por mim do que qualquer medicação e, por isso, imploro que não chame ninguém.

— Mas se não chamar ninguém...

— Já estou morrendo, é por isso que estou pedindo. Não lembro quantas vezes estive nesta situação, e alguém entrou correndo por aquela porta, me encheu de drogas, tubos e injeções. Mas desta vez é diferente, tenho certeza de que *devo* partir, porque enviaram um anjo para ficar ao meu lado. Você é o anjo que foi enviado para cuidar de mim e me libertar.

— Não posso fazer isso, Helena. Fiz um juramento de lutar até o fim pela vida dos meus pacientes.

— E você o fez, minha querida. Lutou bravamente, e a considero uma grande guerreira. Estive com você em todos os embates, e lutamos lado a lado por minha vida, mas não consigo mais segurar a minha espada. Chegou a hora de cair no campo de batalha, minha jovem amiga, para sempre.

Ela segurou a mão de Caroline.

— Dê-me o último suspiro de dignidade que me resta e atenda ao meu último desejo.

Helena apertou sua mão com a força que ainda restava em seu corpo.

— Apenas deixe-me partir — murmurou.

Lágrimas desceram pela face de Caroline.

— Gostaria tanto de poder ajudá-la, de poder prolongar a sua vida. Você me ajudou tanto...

— E você a mim, minha querida, mas chegou a hora de nos separarmos. Quem sabe um dia nos encontraremos. Afinal, quem sabe o que nos espera do outro lado?

— Sabe tanto sobre a vida, e eu sei tão pouco. Queria saber mais, saber o que fazer e que decisões tomar para não sofrer.

— Viva para descobrir e não se importe com o sofrimento. Assim como a felicidade, ambos são efêmeros. Importe-se em tomar a decisão certa, e jamais fuja do seu destino, aceite-o e enfrente-o com toda a sua força.

Ela fechou os olhos e murmurou com a voz ainda mais fraca:

— Enfrente seu destino assim como estou enfrentando o meu, com resignação, sabedoria e coragem.

A porta se abriu com força, e a enfermeira Lisa surgiu com uma bandeja contendo seringas e medicamentos.

— Doutora Caroline! Ela...

Caroline fez sinal para que a colega se acalmasse e balançou a cabeça negativamente. Em seguida, colocou a mão na testa de Helena e acariciou sua face.

— Vá, minha amiga, você está livre. Continue a sua jornada.

Os sinais vitais indicaram que o coração havia parado, e o monitor começou a emitir um bipe contínuo.

— Era uma grande mulher — disse Lisa, desligando o aparelho.

— Nunca conheci uma mulher tão inteligente quanto ela.

— Nem eu, doutora.

— Ela fará muita falta para mim.

Caroline respirou fundo, pegou o lençol e o esticou até cobrir todo o corpo sobre a cama.

— Quanto conhecimento ela tinha armazenado em sua mente! Agora, tudo se foi. É muito difícil acreditar que terminaremos dessa maneira. Recuso-me a acreditar nisso. Tem que haver mais. De alguma forma, temos que continuar. Era nisso que ela acreditava e me fez acreditar também. A minha dúvida não é se existe algo depois da morte, mas para onde Helena está indo neste momento. Com quem irá se encontrar para conversar sobre filosofia?

A doutora Caroline enxugou as lágrimas.

— Sabe, Lisa, apesar de sofrer por sua perda, tenho inveja.

— Inveja?

— Sim, tenho inveja de quem irá encontrá-la.

Lisa percebeu que Caroline estava muito abalada com a morte de Helena.

— Doutora — disse a enfermeira, colocando a mão em seu ombro —, o doutor Mário já chegou e pode providenciar a papelada para a liberação do corpo da senhora Helena. Se a doutora quiser ir para casa, não se preocupe, nós assumimos tudo por aqui.

— Obrigada, Lisa, mas gostaria de fazer isso. Afinal, depois de tudo o que ela fez por mim, é o mínimo que posso fazer por ela.

DEDICATÓRIA

Caroline sentou-se na cadeira da varanda atrás de sua casa e olhou para os raios de sol que iam desaparecendo entre as copas das árvores. O frio havia aumentado, e ela cobriu o seu corpo com um cobertor. Em seguida, ajeitou a taça de vinho que estava sobre a mesa.

— Muito bem, Helena, está tudo aqui, como você pediu — disse, pegando o livro que estava ao seu lado.

Abriu-o, emocionada, e olhou para o texto como se tivesse acabado de abrir um baú contendo um grande tesouro. A letra miúda e fininha se estendia por toda a página. Era quase uma carta.

Minha amiga Caroline. Prefiro chamá-la de amiga à doutora.

Quando estiver lendo estas palavras, não estarei mais neste mundo. Mas não se preocupe comigo, porque, há muito tempo, já parei de me preocupar com o meu destino.

Vivi a vida intensamente. Como diria Júlio César, na batalha de Zela: veni, vidi, vici. Não escolhi as minhas batalhas, mas lutei todas com fúria e inteligência. A maioria delas venci, e, para mim, isso é o que importa.

Agora é tempo de continuar minha jornada. Minha mente está mais afiada do que a katana de um samurai, mas meu corpo se deteriora a cada minuto.

O destino é inexorável.

Eu lhe darei um presente e também uma batalha.

Deixo a você o meu acervo. Esse é o seu presente. A doutora Laura tem outros planos para ele, por isso, quando lhe der a notícia, mostre-lhe este texto. É claro que vai discordar, mas quero que a convença a ficar com eles. Essa é a sua batalha, o seu desafio, e você se tornará mais forte se vencê-la.

Não os doe, não os venda e, sobretudo, trate-os com carinho. Leia-os, e alguns autores se tornarão caros para você. Somente quando encontrar alguém que os trate melhor do que você mesma, faça a mesma coisa que estou fazendo agora.

E nunca se esqueça: o conhecimento liberta.

Não vou dar nenhum conselho politicamente correto. Há vários deles ao alcance dos seus olhos, e devo confessar que sempre acreditei que clichês foram feitos para idiotas.

Mas gostaria de deixar uma reflexão.

Nós somos navios, e navios não foram feitos para ficar na segurança de um porto, mas para cruzar mares bravios, conhecer lugares inacreditáveis e participar de grandes batalhas. Não há nenhum problema em sofrer avarias durante a jornada. Prefiro um navio cheio de cicatrizes a um que nunca levantou âncora.

Afaste-se de pessoas que não navegam pelos mares da vida, ou que navegam apenas em rios estreitos e águas tranquilas. Não aceite seus medos ou suas desculpas, porque, se os aceitar, condenará seu navio ao mar dos sargaços, e lá ele ficará preso para sempre.

Quando o fim estiver próximo, e o seu navio estiver naufragando, aceite com resignação, tenha orgulho de sua história e repouse no fundo do mar como os lendários e audaciosos navegadores. Compreenda que a jornada da vida é o caminho que percorremos e nunca o seu destino, porque este é apenas uma miragem no deserto, criada com o objetivo de continuarmos a nossa jornada.

Eu lhe desejo uma vida longa e uma morte rápida.

HELENA

Caroline leu o texto várias vezes, entre um gole e outro de vinho, saboreando cada palavra. Depois, fechou o livro e ficou em silêncio, na escuridão. Sua mente estava tranquila e seu corpo estava aquecido, e não somente pelo cobertor ou pelo efeito do vinho.

O texto de Helena havia acendido um fogo em sua alma, que aumentou até se tornar uma fogueira aquecendo seu corpo.

— Obrigada pelo presente — falou em voz alta, certa de que a amiga a escutaria. — Juro que enfrentarei todas as batalhas necessárias.

O texto de Helena havia lhe dado uma coragem que jamais imaginara ter.

— Vou levantar âncora. Não ficarei em um porto seguro e não irei apodrecer no mar dos sargaços. Você tem razão, Helena, não posso mudar o passado. É hora de esquecê-lo, de alterar o curso e enfrentar mares bravios. Se for para naufragar, que seja em uma grande tempestade, a maior de todas.

Ela levantou a taça e fez um brinde para a noite.

— Está na hora de enfrentar o meu destino.

•

Uma chuva torrencial caía no cemitério naquele final de tarde. O vento forte e implacável fazia as gotas de chuva caírem em diagonal, colocando abaixo qualquer tentativa de conseguir uma proteção satisfatória debaixo do guarda-chuva. Pelo menos, era essa a conclusão a que Caroline chegou ao caminhar por entre o gramado encharcado, olhando o extenso campo coberto de lápides dispostas em linhas. As copas das árvores curvavam-se com o vento e pareciam acenar com um gesto de despedida.

A despedida de uma grande amiga.

Caroline havia perguntado ao coveiro, na entrada do cemitério, onde Helena havia sido enterrada. Gostaria de ter participado do velório, mas, infelizmente, não havia sido possível, porque sua presença tinha sido exigida no Souto Lima.

Mais do que ninguém, Caroline sabia que primeiro vinham os vivos; os mortos podiam esperar. Não estava triste nem se sentia culpada, porque desejava despedir-se de Helena sozinha. Precisava daquele momento reservado, e o universo havia conspirado a seu favor. Suas bochechas estavam vermelhas pelo frio, e, a cada respiração, o ar gelado parecia queimar os seus pulmões. Na mão direita, carregava o guarda-chuva; na esquerda, trazia um buquê de cravos brancos e azuis.

O branco representava paz e reverência; o azul, conforto e calma. Pelo menos era o que a florista havia dito. Chegou ao seu destino e parou diante da lápide de mármore recém-colocada. Conferiu os entalhes gravados na pedra e ficou ouvindo o som dos pingos batendo no guarda-chuva. Observou as flores que estavam ao seu redor, espalhadas impiedosamente pelo vento.

— Helena, você foi mais do que uma paciente. Foi uma grande amiga. Para ser sincera, e até mesmo justa, foi a única amiga que tive desde que cheguei a este lugar. Fiz todo o possível para salvá-la, usei todo o meu conhecimento, procurei a resposta nos livros e em especialistas, mas falhei. Minha mãe me dizia que não deveria ser médica, porque sofro quando perco um paciente para a morte, a minha grande inimiga.

Caroline levantou os olhos cheios de lágrimas e olhou novamente para as fileiras de lápides que se estendiam até uma leve colina.

— Afeiçoei-me à sua companhia, aprendi a compreendê-la, e, por isso, sinto muito a sua perda. Desta vez, não foi apenas o sentimento de impotência diante de algo inevitável, foi muito mais forte do que todos os outros pacientes que já perdi. Você me fez perceber que eu estava doente, e que precisava de ajuda. Sei que há um grande contrassenso em tudo isso, mas, assim como cuidei de você, também cuidou de mim. Sabia da minha doença, diagnosticou a minha fragilidade, percebeu que eu estava fugindo e que passei a minha vida escondida atrás de uma máscara.

As lágrimas desceram quentes em seu rosto gelado.

— Você me curou, com seus livros, seus filósofos caros e suas teorias. Descobriu meus conflitos internos como se fosse Sherlock Holmes desvendando seus casos. Conseguiu mostrar o caminho que preciso seguir, e sei o que tenho que fazer. Cada alma possui um propósito neste mundo, e a sua iluminou a minha.

Caroline percebeu que outra pessoa se aproximava, segurando um guarda-chuva amarelo e um buquê de flores nas mãos.

Era uma mulher alta, magra e bem-vestida. Os cabelos eram ruivos, longos, lisos e estavam soltos, cobrindo parte da sua face. Parou ao lado de Caroline e ficou em silêncio, observando a lápide. A mulher tinha um rosto de beleza singular, delicado e cheio de sardas.

Abaixou-se e colocou o buquê ao lado da lápide, levantou-se e perguntou, sem olhar para Caroline:

— Quem é você?

— O meu nome é Caroline.

— O que era dela?

— Quem é você? — devolveu a pergunta.

A jovem mirou-a com olhos verdes penetrantes e, em seguida, desviou o olhar, voltando a observar a lápide.

— Simone.

Elas ficaram em silêncio, até que Simone recomeçou o diálogo:

— Ela devia ser muito importante para você, já que está chorando.

— Sim, era.

— Talvez, se a tivesse conhecido melhor, não pensaria isso.

— Dizem que a intimidade mostra as pessoas como elas são, mas convivi com Helena por tempo o suficiente para admirá-la.

— Que tipo de convivência?

— Era sua médica.

— É médica no Souto Lima?

— Sim.

— Então faz sentido que esteja aqui. Ela conseguiu envolver você com seus pensamentos filosóficos sobre a vida, seus caminhos e escolhas. Estava sempre trabalhando para que as pessoas orbitassem ao seu redor, desejando receber a luz da sua filosofia perfeita.

— Talvez tenha razão, mas isso já não importa mais, não é mesmo?

— É verdade, não importa mais.

— Você é a filha dela.

Simone olhou para ela, surpresa.

— Como sabe que sou a filha?

— Vi a foto de Helena quando era jovem. Era igualzinha a você.

— É observadora! Aprendeu isso com ela?

— Sim, aprendi.

Simone deixou escapar um leve sorriso de tristeza.

— Sim, sou sua filha... Sua única filha.

— Nunca a vi no hospital. Por que não a procurou?

— Não conversávamos há anos. Consegui me libertar de toda a sua arrogância, de sua prepotência em afirmar que sabia tudo o que ia acontecer na minha vida. Ela errou todas as previsões sobre mim, sabia? Tornei-me uma brilhante advogada e tenho um renomado escritório na capital. Venci a batalha contra Helena Cortês.

— Nunca pensou que, sem ela, você não estaria aqui?

— Isso é apenas uma questão materna, superada há muitos anos. Não se iluda, ela jamais foi um exemplo de mãe, de dedicação com sua prole.

— Não cuidou de você quando era criança?

— Sim, mas...

— Não a alimentou, vestiu-a e lhe deu conselhos?

— Sim, ela me deu todas essas coisas. Mas isso é o básico, é o mínimo que uma mãe deve dar para seus filhos. Não concorda?

— Por que está aqui, Simone?

— Apenas por respeito e, apesar de ser quem era e do quão arruinado estava o nosso relacionamento, é uma forma de mostrar algum tipo de consideração pelo que Helena Cortês representou na minha vida.

— Acha que sua presença aqui, neste momento, fará alguma diferença no seu relacionamento com sua mãe?

Simone não respondeu. Caroline beijou as flores e as colocou sobre a lápide.

— Você devia gostar muito dela — sussurrou com certa amargura.

— Sim.

— Mais que uma simples paciente, me parece.

— Sua mãe era muito especial para mim.

— Gostaria de saber por que não nos falávamos?

— Não. Para mim, não tem a menor importância e não mudará o que eu penso dela.

— Como ela morreu?

— Com dignidade.

Caroline tentou se afastar, mas Simone segurou firme o seu braço. O seu olhar, antes inclemente e desprovido de emoção, estava vermelho e cheio de lágrimas.

— Quero detalhes! Exijo saber de tudo! Sou uma advogada de sucesso e cuido de processos que valem milhões. Posso processá-la se negar-se a explicar o que lhe peço.

Caroline olhou-a assustada, mas sentiu pena da mulher que segurava seu braço. Em outras ocasiões, ficaria nervosa e responderia tudo que lhe fosse perguntado, mas havia mudado. Era outra mulher. Nada seria como antes.

— Sabia que quase invejo você?

Simone largou o seu braço como se tivesse recebido um choque.

— O quê?

— É filha dela. Teve a oportunidade de crescer ao seu lado e de conviver com ela. Renunciou a tudo isso, à possibilidade de conviver com uma grande mulher. É por isso que invejo a oportunidade que teve. Não tenho medo de suas ameaças. Aliás, se serve de consolo, não está sozinha em sua forma de pensar e agir. Milhares de filhos abandonam seus pais após envelhecerem e se transformarem em um fardo, um fardo que destrói todos os momentos felizes de infância, os carinhos e os sacrifícios. Quando eles ficam velhos, toda a renúncia que fizeram para criar seus filhos se esvai, com a rapidez de uma chama apagada por um sopro de ar.

– Não tem o direito de falar assim comigo! Quem pensa que é?

– Alguém que conviveu com sua mãe. Por um breve período, é verdade, mas que foi suficiente para saber que era uma das pessoas mais incríveis que conheci.

Simone balançou a cabeça e ia dizer algo, mas Caroline continuou:

– Talvez queira dizer algo, justificar sua ausência, mas não estou interessada em saber. A pessoa com quem deveria conversar está ali – informou, apontando para a lápide. – Você não foi capaz de fazer isso enquanto ela esteve viva. Talvez o sucesso alcançado, o trabalho cheio de glamour ou o seu orgulho a impediram de procurá-la, mas isso não importa mais, não fará a menor diferença. Terá que viver com isso até o fim da sua vida.

Caroline foi se afastando, mas parou e voltou-se para a jovem.

– Adeus, Simone. Mas, antes de ir embora, há uma última reflexão a ser feita. Um dia, a sua hora chegará, e também estará debaixo de uma lápide. Quem levará flores para você num dia como hoje?

Ela se afastou algumas dezenas de metros, e então parou e voltou-se pela última vez. Simone largou o guarda-chuvas e se atirou sobre a pedra fria do túmulo. Comoveu-se ao ver a cena. Então, seguiu pela trilha e não olhou para trás.

ANITTA

A porta da sala da doutora Laura foi aberta, e um homem alto, magro e careca entrou.

— Bom dia! Com licença — disse o homem vestindo um terno cinza bem cortado.

— Bom dia — respondeu a doutora Laura, caminhando em sua direção. — Entre, Meirelles.

— Laura, como você está?

— Estou ótima — respondeu, cumprimentando o homem com um aperto de mão. — E você?

— Muito bem! Confesso que estou muito feliz em poder revê-la. Afinal, há quanto tempo não nos reunimos para uma conversa?

— Devo admitir que tem razão e acredito que o motivo principal seja a falta de sincronismo de nossas agendas.

— Tem razão. Tenho andado muito ocupado ultimamente.

— Mas, agora, poderemos colocar os assuntos em dia. Deixe-me apresentá-lo a uma pessoa. Essa é a doutora Caroline.

Meirelles abriu um sorriso largo ao cumprimentar a mulher que estava ao lado da doutora Laura.

— Doutora Caroline, muito prazer. Sou Vitor Meirelles.

— Muito prazer, senhor.

— Doutora Caroline — interveio Laura —, o senhor Meirelles é um amigo de muitos anos, e tenho um apreço muito especial por essa amizade. Ele é o reitor da Universidade Federal em nossa cidade e, obviamente, é o responsável pela parceria entre nós e a instituição que gerencia. Juntos possuímos uma parceria de décadas em áreas de pesquisa, além de mantermos convênios para residência médica dos alunos do curso de medicina.

— É verdade — completou o senhor Meirelles. — Nossa parceria iniciou-se durante a guerra, quando a doutora Laura e eu unimos esforços para a produção de medicamentos inovadores.

— Como a testoclorina — argumentou a doutora Caroline.

— Exatamente — respondeu o homem. — Essa substância foi desenvolvida neste lugar, em parceria com nossos melhores pesquisadores. Nós — informou, olhando para a colega — coordenamos a equipe que desenvolveu essa substância, usada na fabricação de vários medicamentos comercializados no mundo todo. Temos muito orgulho dessa parceria, porque o resultado dessas pesquisas salvou a vida de muitos dos nossos soldados durante a guerra.

— Vamos nos sentar — interveio a doutora Laura.

Ela sentou-se em um uma poltrona, enquanto Caroline e o reitor sentaram-se em um sofá diante dela.

— Gostariam de beber alguma coisa?

— Não, obrigado.

— Obrigada, doutora Laura.

— Pedi que a doutora Caroline estivesse presente porque o assunto que discutiremos também lhe diz respeito.

— Sim — disse o homem, remexendo-se no sofá com o olhar fixo na jovem médica. — Soube do falecimento de Helena Cortês, e soube, através da doutora Laura, que realizou um excelente trabalho cuidando de uma paciente tão especial.

Caroline achou estranha a afirmação de que a doutora Laura a tinha elogiado e a olhou para confirmar as palavras do reitor, mas seu semblante estava inexpressivo. Estava inerte como uma estátua, com as mãos sobre os braços da poltrona.

— Obrigada pelo elogio, senhor Meirelles.

— Trata-se de uma perda irreparável para o meio acadêmico, e, por isso, decidimos homenageá-la colocando seu nome no prédio do curso de filosofia.

— Ela ficaria satisfeita — disse Caroline, sabendo que Helena não aprovaria aquela homenagem.

— Tenho certeza de que sim, mas não é somente isso que faremos. Estamos preparando um seminário para debater suas obras e sua relevância para a comunidade acadêmica.

— São todas ótimas iniciativas.

— Também pensamos assim — concordou o homem de rosto triangular, olhos miúdos e uma boca estreita que mostrava um sorriso atencioso. — Mas há uma homenagem que ainda não mencionei, que é muito importante para nós, e corre o risco de não ocorrer.

— É mesmo? E qual seria?

— A senhorita conhece a nossa biblioteca?

— Sim, já estive lá algumas vezes.

— Então deve saber que ela é uma referência para a consulta de informações dos mais variados setores educacionais. Não é somente utilizada por nossos alunos, mas também por toda a comunidade.

— É verdade. Quando estive lá, pude perceber que havia um grande número de pessoas que não eram alunos.

— Exatamente. E como a doutora deve ter notado, no quarto onde Helena Cortês estava internada havia uma considerável coleção, uma pequena biblioteca.

— Sim.

O reitor ficou sério e inclinou-se para frente.

— Os livros que foram colecionados por Helena Cortês não são comuns. São obras raras, e posso afirmar, sem a menor sombra de dúvida, que são muito valiosos para a universidade, especialmente sendo o lugar para o qual trabalhou durante toda a sua vida. Para cuidar desse patrimônio acumulado durante tantos anos, criamos um espaço, ou melhor, uma área em nossa biblioteca para homenageá-la, onde pretendemos armazenar essa magnífica coleção.

Caroline olhou para a doutora Laura, que permanecia imóvel.

— Ela me deu a sua coleção de livros, senhor Meirelles — respondeu sem nenhuma emoção na voz.

— Sim, a doutora Laura já me informou sobre essa situação embaraçosa em que nos encontramos.

— Não há nenhuma situação embaraçosa. Helena era mais do que uma paciente, era minha amiga, e não posso simplesmente entregar os livros e deixar de atender ao seu último desejo.

— Gostaria de pedir à doutora que reconsiderasse sua decisão. Já preparamos um local, estamos aguardando os livros e, se não os recebermos, será muito desagradável. A doutora Laura poderá explicar a importância desse acervo para a universidade e, principalmente, a cooperação que sempre existiu entre as duas instituições.

A doutora Laura saiu da inércia em que se encontrava.

— Temos uma sólida parceria com a Universidade Federal. Imagino que consiga compreender, doutora Caroline. Há uma história de cooperação entre as duas instituições, e eu gostaria que levasse isso em consideração.

— Obrigado, doutora Laura — prosseguiu Meirelles. Voltando-se para Caroline, prosseguiu: — A doutora entende agora a necessidade de realizar o generoso gesto de doar o acervo de Helena Cortês para nossa instituição?

— Entendi perfeitamente a importância de um gesto como esse e tenho apenas uma pergunta para fazer.

— Estou pronto para esclarecer qualquer dúvida.

— Diga-me, senhor Meirelles, nunca vi o senhor, nem ninguém da universidade, visitá-la uma única vez. Poderia me responder por quê?

O senhor Meirelles ficou vermelho, voltou-se para trás, respirou fundo e respondeu o mais calmo que pôde:

— Doutora Caroline, não posso afirmar que ninguém da Universidade Federal veio visitá-la e creio que a senhora pode estar mal informada. Quanto a mim, a doutora precisa entender que tenho uma agenda extensa de compromissos. Aliás, tive que cancelar duas importantes reuniões para estar aqui hoje.

O reitor olhou para a doutora Laura, esperando que dissesse algo, mas ela retornara ao estável de imobilidade.

— Gostaria que a senhora visse a minha presença como um gesto de humildade, demonstrado ao estar aqui hoje, fazendo este pedido.

— Responda-me outra pergunta então, senhor Meirelles: alguma vez, Helena Cortês prometeu entregar o seu acervo para a universidade?

O reitor olhou novamente para a doutora Laura, esperando alguma ajuda, mas ela limitou-se a levantar uma sobrancelha com uma expressão de interrogação.

– Na verdade, não, mas como dedicou toda a sua vida à instituição, nada mais justo que o seu legado, ou melhor, o seu acervo, fique conosco.

– Agora compreendo a sua posição, senhor Meirelles.

– Muito bem – disse, abrindo um largo sorriso. – Posso ver a sensatez em seu belo olhar.

Caroline não sorriu ao receber o elogio.

– Infelizmente, não posso fazer o que me pede. Pretendo levá-los para a minha casa tão logo seja possível. Quanto a cuidar dos livros, não se preocupe, cuidarei muito bem deles. Sei que são valiosos. Não venderei nenhum deles, porque prometi a Helena que jamais dividiria sua coleção.

– Veja bem, doutora Caroline. Estou aqui num gesto de boa vontade para explicar a importância da doação do acervo de Helena Cortês, não apenas para a Universidade Federal – disse, olhando para a doutora Laura com um ar ameaçador – mas, principalmente, para o Centro de Médico Souto Lima.

– Sinto desapontá-lo, senhor, mas essa é a minha decisão final.

– Sempre há uma forma de negociação possível entre duas partes. A senhora não gostaria de fazer um doutorado?

– Já fiz um doutorado.

O reitor ficou em silêncio, tamborilando os dedos no sofá. Olhou para as duas mulheres e partiu para uma última tentativa:

– Podemos aumentar a participação da universidade no Centro Souto Lima, que poderá reverter em uma bonificação extra para a doutora, pelos seus excelentes trabalhos, é claro.

Caroline olhou perplexa para a outra mulher.

– É isso mesmo o que ouviu, doutora Caroline – disse a doutora Laura. – Ele está lhe oferecendo uma boa quantia para que entregue o acervo de Helena Cortês. É claro que uma parte do dinheiro ficará no Centro, porque estou projetando uma ampliação da ala sul e duas novas alas de fisioterapia. Essas novas construções já estão aprovadas e constam no orçamento do próximo ano, e não posso negar que esse dinheiro nos ajudaria muito.

— Sinto muito, mas os livros não estão à venda. Não aceito seu dinheiro. — Olhou para a doutora Laura. — E também não aceito sua chantagem.

— Fui bastante razoável, doutora — argumentou o reitor —, e procurei resolver essa questão da melhor maneira. Contudo, percebo que lhe falta senso de compreensão sobre o assunto.

Ele olhou para a doutora Laura, aguardando apoio.

— Meirelles, infelizmente não posso forçá-la a fazer a doação.

— Muito bem. Tenho outros compromissos, mas acredito deviam continuar essa conversa. Espero que consiga sensibilizar sua funcionária, doutora Laura, pelo que realizamos no passado e pela continuidade da parceria entre as duas instituições.

Ele cumprimentou as duas mulheres e saiu da sala, apressado.

— É um cretino — disse Caroline.

— Devo confessar que concordo com a doutora.

— A senhora acha que pode prejudicar o relacionamento da universidade com o Centro Souto Lima?

— Ele é o reitor, tem a caneta na mão, é claro que pode nos prejudicar. O que não mencionou é que haverá eleições para a reitoria daqui a algumas semanas, e o anúncio do acervo de Helena Cortês ajudaria em sua campanha para a reeleição.

— Então, se ele perder, nada muda; mas, se ganhar, o Centro terá problemas.

— Sim, essa é a leitura atual.

— Doutora Laura, não quero prejudicá-la, muito menos a este lugar. Apenas gostaria de atender ao último pedido de uma amiga e paciente.

— Li o testamento e, se estivesse em seu lugar, teria feito o mesmo.

— Então, concorda com minha decisão?

A doutora Laura caminhou até sua mesa, sentou-se em sua cadeira e juntou as mãos.

— Não concordo com sua decisão, e saiba que não estou do seu lado. Preciso da parceria, ou, para ser mais clara, preciso do dinheiro da universidade e não posso me dar ao luxo de apoiá-la. Saiba que, em primeiro lugar, sempre virão os interesses deste lugar. Foi isso que decidi com o meu marido quando o criamos.

— O que a senhora fará?

— Por enquanto, nada. Aprendi que não se deve sofrer por antecipação. Você é uma excelente profissional, defende suas opiniões, e tenho simpatia por pessoas com essas características. Apesar de não ter o brilhantismo filosófico de Helena Cortês, para mim a vida se resume a várias partidas de xadrez jogadas simultaneamente. Hoje iniciamos mais uma partida, contra um adversário poderoso, inteligente e implacável. Ele fez vários movimentos, mas você bloqueou todos, demonstrando impetuosidade, arriscando sua própria carreira em defesa de um nobre juramento. Meirelles fez uma pausa no jogo, analisará todas as possibilidades e, tenha certeza, voltará ao ataque assim que tiver uma nova estratégia. Vamos esperar seu próximo movimento, analisá-lo e, então, faremos a nossa jogada.

— Agradeço por compreender a minha posição.

— Não me agradeça, ainda não decidi qual lado apoiar. Mas não se iluda, não colocarei a segurança deste lugar em risco por causa de um monte de livros velhos. Assim como a doutora fez uma promessa, eu também fiz uma. Prometi, diante do túmulo do meu marido, que sempre colocaria os interesses deste Centro em primeiro lugar. Está dispensada, doutora.

Assim que ela saiu, a doutora Laura pegou o telefone.

— Bom dia, doutora Lúcia... Sim, eu estou bem, obrigada. Gostaria de saber se algo aconteceu à doutora Caroline, se houve alguma novidade ou aconteceu algo que possa ter alterado o seu comportamento... Sim, também percebi. Ela não parece a mesma pessoa, está mais decidida, mais confiante. Acredito ser um sinal de que a sua terapia está funcionando... Ela não a procurou mais? Pode ter surgido outro elemento na equação... É claro que deve insistir para que retorne às consultas, porque quero saber tudo que acontece com ela... O motivo? Reservo-me o direito de não responder, mas, me diga, quando foi a última vez que conversou com ela? O que lhe disse? Sim, conheço o Vita Felice, mas nunca o frequentei. Conte-me o que aconteceu em detalhes, por favor.

A doutora Laura ouviu o relato atenciosamente.

— Não, eu não sabia que havia sido perseguida novamente. Vamos conversar hoje no final do expediente... Tenho certeza de que irá alterar sua agenda para que possa atender ao meu chamado e, por gentileza, venha à minha sala às vinte horas. Obrigada, doutora Lúcia. Tenha um bom dia de trabalho.

A doutora Laura ficou pensativa por alguns instantes.

— Muito bem, minha jovem amiga. Todos esses fatos recentes seriam suficientes para fazê-la abandonar este lugar e fugir, voltar correndo para o seu antigo trabalho, até mesmo aceitar seu noivo adúltero. Mas preferiu ficar e enfrentar os seus medos. O que aconteceu? Será que você descobriu algo? Algo sobre o paciente do quarto 206? Preciso saber o que a fez mudar de comportamento. Preciso mover uma peça no tabuleiro da nossa partida, e, se for o que imagino, seu destino mudará para sempre.

•

Caroline entrou em sua sala, colocou as mãos na cabeça e ficou caminhando em círculos até desabar em sua cadeira. Não queria doar os livros de Helena, mas não desejava que o Centro sofresse uma represália. Se Meirelles formalizasse uma ameaça, a doutora Laura se uniria a ele, e, juntos, iriam colocá-la na parede.

Mas não estava disposta a ceder. Não entregaria os livros para um homem como Meirelles. Se não fosse reeleito, talvez o novo reitor não se interessasse pelos livros. Era melhor seguir o conselho da doutora Laura. Não tomaria nenhuma atitude, porque a partida estava indefinida.

O telefone tocou.

— Bom dia, doutora Caroline, quem está falando é Osório.

Ela estranhou a ligação.

— Bom dia, senhor Osório.

— Desculpe ligar para a doutora. Sei que é muito ocupada...

— Está tudo bem. Em que posso ajudá-lo?

— A doutora lembra aquele assunto confidencial?

— Sim, lembro.

— Acredito que tenho uma novidade, por isso resolvi ligar.

— O senhor fez bem — disse, tentando disfarçar a surpresa.

— Quando for possível, poderia dar uma passada por aqui?

— Estou indo agora mesmo.

— Ótimo.

Ela desligou o telefone e saiu apressada. Instantes depois, caminhava com ele por entre estantes carregadas de material hospitalar. Nos fundos do estoque, havia uma mesa. Sobre ela, havia um computador com uma caixa grande de papelão.

— Como havia dito para a senhora, todos os pertences dos soldados foram entregues ao Centro de Apoio dos Veteranos. Mas, então, lembrei-me de uma coisa. A doutora pode imaginar o que tem nessa caixa?

— Não faço a menor ideia.

— Ela contém os pertences do doutor Michel. Quando ele morreu, a doutora Laura pediu para guardá-los e trazê-los para cá.

Osório retirou um pequeno estojo de metal do fundo da caixa, envolto em um saco plástico, e lhe entregou.

— A doutora sabe o que é isso?

Caroline segurou a caixinha com cuidado.

— Sim. Parece uma *anitta*.

— É isso mesmo.

— Recebeu esse nome em homenagem à sua criadora, Anitta Bragança, a famosa designer de joias, que projetou essa caixa para os oficiais do exército. Cada um deles recebeu uma *anitta* para guardar seus objetos pessoais. O meu pai lutou na guerra e tem uma delas.

— Sim, é isso mesmo. Veja os detalhes, as belas gravações, o brasão do exército. Está um pouco amassada e tem alguns arranhões, o que significa que acompanhou o dono em suas missões. Hoje quase não se encontram mais *anittas*, tornaram-se raridades e são cobiçadas por colecionadores.

— É verdade. O dono desta *anitta* deve ter participado de muitos combates.

— Pertenceu ao veterano que foi paciente do doutor Michel — revelou ele.

Caroline balançou a caixa.

– Tem alguma coisa dentro – disse, examinando-a.

Então, viu uma etiqueta com os dados do inventário na parte inferior.

– Que pena, pertenceu ao paciente do quarto 309. Estou procurando por pertences de outro paciente.

Devolveu a caixa para Osório.

– Obrigada por me chamar, mas pertence a um paciente que não é do meu interesse.

– A doutora está procurando pertences de qual paciente?

– Do que está no quarto 206.

– Que pena, achei que poderia ajudá-la.

– Tudo bem. Você foi muito prestativo. Por acaso, não encontrou nenhum outro pertence de um veterano?

– Não, senhora.

– Tudo bem, Osório. Obrigada.

Ela foi se afastando, quando ele a chamou:

– Doutora Caroline!

– Sim.

– E se o paciente do quarto 206 estivesse no quarto 309 quando foi feito o inventário?

– O senhor tem condições de saber?

– Claro! – exclamou ele, consultando o computador na mesa ao lado. – Nosso sistema mantém um registro completo dos inventários. Aguarde um momento e já vamos saber quem esteve no quarto 309. Aqui! Sim, encontrei.

Caroline olhou para o nome que estava escrito na tela do computador. Quase não acreditava. A caixa pertencia a Adônis Malta, o paciente do quarto 206.

– Veja, doutora, a senhora deu muita sorte. Mas devia mesmo ser dele, não é? Era paciente do doutor Michael, afinal.

Ela pegou novamente a caixa com cuidado.

– É exatamente isso que estou procurando.

Caroline ficou pensando nos segredos que aquela caixa poderia revelar sobre aquele homem.

— Vou avisar a doutora Laura da minha descoberta.

— Não!

— Não?

— Senhor Osório, o senhor precisa me prometer que jamais comentará com a doutora Laura sobre esta *anitta*. Se souber que o senhor garantiu que não havia mais nenhum pertence dos veteranos e, agora, aparecer com essa caixa, nós dois sabemos qual será sua reação.

— Meu Deus! Não tinha pensado nisso.

— Não se preocupe, deixe que me encarrego da doutora Laura.

— Obrigado, doutora Caroline, nem sei como lhe agradecer.

— O senhor tem um envelope? Não seria uma boa ideia desfilar com ela por aí.

— Mas é claro.

Ele abriu uma gaveta, pegou um envelope grande, colocou a caixa dentro e devolveu-a à médica.

— Não encontrei a chave.

— Não tem problema. Vou levá-la a um chaveiro.

— Assim será melhor.

A doutora Caroline se afastou enquanto Osório a observava partir, e, à medida que ela se afastava, a expressão dele foi se alterando para uma grande tristeza.

Então, colocou a mão no bolso da calça e retirou uma pequena chave. Falou, como se emitisse uma oração aos deuses:

— Não abra, doutora. Jogue-a fora e fuja dos seus segredos. Eles só irão lhe trazer dor e tristeza. A senhora tem um bom coração. Por favor, não abra a caixa.

INSTINTOS

Caroline parou o carro em frente à sua casa e deixou os faróis acesos para enxergar melhor. Abriu a porta, saiu do automóvel e balançou a cabeça ao perceber que o pneu do eixo dianteiro estava quase vazio.

— Pelo menos consegui chegar em casa.

Foi até o bagageiro, levantou a tampa do porta-malas e o carpete, retirando o pneu reserva.

— Não deve ser tão difícil assim — disse, rolando o pneu até a frente do carro e voltando em seguida para buscar o macaco e a chave de rodas.

Deparou-se com um homem atrás do carro. O mesmo rosto sombrio, oculto pelo capuz do abrigo de corridas. Suas pernas amoleceram e ela caiu, amedrontada e sem forças para gritar, enquanto o homem avançava em sua direção.

— Caroline, sou eu — disse Benjamin, baixando o capuz e segurando seu braço.

— Meu Deus! Benjamin, você me assustou!

— Não foi minha intenção.

— Esqueça, já passou. Estou bem.

Ele a ajudou a se levantar.

— Quer ajuda? — perguntou ele, apontando para o pneu furado.

— Sim. Acho que não vou conseguir, e precisarei dele amanhã cedo.

Benjamin começou a trocar o pneu, enquanto Caroline ficou ao seu lado, observando-o. Seria apenas coincidência ele aparecer naquele momento?

A sua roupa era muito parecida com a do homem que a estava perseguindo. Seria Benjamin? Se fosse, por que estava fazendo isso?

Caroline tinha perguntas demais e respostas de menos. Sabia que Benjamin sentia-se incomodado com a sua presença; bastava ver como a observava quando ela saía de casa ou quando conversavam. Ainda assim, não conseguia imaginar que ele pudesse significar um perigo para ela, ao contrário, sentia-se segura quando estava ao seu lado.

— Terminei — disse ele, guardando o pneu furado junto com o macaco no porta-malas. — Vou deixá-lo solto para facilitar a vida do borracheiro.

— Ótimo. Muito obrigada, Benjamin. Sem você, não conseguiria trocá-lo. Eu lhe devo alguma coisa?

— Mas é claro que deve.

— Muito bem — ela respondeu, surpresa. — Quanto custou o seu trabalho?

— Um café.

— Ah! — Sorriu, aliviada. — Muito bem, senhor Benjamin, aceito seu pedido. Uma hora dessas apareço para tomar um café na livraria.

— Ficarei esperando.

De repente, não sabiam como se despedir.

— Bem, doutora Caroline, é isso então.

— Sim, é isso, senhor Benjamin, dono de livrarias e borracheiro.

Ele sorriu, e ela percebeu que o seu sorriso era belo.

— Muito bem. Agora já pode voltar a nos esnobar com o seu carro importado.

Ela riu com o comentário jocoso.

— A inveja não me parece fazer parte do seu caráter, mas, se servir de consolo, ganhei de presente.

— Um carro tão valioso assim de presente? O que você fez? Descobriu a penicilina?

— Ele era meu noivo — respondeu com tanta naturalidade que ficou surpresa. — Mas não se preocupe, evitarei passar perto de você.

— Isso será complicado, já que trabalho na frente de sua casa.

— Então, sugiro que pare de me olhar.

Ele ficou constrangido.

— Desculpe, não quis ofendê-lo.

— Tudo bem. Na verdade, acho que mereci isso. Tem razão. Algumas vezes, fico observando você sair, mexer nas plantas no jardim ou brincar com seu cachorro. Gosto de observar você, mas estou sendo intrometido e lhe devo um pedido de desculpas.

— Não é para tanto. Foi apenas um comentário infeliz. Por favor, não leve para o lado pessoal. Afinal, por que eu deveria desculpá-lo?

— Por observá-la sem o seu consentimento. — Fez uma pausa. — E pelo que aconteceu no Vita Felice.

Caroline percebeu que ele estava angustiado ao lembrar o que havia acontecido.

— Não se preocupe com isso. Tirando o banho de vinho, foi uma ótima noite. Além do mais, foi apenas um acidente.

— Sim, é claro, foi apenas um acidente.

— E, depois, o que você poderia fazer?

Ele deu um passo à frente.

— Não sei, Caroline. Mas senti que devia ter ficado com você, que devia tê-la protegido.

Em um primeiro momento, ela não soube o que dizer. Não esperava que Benjamin dissesse aquelas palavras. Então, respirou fundo para tomar coragem e perguntou:

— Está com fome?

— Acabei de correr dez quilômetros. O que acha?

— Quer entrar? Posso preparar algo para comermos.

— Aceito seu convite.

— Ótimo. Hoje, é meu convidado. Vou retribuir a gentileza por trocar o pneu do meu carro.

Caroline guardou o carro na garagem enquanto Benjamin a esperava. Ela caminhou até os degraus da varanda e viu que ele não havia ultrapassado o portão.

— Vai entrar ou prefere ficar parado feito uma estátua?

Ele sentiu uma estranha sensação ao atravessar o portão.

— Benjamin, está tudo bem?

— Não sei explicar. Esta casa tem uma história triste. Sei que vai achar estranho, mas acho este lugar misterioso demais. Compreende o que eu quero dizer?

— Não — respondeu, sorrindo.

— Pode parecer loucura, mas é como se a energia deles ainda estivesse aqui.

— O capitão e sua esposa?

— Sim.

Caroline ia concordar, porque tinha a mesma sensação, mas preferiu sorrir.

— Venha — disse, abrindo a porta. — Prometo que nenhum fantasma irá atacá-lo, mas, se surgir, não se preocupe, eu o protegerei.

Ele limitou-se apenas a sorrir e a acompanhou através da porta.

— Oh, não! Meu Deus!

Caroline correu e tirou um livro da boca de Sócrates.

— O que foi que você fez? É um dos livros de Helena!

Havia pedaços de páginas espalhadas pela sala, e o que sobrara estava sendo mordido pelo cão.

— Vai ficar de castigo para aprender a se comportar!

Ela pegou o cachorro e o trancou na lavanderia, que ficava ao lado da cozinha. Benjamin ergueu o livro destruído e o examinou. Caroline foi ao quarto onde a coleção estava e suspirou aliviada ao ver que o cachorro havia roubado apenas aquele livro.

— Acho que deixei a porta aberta ontem à noite. Foi um milagre ele ter apanhado só esse.

— Caroline, este não é um livro qualquer. Esta é uma obra rara de John Locke. Ele era um filósofo inglês que viveu no final do século XVII. O livro que seu cachorro destruiu é um dos seus primeiros originais, *Ensaio acerca do Entendimento Humano,* que foi publicado pela primeira vez em

1690. Nesta obra, ele fala que a experiência humana é a principal fonte de todo o conhecimento e que se aperfeiçoa pela capacidade racional de cada indivíduo.

— Disse-me que não gostava muito de filosofia.

— Mas gosto desse filósofo, porque defendeu o direito à vida, à propriedade e, principalmente, à tolerância. Fez distinções entre o homem e a pessoa ao propor um experimento de colocar a alma de um príncipe em um sapateiro. Sabe, os pensamentos seriam do príncipe, mas o corpo seria do sapateiro. Ele poderia se considerar um príncipe, porque tinha toda a consciência de um príncipe, mas, para todos os outros, continuaria sendo um sapateiro.

— Ainda não li nada sobre Locke.

— Você tem mais livros como este?

— Helena me deu sua biblioteca.

— Está me dizendo que Helena Cortês deu sua biblioteca para você?

— Conversávamos muito sobre filosofia, ficamos amigas e, antes de morrer, ela fez um pequeno testamento doando seus livros para mim. Fiquei muito lisonjeada, mas isso virou um problema.

— Como assim?

— O reitor da Universidade Federal apareceu no meu trabalho e exigiu, com palavras medidas, que lhe entregasse o acervo. Fez uma ameaça velada, insinuando que, por Helena ter trabalhado toda a sua carreira na instituição, os livros deveriam ficar lá. Também ressaltou a parceria que tem com o Centro Souto Lima e está pressionando a doutora Laura para que eu atenda ao seu *pedido*.

— E pretende entregá-los?

— A doutora Laura está esperando o resultado das eleições que vão ocorrer na universidade, e, se o reitor se reeleger, disse-me que não terei saída a não ser abrir mão das obras.

— Posso vê-las?

— Venha comigo.

Ela o levou até o quarto, e Benjamin viu as caixas cheias de livros. Examinou-os com cuidado, como se estivesse manuseando objetos valiosos. Folheou algumas páginas e sorria todas as vezes que pegava um livro nas mãos.

— Caroline, isto são raridades. Não tenha dúvida de que, se o reitor se reeleger, virá atrás dessas peças como um lobo faminto. — Olhou para ela com ar preocupado. — Se faz doações para o lugar onde você trabalha, vai pressionar a doutora Laura.

— Sei disso, mas não quero me desfazer dos livros. Prometi a Helena que cuidaria deles.

Ele colocou o livro que segurava na caixa e se aproximou da mulher.

— O que fará?

— Não sei. Prefiro não pensar nisso, pelo menos por enquanto. Se não tiver saída, deixarei o Centro Souto Lima. Talvez abra uma clínica e faça uma concorrência contra a doutora Laura — disse sorrindo.

— Não pense que será fácil. Se tentar abrir um consultório, uma clínica, ou mesmo tentar trabalhar no Hospital Municipal, ela usará toda a sua influência para destruir a sua carreira profissional.

— Então, não terei saída. Deixarei esta casa e esta cidade.

Benjamin se aproximou, e ela deu um passo para trás, encostando suas costas na parede, surpresa com a aproximação confiante dele.

— Deixaria tudo o que já conseguiu por um monte de livros velhos?

— Fiz uma promessa.

— Não pode deixar esta casa.

— Por que não?

Ele colocou a mão em seu rosto.

— Porque acredito que faz parte deste lugar.

Benjamin acariciou sua face, inclinando-se para frente e beijando seus lábios. Caroline o abraçou, e seus corpos se uniram. Ela colocou as mãos em suas costas, subiu até seus ombros e parou em seu pescoço, sentindo o suor do seu corpo na ponta dos dedos. Ao beijá-lo, sentiu o chão fugindo dos seus pés e pareceu cair de um despenhadeiro.

— Não podemos — Caroline respondeu suspirando. — Você é casado, e isso é traição.

— Não estou feliz com a minha relação. Não sou feliz ao lado de Sabrina.

Aquela frase trouxe em sua mente a visão de Augusto na cama com sua amiga. Então, colocou as duas mãos em seu peito e o afastou.

– Não posso, não está certo. Meu noivo me traiu. Eu o abominei por isso e vim para cá. Desculpe, Benjamin, você não é igual a ele, mas não posso fazer o mesmo que ele me fez. Não posso destruir o seu casamento.

– E se lhe disser que...

– Vá embora, por favor.

– Não queria magoá-la.

– Vá embora, por favor! Preciso ficar sozinha.

Ele não disse mais nada, apenas saiu, e Caroline ouviu a porta da sala se fechando. Cobriu o rosto com as duas mãos, sentindo a umidade aproximar-se de seus olhos.

– Droga! Maldição! Este lugar está me enlouquecendo.

SONHOS

O casal se abraçou e caminhou para fora da casa onde Caroline morava. Pararam na varanda, abraçaram-se e contemplaram a bela manhã de sol. Era possível ver os pássaros nas árvores, mas não se ouvia o som do seu canto, aliás, não se ouvia nenhum som. O rosto da mulher estava embaçado, mas era possível ver que sorria para o homem vestido com um traje militar, de estatura média e forte, com ombros largos e mãos poderosas. Seu rosto também estava embaçado, mas ele a segurou e a levantou com facilidade quando ela lhe disse algo. Ele a segurou pela cintura e a levantou do chão, como se fosse voar. O homem girou a mulher em um movimento circular e ela bateu em seu ombro, pedindo para que a colocasse não chão. Abraçaram-se e ela apontou para as duas caixas em cima da mesa. A primeira era simples, de metal, em formato de um pequeno baú e um pouco maior do que uma caixa de joias. A segunda era um pouco maior, tinha o mesmo formato e era feita com uma madeira escura. Ao lado das caixas, havia algumas folhas de papel e dois lápis.

O militar acenava negativamente com a cabeça enquanto a jovem o puxava sorrindo em direção ao interior da casa. Sentaram-se nas cadeiras, diante da mesa, e, depois de muita insistência da jovem, cada um pegou uma folha de papel e um lápis e começaram a escrever. Quando terminaram, ele tentou ler o escrito dela, mas a moça sorriu, escondendo-o atrás de suas costas, e balançou o dedo indicador negativamente. Eles guardaram os textos em um saco plástico resistente, colocaram na caixa de metal e, depois, o guardaram dentro do baú de madeira.

A imagem ficou embaçada por um momento e, quando voltou a ficar nítida, eles estavam ajoelhados perto de uma árvore, nos fundos do jardim da casa. O militar retirou seu casaco e, usando uma pá, cavou um buraco perto do tronco enquanto a jovem gesticulava com os braços para que cavasse mais fundo. A jovem sinalizou que a profundidade estava boa após um tempo, então ele colocou o baú no fundo do buraco e, em seguida, o cobriu de terra. O homem pegou o seu casaco, e eles caminharam de mãos dadas de volta à casa.

A visão foi ficando embaçada, até que o colorido da bela manhã desapareceu, junto com as imagens.

Caroline abriu os olhos e enxergou a claridade que vinha da janela, irradiada pelo sol naquela manhã fria de inverno.

O sonho que acabara de ter ainda estava nítido em sua mente.

— Como pareciam felizes — disse para si mesma.

Sócrates estava dormindo no tapete ao lado da cama. Ele ouviu a voz de Caroline, levantou a cabeça e olhou-a com curiosidade.

— Sabia que, desde que vim para cá, tenho sonhado com o capitão Afonso e sua esposa? Já os vi conversando junto à lareira, cozinhando e apreciando o pôr do sol, como eu e meu pai já fizemos.

Sentou-se na beira da cama.

— Mas desta vez foi diferente, não parecia um sonho. Era real, Sócrates. Vi o capitão Afonso enterrando uma caixa no jardim, embaixo do carvalho. Era uma caixa de madeira, e dentro havia uma outra, que continha duas cartas. Ela não o deixou ler o que havia escrito. Talvez houvessem combinado para ler no futuro. Acredita que o meu sonho foi real, ou acha que estou tendo alucinações?

O cachorro soltou um grunhido e lambeu suas mãos.

— Você tem razão, estou ficando maluca mesmo. Bem, hoje é sábado, estou de folga, então ficaremos em casa, descansando. Chega de pensar em trabalho, segredos de guerra e homens casados. A primeira coisa que faremos será tomar um belo café, depois cuidaremos das nossas plantas no jardim, e vou preparar um almoço bem saboroso. À tarde, assistiremos a um bom filme e conversaremos com um dos nossos amigos filósofos.

Sócrates latiu concordando.

•

Caroline estava agachada junto às flores no jardim da parte de trás da casa. Ela vestia uma calça de moletom preta, suja de barro, uma camisa azul-clara e uma bandana vermelha na cabeça, separando os cabelos, que, apesar do ar frio daquele dia, ameaçavam grudar no leve suor em sua testa. Com as mãos enluvadas, retirava as ervas daninhas e afofava a terra com uma pequena pá de jardinagem. Sócrates corria de um lado para outro, cheirando a grama e, quando um pássaro pousava em uma árvore, latia para afugentá-lo.

— Muito bem. — Ela se levantou e olhou para o belo canteiro de flores. — Vocês estão muito bonitas, e quero que continuem assim. Por hoje, chega. Sócrates e eu terminamos as nossas atividades de jardinagem.

Caroline lembrou-se do sonho novamente. Havia pensado nele durante todo o tempo em que trabalhara no canteiro. Olhou para o fundo do jardim e uma pergunta se formou em sua mente.

— Será possível?

Ela caminhou entre as árvores, com Sócrates saltitando ao seu lado, e sentiu-se estranha, como se tivesse vivendo o sonho que tivera na noite anterior. A manhã era semelhante, os raios do sol atravessavam por entre os galhos e as folhas, atingindo o chão por onde ela pisava.

Parou diante da árvore, um carvalho que perdera quase todas as suas folhas para o frio e o vento. A jovem observou com atenção o local em que, em seu sonho, o capitão havia enterrado a caixa.

— Diga-me, senhora árvore, está protegendo algum segredo? Existe algum tesouro escondido entre suas raízes?

Sócrates se aproximou, cheirando as folhas, e parou do seu lado, como se também esperasse uma resposta.

— Vamos ver se estou ficando maluca ou não.

Ela se afastou e, instantes depois, voltou trazendo uma pá maior e uma enxada de jardinagem. Então, começou a cavar. O terreno estava duro, e ela teve dificuldade para começar, mas, à medida que ia cavando, o solo ia ficando mais maleável. Parou por duas vezes para recuperar o fôlego e, em seguida, recomeçou o trabalho. Sócrates ficou na beira do buraco, latindo. Ela se arrependeu, achando uma grande perda de tempo, mas, no último golpe antes de parar, a pá atingiu algo sólido.

Caroline se abaixou e, com a enxada de jardinagem, limpou o fundo do buraco para descobrir, envolta por algumas raízes, uma caixa de madeira. Ficou paralisada, atônita, sem saber o que fazer, enquanto Sócrates entrava no buraco, cheirava a caixa e latia.

— Mas... é impossível.

Começou a andar de um lado para outro, com as mãos na cabeça e agitando os braços sem parar. O seu coração estava disparado, e ela parou várias vezes para olhar a caixa no fundo do buraco, incrédula com sua descoberta.

— Como isso é possível?

Estava tão nervosa que parecia ter descoberto um baú contendo um grande tesouro. Respirava fundo para se acalmar, mas, toda vez que via a caixa no fundo do buraco, as batidas do seu coração disparavam. Pegou a pequena enxada e limpou o resto de terra que havia na tampa da caixa. Duas raízes haviam crescido sobre ela e, como garras, pareciam protegê-la.

— Sei que guardou-as bem, minha amiga — disse para a árvore. — Mas as pessoas que colocaram esta caixa não voltarão para buscá-la.

Ela foi até o pequeno quarto de ferramentas, voltou com uma machadinha e começou a golpear as raízes. Elas eram mais resistentes do que imaginava. Os primeiros golpes pareciam ter apenas resvalado nas garras subterrâneas, mas ela foi batendo com mais força, corrigindo o ângulo da lâmina. Tentou puxar as raízes, mas não cederam. Chegou a imaginar que o carvalho não queria entregar a caixa que guardara por tanto tempo.

— Ela não é sua! — exclamou, golpeando com mais força. — Solte-a de uma vez!

Finalmente, conseguiu cortar as raízes e retirou com cuidado a caixa do buraco. Era um pouco menor do que uma caixa de sapatos e estava bem conservada. Caroline levou-a com cuidado e colocou-a sobre a varanda. Com a ajuda da pequena enxada, forçou a tampa, e a caixa abriu-se, emitindo um estalo.

Como em seu sonho, dentro da caixa de madeira havia outra caixa. Esta era feita de bronze, um tanto menor e já não apresentava o brilho que havia visto nas mãos do capitão; estava escurecida pelo tempo e pela umidade. Apesar disso, era possível distinguir entalhes gravados em seu corpo, e a jovem teve certeza de que, se retirasse a sujeira, a caixa mostraria toda a sua beleza.

Faria isso, mas não agora. Caroline sentou-se nos degraus, tirou as luvas e colocou a caixa em seu colo. Sócrates cheirava a caixa e latia, pedindo para que fosse aberta.

— Acalme-se, meu amigo. Estou tão curiosa quanto você. A questão é saber se devemos abri-la ou não.

O cachorro mexeu na tampa da caixa com uma das patas.

— Vou abri-la, mas saiba que só vou fazer isso porque o capitão Afonso e sua esposa não estão mais conosco.

Caroline abriu a caixa com cuidado. Havia um rolo de papel envolto em um saco plástico. Caroline não podia acreditar no que estava vendo. Retirou o pequeno embrulho, abriu e pegou os papéis. As duas folhas estavam amareladas, mas em bom estado. Ela analisou a primeira folha com cuidado, as mãos trêmulas. O texto era curto, a caligrafia era bonita e estava inclinada levemente para a direita. Emocionada, leu a primeira frase, que possuía a data, e só então se deu conta da importância de sua descoberta.

Este não é um lugar comum. Este é o meu reino, porque todo homem precisa ter um reino.

Eu o construí para abrigar a minha companheira, a minha amada, a minha rainha Luíza. Nesta casa, vivo os melhores dias da minha vida, com quem sempre sonhei ter ao meu lado, mas os dias felizes que tivemos acabaram, porque o destino irá nos separar.

Parto para a guerra sabendo que enfrentarei a morte, mas tenho o coração cheio de esperança, porque sei que minha rainha estará me esperando. Um dia, este lugar e o amor de Luíza me farão retornar, e seremos felizes novamente.

AFONSO E LUÍZA ANDRADE

Caroline tinha os olhos cheios de lágrimas ao ler o texto escrito pelo capitão Afonso e ficou imaginando o amor que ele sentia por sua esposa. Olhou ao redor e imaginou o casal correndo entre as árvores, Luíza estendendo roupas no varal, e ele sentado na cadeira da varanda, observando-a apanhar laranjas, figos e ameixas.

Sócrates se agitou e ela acariciou sua cabeça.

– Não sei se sou uma sortuda ou uma intrusa por estar aqui e conhecer toda essa história.

Guardou a carta do capitão e pegou a de Luíza. A letra era arredondada e bem delineada.

Meu nome é Luíza Andrade e sou uma mulher de muita sorte.

Casei-me com um homem maravilhoso, apaixonado e que construiu este lindo lugar para morarmos. Ele vive me chamando de rainha, e eu me sinto lisonjeada por isso, afinal, qual mulher não gostaria de ser chamada de rainha? Além do mais, não é apenas um apelido, mas, efetivamente, uma forma de afeto, pois sou tratada como realeza.

É por isso que amo o meu capitão e sempre o amarei.

Tive a ideia de escrever as cartas para registrar o que sentimos nestes dias tão difíceis e perturbadores que se abateram sobre nossas vidas. Afonso não queria escrever, acredita que pode nos trazer azar. Ele sempre foi supersticioso, mas tenho certeza de que tudo ficará bem.

Ele está indo para a guerra. Vai correr grandes perigos, porque sei que é um homem corajoso e nunca fugirá do compromisso de servir ao seu país. É um patriota, lutará pelo que acredita, e orgulho-me de ser sua esposa.

Sei que voltará, tenho certeza de que escreveu isso em sua carta. Ele voltará, e eu estarei aqui, nesta casa, que foi construída com tanto amor.

Esperarei o meu amado Afonso, porque acredito que o nosso amor é imortal.

Não importa aonde ele vá ou quanto tempo leve, o meu amor o trará de volta.

Lágrimas escorriam do rosto de Caroline, e ela não chorava apenas pelas cartas que acabara de ler, pela esperança não concretizada ou porque aquelas almas apaixonadas nunca mais voltaram a se encontrar.

Chorava porque havia descoberto aquela caixa de uma maneira que estava além de sua compreensão, e, por mais que se esforçasse, não conseguia entender o significado de sua descoberta.

ENFRENTANDO O PASSADO

— Até que enfim ela está chegando — disse um dos homens dentro do automóvel.

O outro, que estava ao seu lado, conferiu o relógio.

— Até parece que não sabe como são as mulheres, Rodrigo. Elas sempre se atrasam.

— Mas chegou a hora da verdade — disse o terceiro homem, saindo de dentro do automóvel. — Resolveremos tudo, colocaremos as coisas no seu devido lugar. É tempo de colocarmos um basta nesta aventura.

Caroline parou o carro no meio da rua, nervosa ao ver Augusto na frente de sua casa acompanhado de dois amigos que ela conhecia muito bem: Caio e Rodrigo.

— O que está fazendo aqui? — indagou, abaixando o vidro do carro e controlando a voz para não demonstrar o nervosismo.

Ele apoiou as mãos no capô e o seu rosto ficou próximo do dela.

— Vim por você. Não consegui esquecê-la. Minha vida não tem sentido sem você, Caroline. Fui um idiota e quero que me perdoe. Volte para mim. Tudo será diferente! Juro que seremos muito felizes.

Ela observou seu olhar enquanto falava e percebeu, apesar de as palavras dizerem o contrário, a frieza de seus sentimentos.

— Não voltarei, Augusto. Achei que tinha deixado isso bem claro. Agora, tire o seu carro da frente da minha casa para que eu possa entrar. — Olhou o relógio. — São quase sete horas da noite. Foi um dia difícil, perdi um paciente, um paciente muito especial. Estou triste, cansada. Quero tomar um banho, comer alguma coisa e dormir.

— Deixe-me entrar, Caroline. Por favor, vamos conversar. Deixe-me explicar o que aconteceu.

— Quer me explicar o que aconteceu?

— Sim.

— Depois de todo esse tempo?

— Tentei outras vezes, mas você não quis me ouvir.

— Acha que pode ter explicação para o que fez? Acredita que pode justificar, de alguma forma, o que vi?

— Deixe-me ao menos tentar, deixe-me mostrar o quanto ainda a amo. Tenho certeza de que ainda existe algo entre nós.

— Não há mais nada entre nós, Augusto. *Você* matou o sentimento que nos unia. *Você* destruiu a nossa relação.

— Está diferente, Carol. Está mudada. Não a reconheço. Suas palavras e a forma como está me tratando...

— Augusto, por favor, tire o carro da frente da minha garagem e vá embora.

Ele se afastou do automóvel e abriu os braços.

— Não vou tirar o carro. Você precisa me ouvir, precisa me dar essa chance, e só irei embora depois de entrar em sua casa.

Ela desligou o motor, desceu do carro e olhou para os outros dois homens.

— Olá, Caio! Rodrigo...

Eles acenaram para ela.

— Olá — respondeu Caio.

— Caroline, sabe como é Augusto — defendeu Rodrigo. — Acho melhor ouvir o que ele tem a dizer, porque ele vai ficar plantado na frente da sua casa até o fim dos tempos se for necessário.

Ela ignorou o comentário.

— Augusto, você não entrará em minha casa.

— Por que não posso entrar?

— Não merece entrar nela.

— Isso é um absurdo! Não sou o único a cometer erros neste mundo. Por que não mereço que me escute por cinco minutos sequer? Por que não mereço entrar na sua casa para conversarmos com calma?

— Você não compreenderia. Além do mais, não estou disposta a explicar.

— Errei! Admito o meu erro. Não devia ter feito o que fiz. Mas mudei, Caroline. Por favor, deixe-me provar para você.

Ele tentou acariciar o seu rosto, mas ela recuou.

— Não me toque. Não quero discutir com você, só quero que tire o carro da frente da minha garagem e vá embora.

— Não vou tirá-lo enquanto não falar comigo.

— Muito bem.

Ela voltou ao carro, estacionou-o junto à calçada mais adiante, pegou um pacote de compras no porta-malas e se dirigiu ao portão da casa, falando diretamente com Augusto:

— Vou entrar, e vou entrar sozinha. Se quiser deixar o seu carro na frente da minha garagem, por mim tudo bem. Mas vou chamar a polícia, então sugiro que respeite as pessoas que construíram este lugar e não ouse entrar nesta casa, nem mesmo toque no portão. Elas não merecem que um homem com suas qualidades suje um lugar tão especial.

Augusto parecia atônito com a reação de Caroline.

— Não esperava encontrá-la assim.

— Esperava me encontrar infeliz, amedrontada e implorando por sua volta. Sinto desapontá-lo, mas eu mudei. A Caroline que conhecia não existe mais, ficou no passado, morreu no momento em que abri aquela porta e vi quem você era de verdade.

Augusto segurou seu braço.

— Vim de longe para conversar, e vai me ouvir. Você me deve isso, em consideração ao nosso noivado e a tudo que vivemos.

— Não lhe devo nada! Quer consideração? Qual foi a consideração que teve comigo quando levou Pâmela para o nosso apartamento? Para a nossa cama!

— Isso foi há muito tempo. Reconheço que foi um erro e estou arrependido. Precisa acreditar que o que aconteceu não significou nada para mim.

— Mas significou para mim! — ela gritou. — O que vi me fez enxergar quem você é. E sabe o que você é, Augusto? — Ela abaixou o tom de voz, tentando se controlar. — Um narcisista arrogante, que acha que pode controlar tudo. Mas está errado, e sou a prova disso. Controle não é amor, traição não é amor, e piedade não é amor. Você não entende nada sobre esses sentimentos, mas eu, sim, eu descobri. Não foi fácil, aliás, tive que me reinventar mais do que gostaria e, neste lugar, descobri o que é o verdadeiro amor. Sim, é verdade. Você tem razão: eu mudei e não pretendo voltar a ser quem era, tampouco voltarei para você. Nunca mais! Agora, solte o meu braço, por favor.

Apesar da raiva em seu olhar, as palavras pareceram não o afetar, como se não compreendesse a recusa expressa ali.

— Olhe, Caroline, acredito que não sabe o que está dizendo. Passamos muito tempo longe um do outro e...

— Solte meu braço agora! — gritou novamente.

— Não vou soltar! — devolveu o grito com outro mais alto. — Você precisa voltar para mim!

Ela tentou se soltar, mas ele apertou o seu braço ainda mais e a puxou com força. O pacote de compras escapou e caiu no chão. Frutas se espalharam, uma dúzia de ovos se espatifou no asfalto e uma garrafa de vinho se partiu em pedaços, esparramando o líquido sobre os sapatos e a calça de Caroline.

— Minhas compras!

— Foi você que provocou. Já disse que só quero conversar.

— Mas *eu* não quero!

— Solte o braço dela — falou calmamente o homem que se aproximava da cena.

Todos se voltaram para Benjamin, que havia atravessado a rua e observava com atenção a reação de Augusto.

— Não ouviu o que eu disse? Solte o braço dela agora.

Augusto o olhou, reparou em sua cicatriz no rosto e desdenhou:

— Saia daqui, *duas caras*. Vá procurar o Batman e não se meta em assuntos que não lhe dizem respeito.

Benjamin olhou para Caroline e viu em seu olhar que desejava sua ajuda e estava feliz por tê-lo ali. Augusto olhou para seus amigos, que se aproximaram por trás de Benjamin. Vendo que o homem não recuou, mas continuou a encará-lo, teve uma nova abordagem:

— Olhe, cara, não sei quem você é — falou Augusto, soando um pouco mais amigável sob a máscara da raiva —, mas não quero confusão. Ela é minha noiva, brigamos, mas já estamos fazendo as pazes. Não se preocupe, apenas volte para o lugar onde estava.

— Ele tem razão, Ben — disse Sabrina, aproximando-se. — Não vamos nos meter em assuntos que não nos dizem respeito.

Houve um momento de silêncio em que todos esperaram por Benjamin, que olhou para Caroline, para a casa do capitão, para os homens e, só depois, para Sabrina. Pensou que ela tinha razão, o melhor a fazer seria voltar para a livraria, mas o olhar de Caroline implorando ajuda atingiu seu coração como uma flecha incendiária, inflamando todo o seu corpo.

— Não vou sair daqui enquanto não a soltar e todos vocês forem embora.

— Que droga! Está forçando uma situação desvantajosa, cara. Nós estamos em três, e você está sozinho. É corajoso, admito, mas também é burro, e burrice é algo que a vida não costuma perdoar.

Ele soltou o braço de Caroline e desferiu um soco em Benjamin, atirando-o no chão.

— Segurem-no, rapazes.

Caio e Rodrigo seguraram o jovem caído e o levantaram do chão.

— Seu covarde! — gritou Caroline.

— Solte-o agora! — ordenou Sabrina. — Ele não tem nada a ver com a briga de vocês!

Augusto não deu ouvidos aos pedidos das duas mulheres. Estava furioso por Caroline rejeitá-lo e despejaria toda a sua fúria no primeiro que entrasse em seu caminho.

— Muito bem, meu caro, está pronto para sofrer as consequências?

Havia um filete de sangue saindo do canto da boca de Benjamin.

— Alto lá, rapazes!

Todos se voltaram para Francesco, que se aproximava. Logo atrás vinham Virgílio e Gianella.

Caio e Rodrigo soltaram Benjamin e se afastaram. O segurança se colocou à frente dele, fazendo Augusto dar um passo para trás.

— Doutora Caroline, a senhorita está bem?

— Sim, Virgílio, estou bem.

O segurança se virou e olhou duro para os jovens. Benjamin olhou para Virgílio e não disse nada, porque não era preciso. Colocou-se ao seu lado enquanto passava a mão nos lábios e via o sangue em suas mãos.

— Acho que as condições se igualaram.

Augusto era mais alto e mais forte que Benjamin e não se intimidou.

— Quer me enfrentar? Quer provar que é o machão do bairro? — disse ele com uma expressão sarcástica. — Então vai se arrepender!

Gianella segurou a mão de Francesco e alertou-o baixinho:

— Não deveria deixá-los brigar.

— Ninguém vai conseguir deter Benjamin — sussurrou o marido.

— Mas ele não tem a menor chance, porque o esposo da doutora Caroline é muito mais forte.

— Acha que Benjamin vai apanhar?

E soltou um sorriso malicioso.

Augusto desferiu um soco, mas, dessa vez, Benjamin estava preparado e se esquivou com grande agilidade, revidando com um gancho no estômago. Augusto soltou um grunhido e moveu o corpo para frente, encontrando o joelho erguido de seu oponente, que atingiu seu queixo com violência. Ele cambaleou, mas não caiu, soltou um urro e disparou um cruzado. Benjamin moveu-se para o outro lado e chutou-lhe o joelho da perna esquerda, tirando a rótula do lugar.

Augusto caiu de joelhos e recebeu um soco direto no rosto, caindo no chão.Benjamin lançou-se sobre ele e começou a desferir golpes em seu rosto. Havia fúria em sua ação, uma fúria incontrolável que tomava sua mente ao lembrar que aquele homem havia machucado Caroline.

Caio e Rodrigo fizeram menção de ajudar o amigo, mas Virgílio, muito mais alto e forte, impediu-os, colocando-se diante deles com um olhar de ameaça.

— Pare! — gritava Sabrina sem parar. — Pare, querido! Pare! Pare!

— Benjamin!

Ele parou ao ouviu Caroline gritar o seu nome e olhou para ela, com a aparência de um animal incontrolável.

— Pare, por favor! Você vai matá-lo!

Virgílio colocou a mão em seu ombro.

— Senhor Benjamin, ele já teve o que merece.

O jovem se levantou e se afastou de Augusto, que tinha o rosto ensanguentado pelos socos que recebera. Caio e Rodrigo se aproximaram e o levantaram.

Sabrina puxou Benjamin e olhou suas mãos ensanguentadas.

— Não o reconheci!

Benjamin ainda respirava com força, mas a raiva estava passando, e a lucidez tomava conta de sua mente novamente. Sabrina apontou o dedo para Caroline.

— Você é uma bruxa! Desde que veio para cá, só causou problemas! Olhe o que fez com o meu Benjamin! Você o enfeitiçou com esse seu sorriso de anjo e esse disfarce de garota problemática. Ainda não percebeu que não é bem-vinda aqui?

Caroline não sabia o que responder. Não esperava aquele ataque e estava transtornada com tudo o que estava acontecendo.

— Vamos embora, Augusto — disse Rodrigo. — Não há mais nada para você fazer aqui.

— Não! — Ele se livrou dos dois amigos. — Você! — E apontou para Caroline. — Você é minha! Sempre será minha e sabe disso! Sabe por quê? Porque você *me deve*, Caroline! Sem mim, não seria nada! Sem mim, estaria em algum ambulatório qualquer! Arrumei um emprego para você em um dos melhores centros médicos do país! *Eu* lhe dei esse carro. *Eu* lhe dei esse relógio. *Eu* lhe dei tudo!

Olhou para todos que estavam ao seu redor.

— Vocês precisam saber quem sou e o que fui na vida dela! Sou o homem que a encontrou, que acreditou e investiu em Caroline! Sei que está com raiva de mim, e tem razão, porque fui um canalha, mas precisa me ouvir! Não pode ficar sozinha neste lugar, morando apenas com um cachorrinho de estimação. Ainda não percebeu que as pessoas não a querem aqui? Não percebeu que o seu lugar é ao meu lado? Precisa recordar o que tivemos juntos, porque fomos feitos um para o outro.

Caroline ficou parada ouvindo o discurso de Augusto, e todos ficaram esperando sua reação. Ela caminhou devagar até ficar na sua frente.

— Tinha esquecido o que fez por mim, e tem razão, tenho uma grande dívida com você. Preciso lhe agradecer por ter conseguido um excelente emprego para mim, pelo carro e pelas joias. Tudo faz sentido agora. Sem a sua ajuda, eu não seria nada.

Augusto ficou aliviado ao ver que suas palavras comoveram a mulher.

— Aceito seus argumentos, porque são verdadeiros. Vamos conversar, e poderá se explicar. Depois de tudo o que fez por mim, é mais do que justo que tenha essa oportunidade.

— Tenho certeza de que, depois de me ouvir, irá me perdoar, porque o que sentimos um pelo outro é mais forte do que o que aconteceu.

— Mas, antes, gostaria que me respondesse algo.

— Pode perguntar qualquer coisa.

— Como sabe que tenho um cachorro?

— O quê?

— Você disse que tenho um cachorro de estimação. Como sabe que tenho um cachorro?

— Não falei isso.

— Falou, com todas as letras.

— Acho que me enganei. Não sei... Você sempre quis um cachorro, então acho que deve ter comprado um... Isso não importa.

Ela examinou as roupas de Augusto. Ele vestia uma jaqueta de sarja por cima de uma camisa preta, calça jeans desbotada e botas para acampamento.

— Para mim, importa muito. Você é o homem que vem me perseguindo.

— Como é?

— Você vem me assustando há meses, não é verdade? Todas as vezes que isso acontece, a secretária do doutor Salomão me liga no dia seguinte, dizendo que a minha vaga ainda está aberta e perguntando se não desejo voltar ao meu antigo emprego. O doutor Salomão sabe que você está usando a secretária dele para me manipular?

— Claro que não! De onde você tirou essa ideia? Isso é imaginação da sua cabeça. Este lugar está a deixando maluca.

Caroline olhou nos olhos de Augusto e percebeu que estava mentindo.

— Está escrito em seus olhos como um painel de neon. Arquitetou esse plano, confiante de que a minha covardia me faria voltar correndo para seus braços, implorando proteção. Mas as coisas não saíram como você queria, não voltei. Então, você mudou a tática. Veio me convencer e achou que eu cairia em seus braços assim que o visse. Foi isso que planejou para hoje e tinha certeza de que funcionaria. Mas não contava que, neste lugar, eu pudesse encontrar algo que mudasse minha vida para sempre. É por isso que veio, não é verdade?

— Ouça, Caroline, as coisas não são bem assim. Preciso...

— Não minta para mim! — gritou. — Olhe para baixo!

— Caroline, preciso...

— Olhe para baixo!

Ele fez o que ela ordenou.

— Tem duas bolas no meio das pernas. Seja homem, Augusto! Não apenas entre quatro paredes, para transar e se vangloriar com seus amigos. Seja homem para assumir o que fez!

Augusto sentiu-se humilhado com aquelas palavras e revidou:

— É verdade. Quer saber? É verdade. Primeiro, falei com a doutora Laura, expliquei o que havia acontecido e pedi para demiti-la.

— Você fez o quê?

— Pedi para ela demitir você, mas a doutora não aceitou o meu pedido. Disse-me para deixá-la em paz, que não tinha a menor intenção de demiti-la, pois você era uma ótima profissional. Como insisti, disse que tinha planos para você e jamais faria o que eu estava pedindo.

— Planos? Que planos?

— Não sei. Olhe, isso não importa agora! Ela não fez o que eu queria, então tive a ideia de assustá-la. Por isso tentei entrar na sua casa e a persegui na rua, mas jamais a machucaria. Só queria amedrontá-la, para que pudesse deixar este lugar e voltar para mim.

— Como não voltei, mudou de tática.

— Não me arrependo de nada, e o que fiz não foi nada de mais. Só queria assustá-la. — Ele deu um passo à frente. — Só queria que voltasse para mim.

Caroline viu, com clareza, o homem à sua frente, e o primeiro sentimento que teve foi de piedade. Piedade por existir alguém que pudesse achar que poderia conquistar outra pessoa amedrontando-a. Mas, então, lembrou-se das vezes que havia vomitado, do balde ao lado cama, das noites que não havia conseguido dormir com medo de que o homem que a estava perseguindo entrasse em sua casa.

O sentimento de piedade desapareceu de sua mente, e outro surgiu.

— Ouça, Augusto, porque só vou falar uma vez.

Ela tirou o relógio do pulso.

— Tome! Estou devolvendo o relógio e as chaves do carro — disse, colocando os objetos em sua mão. — Desapareça com eles, entendeu? Suma da minha frente e não apareça nunca mais.

— Mas você falou que iríamos conversar.

Caroline foi até a cerca gradeada de sua casa, agarrou a grande pá de jardinagem que jazia caída sob um dos canteiros e, segurando-a como se fosse uma espada, aproximou-se do carro que Augusto lhe havia dado.

— Isso é por ter me traído!

Ela girou a madeira com força e atingiu a lanterna traseira do carro, quebrando-a em vários pedaços.

— Você ficou louca! — exclamou Augusto.

Ela se colocou na frente da outra lanterna.

— Isso é por tentar atrapalhar o meu emprego.

E estraçalhou a segunda lanterna.

— Pare! Vai destruir o carro!

— Isso é por me amedrontar!

Amassou a porta com um golpe certeiro. Caroline girou a pá e quebrou o vidro da porta traseira. Augusto tentou se aproximar, mas ela apontou a pá para ele, fazendo-o recuar.

— Vou lhe dar um conselho: suma da minha vida e leve esse carro com você! Porque se não levar, vou destruí-lo como se estivesse destruindo a sua cara desgraçada! — Baixou a voz ao tom de ameaça, apontando-lhe o dedo em riste. — Se vir você de novo, não sei o que serei capaz de fazer.

— Você ficou louca!

— Suma da minha vida para sempre. Suma da minha vida agora!

Augusto entrou no carro sem se atentar aos pedaços de vidro sobre o estofado, deu a partida e saiu em alta velocidade, seguido pelos dois amigos no outro veículo.

Ela respirava ofegantemente, ainda segurando a pá com uma força desconhecida, e olhou para todos os outros, que a observavam, perplexos.

— E quanto a você — disse, apontando para Benjamin —, suma da minha vida também!

A jovem ultrapassou a cerca com agilidade, entrou em sua casa e bateu a porta com força.

— Ela é louca — disse Sabrina para Gianella. — Completamente louca.

— Não, minha cara — respondeu a senhora, olhando para as frutas espalhadas pelo asfalto. — Ela é uma mulher muito especial. Augusto não enxergou o que tinha nas mãos e, quando percebeu o que havia perdido, tentou reavê-la de qualquer jeito.

Gianella olhou a porta que havia acabado de ser trancada.

— A roda do destino girou para eles. O destino de Caroline é outro.

APRISIONADO

— Gosta com ou sem açúcar?

— Sem açúcar, por favor.

Caroline colocou o café nas duas xícaras, levou-as até a mesa e ofereceu uma para Gianela.

— Espero que goste, porque este é um legítimo expresso italiano.

Em seguida, puxou a cadeira e sentou-se, ficando de frente para ela. Elas beberam o café em silêncio.

— Acho essas xícaras muito lindas. — Foi a senhora quem iniciou a conversa. — Veja os detalhes na porcelana, o azul combinando com o branco e o filete prateado contornando a flor.

— Foram compradas pela esposa do capitão Afonso. Chamava-se Luíza.

— É uma casa muito bonita, e você fez um excelente trabalho lá fora. Não me lembro de ter visto um jardim tão bonito, e estamos às portas do inverno.

— Obrigada.

— Olhando esses móveis, essa decoração, não há dúvidas: a esposa do capitão, devo admitir, tinha muito bom gosto.

— Também acho. Não mudei nada de lugar. A decoração é perfeita.

— Não mudou porque já estava tudo como gostaria. Sabe, Caroline, há alguns anos, Francesco e eu tentamos comprar esta casa dos militares, mas não quiseram vender.

— Sim, a corretora me disse que queriam fazer um museu, mas parece que a ideia não deu muito certo.

— Já chegou a pensar que pode ser outra coisa?

— O quê?

— Talvez o destino desta casa não fosse virar um museu — disse, olhando ao redor e abrindo os braços. Então, sorriu para a jovem. — A sensação que tenho é de que este lugar sempre esteve esperando por alguém.

Caroline lembrou-se dos seus sonhos e da caixa que havia desenterrado no jardim e pensou em contar para Gianella, mas desistiu da ideia. Esse era um segredo que não queria compartilhar com ninguém.

— Talvez tenha razão, mas não sei se esta pessoa sou eu. Gosto daqui, do lugar e das pessoas que conheci. Pelo menos, a maioria delas, porque não é possível agradar a todos, não é mesmo?

— Deve estar falando de Sabrina e do que disse sobre você.

— Não é somente o comentário, porque, se estivesse no seu lugar, faria a mesma coisa. É que, às vezes, no meu trabalho, tenho a impressão de que estou sendo vigiada. Parece que as pessoas sempre querem saber aonde vou, com quem converso ou o que estou fazendo.

— Não a tratam bem?

— Tratam-me muito bem, são atenciosas, mais até do que em meu último emprego. Havia muita competição no centro cirúrgico, porque a equipe era formada de excelentes profissionais. No Centro Souto Lima, a preocupação principal é com a saúde dos pacientes, e não há competição. A doutora Laura mantém todos na linha.

— E quanto a Sabrina?

— Ela não gosta de mim, isso ficou claro desde a primeira vez que nos vimos. Acredita que Benjamin sente algo por mim e que posso ameaçar a sua relação.

— Acha que é por isso que jogou vinho em você naquela noite, no Vita Felice?

— Também teve essa impressão?

— Só os homens, minha jovem, são cegos e não percebem quando duas leoas se encontram. Você representa uma ameaça para Sabrina, está em seu território, e não há dúvidas de que sua presença mexeu com Benjamin e abalou o relacionamento. A prova é como ele a defendeu contra seu antigo noivo.

— Nunca imaginei que fosse capaz de fazer aquilo.

— Também não, mas Francesco me disse que ele sempre fora bom de briga e, quando seus amigos se encontram no Vita Felice e relembram histórias da adolescência, não imagina as brigas que Benjamin já lutou e venceu. Dizem que já nasceu com esse instinto, essa frieza em enfrentar o perigo sem sentir medo.

— Não pedi para ele me defender — Caroline mentiu, pois sabia que havia suplicado ajuda com o olhar.

— Ninguém aprecia a violência de assistir a dois homens brigando no meio da rua, mas, se retirar isso da equação, vai perceber que nosso ego fica muito bem massageado quando disputam o nosso amor, ainda mais dois homens como seu ex-noivo e Benjamin. É ancestral, existe e funciona há muitos anos. Os homens hoje são muito superficiais, e acho que um pouco da culpa é nossa. Queremos que eles nos tratem com carinho, falem com delicadeza e discutam a relação com uma sabedoria que nem nós possuímos. Isso está matando os homens, minha jovem. Homens como o seu antigo noivo e Benjamin não existem mais às centenas por aí. Estão em extinção.

— Devia ter conhecido uma paciente que tive. O nome dela era Helena Cortês, uma filósofa.

— Eu a conheci, ou melhor, li alguns dos seus livros e, na minha singela opinião, era uma ótima escritora.

— Ela me deu a sua coleção de livros. Se desejar algum, posso emprestar.

— Agradeço a gentileza.

Beberam mais um pouco de café. Caroline ficou girando a xícara no pires.

— Sabe, Gianella, admiro você. Tem um casamento perfeito, um ótimo trabalho e é sempre muito alegre. Não sou assim. Sempre fui mais introspectiva e, na última vez que tentei fazer algo movida pela emoção pura e simples, acabei dormindo no sofá, ao lado de Sócrates, completamente bêbada.

— Posso assegurar que você não tem nada de errado, minha bela *ragazza*. Essa história de casamento perfeito, trabalho dos sonhos ou estar sempre de bem com a vida, para mim, não existe. Meu casamento com Francesco já teve altos e baixos, já tivemos dificuldades financeiras, ele já teve problemas com alcoolismo, e não sou essa mulher alegre que está vendo o tempo todo . Fomos amadurecendo com o passar do tempo, e o nosso amor, o desejo físico e as vontades individuais foram sofrendo uma metamorfose. Hoje somos o resultado de uma experiência que, até agora, foi bem-sucedida. Mas não se iluda, não foi fácil e nunca é fácil. Não se iluda com o que Sabrina acredita: que um lugar como o Vita Felice é uma festa todos os dias. Há fornecedores com quem negociar, clientes para satisfazer e funcionários para gerenciar. Tudo isso não é fácil de administrar e, muitas vezes, temos que sorrir para todos quando, na verdade, gostaríamos de fazer o que você teve coragem de fazer ao erguer aquela pá e, como um cavaleiro templário, destruir um automóvel caro como aquele. Não se iluda, minha jovem, a minha vida não é um mar de rosas, não é uma foto permanente dessas que se encontram nas redes sociais, mas também não é um calvário. É fruto da capacidade de tolerarmos o que a vida coloca diante de nós. Pode parecer complexa, mas é simples como a frase que acabei de pronunciar. "Esperar e ter esperança", como disse o Conde de Monte Cristo, no romance de Alexandre Dumas.

— Acho que tem razão, mas não parece assim tão fácil para mim.

Gianella abriu um sorriso largo.

— Disse que era simples, não que era fácil.

— Acredito que podemos ser grandes amigas, Gianella — respondeu Caroline, sorrindo.

— Que bom que pensa isso. Saiba que sempre estarei disposta a tomar um café, mas podemos também tomar um vinho, se preferir. Posso trazer Francesco da próxima vez, ele é ótimo na cozinha e em outras coisas também — segredou, sorrindo. — É por isso que estou com ele há tantos anos.

— Claro, por que não? — disse Caroline sorrindo.

— Quem sabe você também não encontra um *ragazzo*. Há alguém em seu coração, doutora Caroline?

— Quer a verdade?

— Sim, se estiver disposta a falar sobre isso.

— Você sabe quem é, mas não posso ficar com ele, Gianella. Ele é casado. Não posso fazer a mesma coisa que Augusto fez comigo. Estão juntos há muito tempo, construíram um sonho e têm planos. Não posso simplesmente chegar e acabar com tudo isso. Não seria correto nem para mim, nem para eles.

— Sabrina foi a primeira namorada e ficou ao lado de Benjamin quando ele sofreu o acidente. Poderia tê-lo abandonado, mas não o fez, e isso foi um ato muito nobre da sua parte. Mas não pense que ela é uma mulher íntegra. Sabrina já saiu com outros homens e sabe manipular muito bem suas traições a Benjamin, que finge não ver por causa do sentimento de gratidão que tem por ela. Ele sempre foi apaixonado por literatura e realizou sozinho seu sonho de construir a livraria, um local para as pessoas procurarem conhecimento. Sabrina o apoiou porque viu uma possibilidade de ganhar dinheiro, mas sempre gostou de festas, badalação e de estar em evidência. Não há nada de errado com esses desejos, afinal, que mulher não gostaria disso? Mas esses não são os mesmos pensamentos de Benjamin, e um casal, para ser feliz, precisa convergir seus planos principais. Podem existir desejos individuais? Claro, isso é até saudável, mas a premissa básica para a harmonia da relação é terem objetivos comuns. Isso não acontece com eles. Sabrina vem tentando há meses vender o negócio para Thomas Carvalho, o dono de uma rede maior de livrarias, que é o maior concorrente na cidade. Sabe o que ele fará, se conseguir comprá-la? Vai fechá-la, acabar com o sonho de Benjamin, e esse será o grande erro de Sabrina. Ela acredita que, se abrir um lugar como o Vita Felice, terá um *status* maior do que o de uma simples proprietária de livraria, e, é claro, pretende ganhar mais dinheiro, mas esquece que Benjamin perderá o sonho de uma vida inteira.

Caroline ouviu as palavras de Gianella, balançando a cabeça negativamente.

— Não sabia disso, mas imaginava algo assim. Olho para eles e vejo que não combinam, que há algo artificial na sua relação. Mas não posso fazer o que me pede, não posso trair os meus princípios. Benjamin está fora do meu alcance.

— Deve saber o que deseja e, antes de qualquer decisão, ouvir sua consciência. Deve fazer o que entende ser correto para que possa viver em paz.

— Obrigada por me compreender.

As duas mulheres ficaram em silêncio.

— E o que acha que vai acontecer a Benjamin? — perguntou Caroline.

Gianella sorriu.

— Quer saber mesmo?

— Sim, gostaria.

— Benjamin é o herói que está preso numa masmorra, em um castelo inexpugnável. A pergunta é: o que acontece com ele nessa prisão? Sabrina é o seu algoz, sabe usar os instrumentos de tortura certos em suas feridas, conhece seus pontos fracos e vai torturá-lo sem piedade para conseguir o que deseja. Depois que o carrasco conseguir o que deseja, o que acontecerá? Benjamin continuará prisioneiro, infelizmente, para o resto da vida, embora seja esquecido e deixado de lado.

Gianella deixou escapar um sorriso que inspirava ousadia.

— A menos que apareça uma mulher corajosa o suficiente para invadir o castelo, encontrar a masmorra onde ele está preso, enfrentar o seu carrasco e libertá-lo.

DESEJO E ESCOLHA

Caroline estacionou o carro em sua garagem e respirou aliviada.

— Graças a Deus consegui chegar.

Acariciou o volante. Era um modelo compacto, de fabricação nacional, que tinha comprado havia alguns dias.

— Você foi muito valente ao atravessar as ruas alagadas e passou com louvor em sua primeira prova de fogo.

Um trovão rugiu com força, como se avisasse que ela podia ter escapado da chuva, mas ainda não estava segura. Desceu do carro, pegou a bolsa e lembrou-se de que havia deixado o guarda-chuva no trabalho. Olhou a varanda. Teria de correr uns vinte metros, atravessando o jardim.

— Droga.

Vestia um casaco grosso de lã.

— Bem, vamos encarar este frio horrível e esta chuva.

Colocou a bolsa sobre a cabeça e atravessou o jardim. Pingos grossos e gelados molharam os seus cabelos, o casaco e a bolsa. Pisou em uma poça d'água que havia coberto parte da calçada e soltou um grunhido.

Subiu os degraus, chegou à varanda e teve uma sensação estranha. Olhou a rua e viu um homem parado em frente à sua casa. Um trovão clareou a noite, transformando-a em dia.

— Benjamin! — ela ginchou, assustada.

Ele caminhou e parou no portão.

— O que está fazendo parado aí?

— Queria lhe entregar uma coisa! — gritou, de modo a ser ouvido através da chuva.

"Droga", ela pensou.

— Então entregue. Venha, saia da chuva!

Ele passou pela cerca de madeira e correu até a varanda.

— Meu Deus! Está encharcado! O que deu em você para me esperar na chuva?

— Precisava lhe entregar isso — respondeu, estendendo-lhe um embrulho.

— O que é?

— Abra e veja.

Ela abriu o pacote que estava envolto em um saco plástico. Era um livro idêntico ao que Sócrates havia destroçado, da biblioteca de Helena Cortês.

— O livro de Helena! Conseguiu encontrar!

— Deu um pouco de trabalho, precisei da ajuda de alguns amigos, mas aqui está.

— Benjamin, não sei como lhe agradecer! Deve ter custado muito caro.

— Um pouco.

— Quanto lhe devo?

— A sua amizade. Quero-a de volta.

Ela sorriu.

— Apenas a minha amizade? Não acha pouco?

— Não para mim. Também queria pedir desculpas pelo que aconteceu.

— Pedir desculpas por ter me defendido? Eu é que tenho que agradecer. Na verdade, fiquei lisonjeada com a sua atitude. Quem não deve ter gostado nada foi Sabrina.

— Ela reclamou, disse que não tinha feito nada assim por ela. Está um pouco zangada, mas acho que não queria que me machucasse.

— Claro, imagino que sim. Também fiquei preocupada com você. Não queria que fosse ferido. — Ela estendeu a mão. — Aceito. Voltamos a ser amigos.

Ele apertou a sua mão.

— Meu Deus! Está gelado!

Benjamin usava uma jaqueta com uma camisa de moletom por baixo, uma calça preta jeans e uma bota de couro marrom para acampamento.

— Tudo bem, não se preocupe. Tenho algumas roupas na livraria.

Ele soltou sua mão e deu um passo para trás.

— Então é isso — disse, despedindo-se.

— Acho que sim.

— Cuide dos outros livros.

— Não se preocupe, cuidarei. E muito obrigada!

Ele se virou para ir embora.

— Um verdadeiro amigo não deixa o outro na mão — Caroline respondeu. — Entre, tenho uma toalha seca e posso preparar um café quente. É o mínimo que posso fazer.

Benjamin voltou-se e sorriu. Eles entraram na casa, e Sócrates veio ao seu encontro. Benjamin passou-lhe a mão pela cabeça.

— Gosto do seu cachorro.

— Não gosta muito de obedecer às mulheres, mas nos damos bem. Sócrates — chamou-o, dirigindo-se com um olhar firme ao bichinho —, está vendo o que tenho nas mãos? Agradeça a Benjamin por ter conseguido encontrar outro exemplar, porque a sua vida estava em jogo.

— Está falando sério?

Benjamin ergueu uma sobrancelha, em dúvida.

— Claro que sim. Não percebeu que sou perigosa?

— Sim — disse sorrindo —, já percebi.

Ela caminhou para a cozinha, e Sócrates a seguiu, balançando o rabo. Colocou comida para o cachorro, foi até a lavandeira e, alguns instantes depois, saiu com uma toalha enrolada na cabeça e outra para Benjamin.

— Tome. Se quiser, tenho um abrigo de moletom que pode lhe servir.

— Tudo bem. Agradeço, mas não será necessário.

Ele começou a secar os cabelos, e Caroline ficou observando-o em silêncio. Respirou fundo, aproximou-se e colocou as mãos em seu rosto.

— Você ainda está gelado.

Benjamin ficou sério e retribuiu o gesto da mesma forma.

— Não quando estou ao seu lado.

— Nós não podemos — disse ela, já arrependida da aproximação. — Não quero prejudicar a sua vida, seu relacionamento. Não seria justo.

— Acho que isso é um risco somente meu.

Ele acariciou o seu rosto, e ela fechou os olhos.

— Desde que abri essa livraria, eu olhava com curiosidade para esta casa, sem ter nenhuma explicação sobre o fascínio que me envolvia. Mas quando você apareceu, compreendi que pertencia a este lugar, que ela sempre esteve esperando por você. E acho que eu também.

Ele colocou as mãos em sua cintura e a trouxe para junto de si.

— Sempre esperei por você, Caroline. Aqui, neste lugar, consigo compreender o que significa para mim.

— E o que significo para você?

— Sempre fui um prisioneiro, durante toda a minha vida. Mas, agora, está aqui.

— O quer que eu faça? — perguntou, e seus olhares se encontraram.

— Liberte-me.

Eles se beijaram. Seus corpos se abraçaram, e uma chama tomou conta de suas mentes. Caroline conduziu Benjamin pela mão até o seu quarto e pararam junto à cama.

Ela acendeu o abajur, e uma luz tênue iluminou o quarto. Benjamin tirou a roupa, e Caroline viu que havia cicatrizes em seu ombro e no peito.

— Não é somente no rosto que tenho cicatrizes — disse, constrangido.

Caroline não disse nada. Deixou o casaco cair e foi tirando as roupas, aos poucos, sob o olhar atento de Benjamin, até ficar nua. Ela se aproximou, passou as mãos nas cicatrizes, tocando-as com delicadeza, e olhou para Benjamin com um olhar cheio de desejo.

— Não me importo.

O quarto estava gelado, mas estavam indiferentes a tudo que os envolvia. Benjamin a deitou na cama com delicadeza, puxando o cobertor sobre eles. Beijou-a por um longo tempo, acariciou seus cabelos e seu pescoço.

Caroline passou as mãos por suas nádegas, deslizando por suas costas e parando em seus ombros. Estavam suados pelo desejo. Benjamin uniu os dois corpos, fazendo Caroline soltar um gemido, e a beijou com paixão, afogando-a de prazer.

Ela abriu os olhos para ver o seu amante e percebeu que Benjamin a observava com o rosto virado para o lado, evitando mostrar sua cicatriz.

— Olhe para mim.

— Sempre viro o rosto — sussurrou.

Ela colocou as duas mãos na face machucada e virou-a com delicadeza.

— Não para mim. Não para mim.

•

Benjamin jogou mais um pedaço de lenha na lareira e voltou a abraçar Caroline. Ele havia trazido o colchão para a sala, colocado em frente à lareira e acendido uma bela fogueira. Sócrates estava ao lado do colchão, aproveitando o calor.

— Nunca acendeu a lareira?

— Não. Sempre olhei para ela, para a lenha, mas nunca a acendi, e acredito que nem conseguiria. Esta casa sempre foi fria, Benjamin. Você a aqueceu.

— Verdade?

— Sim, até Sócrates concorda com isso.

— Não estou preocupado com Sócrates.

— Mas devia. Ele é o meu guardião e me protege de quem quer me fazer mal.

— Achei que fosse o seu destruidor de livros.

Ela sorriu.

— Isso também.

Eles pegaram as taças de vinho.

— Um brinde?

— Acho que é o décimo — respondeu Caroline.

— É verdade, seu rosto está vermelho como um tomate maduro.

— Não é somente o vinho, é o calor da lareira também.

— Sim, é claro.

— Vamos brindar à vida — ela sugeriu. — E aos bons momentos.

— Aceito a sua sugestão.

Eles beberam e ficaram olhando as chamas em silêncio.

— Gostaria de ver algo especial? — questionou ela depois de um tempo.

— Vindo de você, tudo é especial.

— Espere um pouco.

Ela se levantou, foi até o quarto e voltou correndo com uma caixinha nas mãos. Benjamin ficou admirando o seu corpo nu enfiando-se embaixo do pesado cobertor branco, forrado com lã de ovelha.

— Está muito frio longe da lareira.

— E vai piorar quando a chuva parar. O que é isso?

— Um pequeno tesouro que encontrei.

— Um tesouro?

— Sim. Gostaria que visse o que é. Abra, por favor.

Benjamin abriu e examinou os documentos.

— São cartas escritas pelo capitão Afonso e por sua esposa. Onde as encontrou?

Caroline lhe contou sobre o sonho, ficou gesticulando, abrindo os braços e fazendo caretas ao mostrar seu esforço ao cavar o buraco e arrancar as raízes. Benjamin olhou-a com um ar duvidoso.

— Está mentindo, não é mesmo? — perguntou em tom jocoso.

Ela deu um tapa em seu ombro.

— Claro que não. Sabia que ia achar isso.

— Mas é inacreditável, para não dizer impossível.

— Eu sei, Benjamin.

— Eles se amavam muito. Tem razão. O que descobriu é um tesouro.

— Também penso a mesma coisa. Mas a guerra interrompeu o amor deles, Benjamin.

Ele devolveu as cartas, e ela as tomou com cuidado.

— O que acha que devo fazer?

— Acho que devia guardá-las, em respeito à memória deles.

— Tem razão.

— Sabe de uma coisa? Acho que podemos saber mais sobre o capitão Afonso. Tenho um amigo no DOE.

— O que é o DOE?

— É uma abreviatura para Departamento de Operações Especiais, um setor de inteligência do exército. Somos amigos de infância, e sei que ele está na cidade, visitando seus pais. Posso conversar com ele para saber mais informações sobre o capitão Afonso. Quem sabe nos conta algo que não sabemos. O que acha?

— Seria muito bom saber um pouco mais sobre o capitão e sua esposa.

— Muito bem, falarei com ele.

Ela deitou-se no colchão, fechou os olhos e ficou ouvindo o crepitar da lareira harmonizando com o barulho da chuva.

— Acha que ainda existe um amor igual ao deles?

Benjamin ficou ao seu lado, alisando seus cabelos.

— Sim, pode haver. Caroline, sobre nós, eu...

Ela o silenciou, virando-se para ele e colocando a mão em sua boca.

— Não, Benjamin, não quero saber. Não me prometa nada. Não precisa. Vamos aproveitar este momento, como se o nosso mundo fosse somente esta casa.

Abraçaram-se e beijaram-se como se tivessem apenas aquele momento.

Caroline pensou no casal que havia construído aquela casa e que tivera a sua felicidade interrompida pela guerra.

— Vamos viver esta noite com se fosse a última de nossas vidas.

O AGENTE DO DOE

— Max! — Sabrina acenou ao ver o oficial militar entrar na livraria.

— Olá, Sabrina. Como está?

Ela o abraçou.

— Melhor agora. Meu Deus! Há quanto tempo!

— É verdade, parece que há uma eternidade não nos encontramos.

— Deixe-me vê-lo melhor.

— Assim vai me deixar encabulado.

Ela olhou para o uniforme cinza, o quepe embaixo do braço e os sapatos engraxados. Max era alto, com cabelos bem cortados, já com alguns fios brancos. Seus olhos eram castanho-claros, tinha o nariz aquilino e o queixo quadrado, que davam ao seu rosto um ar destemido.

— Você está ótimo, mas já estão aparecendo alguns cabelos brancos.

— Talvez eu pinte — disse, sorrindo e mostrando seus dentes brancos perfeitos.

— Não faça isso. Cabelos grisalhos são um charme.

— Fabiana diz a mesma coisa.

— Aquela sortuda! Fisgou o melhor para ela.

— Não fale assim. Benjamin pode ficar chateado.

— Estou brincando, seu bobo. Sabe que adoro Benjamin. Fique sabendo que estamos muito bem.

— Ao lado de Benjamin, que mulher não estaria? E onde ele está?

— Bem atrás de você — interrompeu a voz masculina já conhecida —, e fiquem sabendo que ouvi toda a conversa.

Os dois amigos se abraçaram.

— Há quanto tempo, meu amigo? — disse Max.

— Tempo demais — respondeu Benjamin. — Sabrina tem razão, você não está nada mal.

— E você também não. — Olhou para a livraria e para a quantidade de clientes. — E vejo que o seu negócio está indo muito bem. Daqui a pouco vai comprar a rede de Thomas Carvalho.

— A verdade é justamente o contrário. Ele quer comprar a livraria.

— Mas a livraria sempre foi o seu grande sonho. Pretende vendê-la?

— Não, eu...

— Estamos estudando a proposta — interrompeu Sabrina. — Talvez abrir outra coisa mais agitada, voltada para o público jovem, e ganhar mais dinheiro.

Max olhou para Benjamin com um ar de interrogação, mas o colega apenas sorriu e retomou a conversa:

— Fico feliz que tenha vindo.

— Como poderia recusar um chamado seu?

— Quer tomar um café para lembrar os velhos tempos?

— Mas é claro.

— Venha.

— Sabrina — disse Max —, infelizmente vamos deixá-la. Alguns fatos do passado, é claro, são informações confidenciais.

— Vocês são dois engraçadinhos — zombou ela. — Mas pode ficar tranquilo, Max. Não me preocupo com o passado. — Fuzilou Benjamin com o olhar. — Preocupo-me é com o presente. Podem deixar que levo o café para vocês.

Benjamin o conduziu para a mesa mais afastada do bistrô que havia dentro da livraria.

— Está muito bem, *major* Max — falou, destacando o título. — Meus parabéns!

— Recebi a promoção há alguns meses.

— Merecido.

— Você também não está nada mal.

— Tenho me dedicado muito a este lugar e não posso reclamar — disse Benjamin. — Mas, diga-me, vai ficar muito tempo na cidade?

— Mais dois dias.

— E como está Fabiana?

— Está bem, mandou um abraço para você e Sabrina. Não pôde me acompanhar porque precisava cuidar da clínica, mas, da próxima vez, vai dar um jeito de vir também.

— Diga-lhe que também mandamos lembranças.

— Farei isso.

— Olhe o café! — exclamou Sabrina, aproximando-se com uma bandeja. — Está uma delícia, porque fui eu que fiz. Fiquem à vontade. Oh! Tantos livros! — Organizou alguns exemplares esquecidos sobre uma mesa próxima no expositor ao lado de Benjamin. — Quer comer alguma coisa, Max? Temos empadas, quiches e saltenhas que são uma delícia.

— Obrigado, Sabrina, mas hoje será somente o café.

— E você, Ben?

— Somente o café, obrigado.

Ela se afastou, e eles beberam em silêncio.

— Pelo visto, as coisas não estão muito bem entre vocês.

Benjamin sorriu.

— Sempre observador.

— Estou no DOE, meu amigo. Já se esqueceu?

— E como vão as coisas com Fabiana? — perguntou, tentando mudar de assunto.

— No início, reclamava bastante da minha ausência, mas já está acostumada. Tem uma clínica de estética bastante movimentada, que tem ocupado a maior parte do seu tempo. Não posso reclamar. Estamos felizes com o que já conquistamos e acreditamos que o futuro ainda nos reservará momentos tão bons como os que estamos vivendo.

— Lembro-me dos olhos dela brilhando quando falava em montar uma clínica, em como atenderia os clientes e que tipos de serviço forneceria.

— Assim como você, falando sobre abrir a sua livraria. Olhando para este lugar, vejo que também realizou o seu sonho. A diferença é a alegria que não vejo em seu rosto, meu caro amigo. O que está acontecendo?

— Ouviu Sabrina. Ela quer vender este lugar, abrir um restaurante ou algo parecido. Vive dizendo para todo mundo que deseja uma vida mais agitada, um negócio diferente, que possa dar mais lucro.

— Vejo um monte de clientes. Como está o faturamento?

— Temos um faturamento razoável, mas ela quer mais. Você sabe, Max, Sabrina sempre foi ambiciosa. Tem vontade de fazer coisas novas, enfrentar desafios, mas eu não. Já me encontrei, adoro este lugar, gosto do cheiro dos livros e de conversar com os clientes. Já argumentei várias vezes com ela, mas sabe como é Fabiana quando coloca algo na cabeça, é quase impossível convencê-la.

— Sempre achei que este lugar fosse o sonho de *vocês*.

— As coisas mudam com o tempo, Max. Mudamos a forma de enxergar o mundo, e o ambiente à nossa volta também se modifica. Todos nós tínhamos planos e acredito que, de certa forma, os realizamos, alguns mais, outros menos. Contudo, nada é para sempre, meu amigo. O mundo é orgânico, está sempre em transformação. Não quero vender, mas não está fácil convencê-la a desistir.

— É somente isso que está gerando conflito entre vocês?

— Não, não é. Apareceu alguém que colocou a minha vida de cabeça para baixo.

Max sorriu.

— Vejam só, o bom e velho Benjamin, o homem mais fiel que conheci, o último cavalheiro de coração nobre, interessado em outra mulher. Sabe de uma coisa? Tem razão, as coisas mudam.

— Não a procurei, juro. Ela apareceu de repente, como se o destino a tivesse colocado no meu caminho.

— E não é sempre assim que acontece?

— Não, não comigo. Sabe que tenho uma dívida de gratidão com Sabrina, por ter ficado ao meu lado depois do acidente, me ajudado na fisioterapia e nunca ter me abandonado.

— Sim, eu sei.

— Mas essa mulher, Caroline, não parece ser deste mundo.

— É tão bonita assim?

— Não é somente uma questão de beleza, é muito mais do que isso. Quando estou com ela, o tempo parece parar, como se fôssemos para outro lugar, outra dimensão.

— Já dormiu com ela?

— Algumas vezes.

— Então a coisa é séria.

— Desde a primeira vez que a vi entrar na casa do capitão Afonso, senti que nada mais seria como antes. Pode até parecer loucura, mas soube que mudaria a minha vida para sempre.

Max parou de sorrir e colocou o corpo para a frente, interessado na conversa.

— Você disse capitão Afonso?

— Sim.

— Ela está morando aqui em frente?

— Sim.

— Então, está bem encrencado — disse, dando um tapa em seu ombro. — Conte-me mais. Quero saber tudo. Afinal, sou um membro da inteligência do exército.

Benjamin sorriu.

— Ela é médica, veio da capital e trabalha no Centro Médico Souto Lima.

— Para enfrentar a doutora Laura, deve ser bem durona.

Benjamin contou sobre como Caroline havia chegado na cidade, reformara a casa e o jardim e ganhara a coleção de livros de Helena Cortês. Contou-lhe até sobre o incidente no Vita Felice e a briga com o antigo noivo. Max ficou atento, ouvindo o relato do amigo, e, quando ele contou sobre as cartas que Caroline havia descoberto no jardim, a expressão de Max se alterou.

— Cartas do capitão Afonso e de sua esposa?

— Não parece loucura? Ela as encontrou após um sonho, no qual viu o casal enterrando a caixa próximo a uma árvore.

— Você leu a carta?

— Sim.

— O texto foi escrito antes do capitão ter ido para a guerra?

— Sim.

— Sabe se na caixa há alguma fotografia do capitão Afonso?

— Ela me disse que só encontrou as cartas.

Benjamin percebeu que ele havia mudado o comportamento.

— O que há, Max?

— Essa mulher com quem está saindo, a doutora Caroline... Você me disse que ela está trabalhando no Centro Médico Souto Lima. Foi lá que ganhou a coleção de livros de Helena Cortês?

— Sim.

— Já lhe falou sobre algum paciente especial?

— Não. Deveria?

— Talvez.

— E quem seria?

O major ficou observando seu amigo sem responder à pergunta.

— O que há, Max? Sabe de algo sobre essa história?

— Sim, sei. É um assunto altamente confidencial, um segredo de guerra, mantido pelo nosso departamento.

— Tem a ver com o capitão Afonso e sua casa?

— Sim.

— Vai me contar?

— É o que estou decidindo neste exato momento. Mas, antes, diga-me uma coisa: gosta dessa médica?

— Sim — ele respondeu sem hesitar.

— Ela é importante para você?

— Não posso negar que seja.

— O quão importante?

— Muito.

O major inclinou o corpo para a frente.

— Sabe que o admiro, Benjamin. Sempre admirei. Mas o que não sabe é que sempre o invejei também. Sabe por quê? Porque sempre foi o melhor da turma, aquele em quem todos podiam confiar, a quem sempre recorríamos para contar nossos segredos, sabendo que você poderia ser torturado até a morte, mas jamais os revelaria. É por isso que o invejo. Posso ser boa-pinta, como Sabrina disse, e, na verdade, acho que sou mesmo, mas você sempre foi mais do que apenas aparência, até aquela maldita noite.

O oficial olhou para Benjamin com admiração.

— Foi o herói que eu nunca fui.

— Tudo bem, já superei isso.

— Mas *eu* não. Quando olho para essa cicatriz em seu rosto, lembro-me do dia em que sofremos aquele maldito acidente. Quando ficamos presos nas ferragens, gritando como crianças. Você manteve a calma, livrou-se das ferragens e tirou todos do carro. Podia ter fugido, o que acredito que todos teríamos feito se tivéssemos tido a oportunidade. Mas *você* não. Tirou todos os que estavam presos nas ferragens, até o carro explodir, e pedaços de metal atingirem seu rosto. Foi o único que ficou com cicatrizes. Foi um herói naquela noite e deveria ter recebido um prêmio, não uma chuva de estilhaços de metal.

— Não podemos mudar o passado, não é mesmo?

— O que estou querendo dizer é que, mesmo com tudo o que aconteceu, continuo sentindo inveja de você.

— Não o chamei aqui para lembrar o passado.

— Não. Chamou-me para receber informações, e vou lhe dar duas opções: a primeira é afastar-se dessa médica, esquecê-la e seguir sua vida, convencendo Sabrina a não vender esta livraria.

— E qual a segunda?

— Posso lhe contar o que sei, mas, antes, é preciso que saiba da consequência desta escolha. Tenho uma dívida com você e posso pagá-la hoje, mas quero que saiba que estaremos quites, que a minha dívida estará paga, mas o mais importante é que, se fizer isso, o futuro poderá nos colocar em lados opostos.

— O que quer dizer?

— A doutora Caroline está andando ao redor de um grande segredo. As pistas estão à sua volta, e, se ela for tão inteligente quanto diz, vai juntá-las e montar o quebra-cabeça. Se fizer isso, correrá grande perigo. O segredo do capitão Afonso está sendo mantido desde o final da guerra, e os militares farão tudo para impedir que seja revelado.

Benjamin compreendeu a gravidade da situação. Pensou em Caroline, nas palavras do oficial e o que mudaria em sua vida ao tomar a sua decisão.

— Conte-me.

— Tem certeza?

— Sim.

— Realmente tenho inveja de você. — Fez uma pausa para criar coragem. — Há um paciente no Centro Souto Lima. É um veterano de guerra, o último que está lá. Se a doutora Caroline descobrir a sua identidade, poderá entregar as cartas pessoalmente para quem escreveu uma delas.

— Está brincando?

— Não, não estou.

— Está me dizendo que o capitão Afonso está vivo?

— Não apenas vivo, mas também sendo cuidando pela doutora Caroline.

— Mas isso é impossível!

— Não, não é. É um segredo de guerra.

— Como ele pode estar vivo?

— Aconteceu poucos dias antes do armistício ser assinado. Os combates haviam diminuído, mas o alto-comando queria tomar uma ponte para facilitar o transporte de tropas em uma região estratégica. O problema era que, protegendo a ponte, haviam sido construídos bunkers, e neles foram instaladas grandes peças de artilharia; cinco, para ser mais exato.

O exército queria a ponte e, por isso, a unidade comandada pelo capitão Afonso foi enviada para destruir os canhões.

— O capitão Afonso liderava uma unidade de elite, especializada em missões dentro do território inimigo. Já ouvi essa história. Mas se uma trégua estava para ser assinada, por que enviá-los?

— O alto-comando queria fazer uma ofensiva, e tomar aquela ponte era vital para acelerar a assinatura do armistício.

— O que aconteceu?

— Houve uma falha de comunicação entre nós e a Força Aérea, que enviou um grupo de bombardeiros para atacar o local na mesma hora. Quando a infantaria atravessou a ponte e chegou aos bunkers, a unidade do capitão Afonso estava lá. Os corpos estavam em pedaços ou carbonizados. O capitão Afonso foi considerado um herói, e o resto da história você já sabe. O que desconhece é que, alguns meses depois da guerra, a doutora Laura procurou um general que era seu amigo e afirmou que um dos veteranos dos quais cuidava era o capitão Afonso. Mostrou uma joia, que continha a foto da esposa do capitão e estava em poder de um veterano ferido em seu hospital. Ele relatou detalhes da missão que somente o capitão Afonso sabia e informou como o bombardeio havia atingido a sua unidade alguns minutos depois de terem destruído os canhões. A doutora ameaçou contar toda a verdade se o exército não ajudasse a reconstruir o Centro Souto Lima, que sofrera um bombardeio durante a guerra. Os militares ficaram em uma situação delicada. A guerra tinha terminado havia pouco tempo, todos queriam retomar sua vida e esquecer os horrores dos combates. O capitão Afonso era um herói nacional e a ideia de que surgisse vivo e contando uma verdade inconveniente não deu outra escolha aos militares senão enviar uma grande soma em dinheiro para o Centro. Posso assegurar que a doutora recebe uma boa quantia até hoje, e deve continuar assim, pelo menos enquanto o capitão estiver vivo.

— É inacreditável, Max.

— Isso não é tudo.

— Há mais?

— Aquele lugar onde o capitão Afonso se encontra e no qual sua bela doutora trabalha já foi muito mais do que um simples hospital.

— Como assim?

— Durante a guerra, foram testadas drogas nos soldados feridos que vinham dos combates, e deram origem a uma dúzia de medicamentos que, hoje, estão nos hospitais do mundo inteiro. Só para citar um exemplo, a testoclorina, uma droga que é usada na cicatrização e também como anestésico, foi desenvolvida naquele lugar. Assim como ela, há outras drogas que também foram testadas nos soldados feridos, como inibidores de neurotransmissores e substâncias sintéticas estimulantes para melhorar o desempenho dos soldados. Todas foram desenvolvidas sob a supervisão da doutora Laura e de uma equipe de médicos da Universidade Federal. O homem que serviu de ligação entre a Universidade e aquele hospital é o atual reitor. Seu nome é Vitor Meirelles. Essas drogas foram elaboradas durante a guerra, e suas patentes foram negociadas com os grandes laboratórios farmacêuticos do nosso país. Eles industrializaram essas substâncias, e é por isso que todos os anos o Centro Médico Souto Lima e a Universidade Federal recebem grandes doações desses laboratórios. Não há nenhuma filantropia nesse gesto, Benjamin. O motivo é um só: encobrir os testes que foram feitos nos soldados feridos durante a guerra.

— Mas isso é um absurdo! Não consigo acreditar que isso tenha acontecido naquele lugar.

— Mas aconteceu.

— Eles continuam a fazer testes com medicamentos experimentais?

— Não, isso aconteceu durante a guerra, e os testes foram feitos em soldados gravemente feridos. Na documentação que existe no DOE, as experiências foram encerradas alguns meses depois que o acordo de paz foi assinado.

Max parou de falar ao perceber que um cliente passava perto deles. Retomou o assunto quando ele se distanciou:

— Hoje em dia, Benjamin, todos os envolvidos nessa história querem esquecer que drogas experimentais foram testadas naquele lugar. Os militares, a universidade e a doutora Laura querem que toda essa história continue sepultada, e a identidade do capitão Afonso é a chave para revelar tudo o que aconteceu naquele lugar.

— Caroline está correndo grande perigo — concluiu Benjamin.

— Mais do que isso. Se a doutora Caroline descobrir que aquele veterano é o capitão Afonso, pode correr o risco de perder muito mais do que o emprego.

Max olhou sério para o amigo à sua frente.

— Se a doutora Laura descobrir que alguém sabe a identidade do capitão Afonso, vai avisar aos militares.

— E o que você acha que eles vão fazer?

— Acionarão o nosso departamento, e agiremos para evitar que a sujeira que está debaixo do tapete apareça. Por isso, estou avisando-o para se afastar dessa mulher. Se formos acionados, faremos o que for preciso. Se estiver ao lado dela, nossos lados serão opostos.

— Se ela ficar em perigo, irei protegê-la — disse Benjamin.

— Imaginei que diria isso — respondeu Max, com um sorriso verdadeiro. — Para ter conseguido fisgá-lo, deve ser uma mulher especial.

— Não deixarei que nada de mal aconteça a ela, Max. Não posso permitir.

— Deve gostar muito dela. E quanto a Sabrina? O que fará com ela?

— Ainda não sei. Gosto de Sabrina, mas estamos nos afastando a cada dia.

— Vou lhe dar um conselho, ou talvez mais de um, porque o considero um grande amigo e não quero enfrentá-lo no final dessa história: afaste-se da doutora Caroline o mais rápido que puder. Invente qualquer desculpa, viaje ou saia com outras garotas, mas abandone essa médica o mais rápido possível. Não gostaria que nada de mal acontecesse a você. Não acabe com seu sonho, Benjamin, não venda esta livraria. Lute por aquilo que conquistou, pelo que acredita valer a pena. Tente convencer Sabrina ou, se não conseguir, livre-se dela também. Que diabos! Não pode viver com alguém somente por gratidão. Por tudo o que já passou, você merece ser feliz.

— Vou pensar nos seus conselhos.

Eles ficaram em silêncio por alguns instantes, sem saber o que dizer.

— O que lhe contei é um segredo de guerra.

— Não se preocupe, não contarei para ninguém.

Eles se levantaram com pesar em seus semblantes.

— Preciso ir.

— Obrigado, Max.

— Pelo quê?

— Por me contar toda essa história.

— Não me agradeça, porque isso pode acabar nos colocando frente a frente em um combate, e não quero ter que enfrentar um grande amigo. Ouça meus conselhos, Benjamin, abandone essa aventura enquanto pode.

— Não posso fazer isso, é mais forte do que eu. É como se estivesse esperando por essa mulher a minha vida toda.

— Acredita que ela vale o sacrifício?

— Sim, acredito.

Max sorriu para o amigo, e, em seguida, eles se abraçaram.

— Não sei se é o homem mais azarado ou mais sortudo do mundo.

Bem riu, cansado.

— Eu o acompanho até a porta.

Max acenou para Sabrina, que se aproximou. Eles se despediram, e ela ficou junto à mesa, enquanto Benjamin o acompanhava até a saída. Sabrina foi até a pilha de livros que havia organizado no expositor, retirou o seu celular escondido no meio dos exemplares e teclou no *display*, finalizando a gravação de áudio.

— Muito bem, senhores, vamos ouvir os segredos dessa adorável conversa.

A REVELAÇÃO DA ANITTA

Caroline sentou-se na cadeira e colocou a pequena chave ao lado da *anitta* que pertencia ao paciente do quarto 206.

— Sabia que você deu um bocado de trabalho? Precisei visitar três chaveiros antes de encontrar um que conseguisse fazer a chave para abri-la.

Estava em sua casa. Fazia muito frio naquela noite, e estava enrolada em um cobertor. Sócrates estava dormindo no tapete da sala, enrolado em uma manta de lã.

— A questão, *anitta*, é se devo abri-la e conhecer seus segredos ou apenas devolvê-la para o senhor Osório e deixar que ele a entregue para a doutora Laura. Se fizer isso, ela desaparecerá com você para sempre.

Pensou em Benjamin, no romance escondido que estavam vivendo e nas confidências que haviam trocado. Ele havia aberto seu coração, contara todos os seus segredos, mas ela não tinha feito o mesmo. Caroline havia omitido o que havia descoberto sobre o veterano, sobre a *anitta* e sobre suas suspeitas. Escondia aqueles fatos de Benjamin porque não sabia como reagiria ao conhecer aquela história. Mas havia outro motivo que a fizera esconder o que havia descoberto, apesar de não aceitar, de até mesmo rejeitar a ideia: estava apaixonada.

Caroline sabia que se envolver com Benjamin contrariava todos os seus princípios, mas o sentimento que nutria por ele era mais forte que a razão, e sentia-se derrotada. Estava agradecida por isso, feliz como jamais estivera.

A caixa estava ali, na sua frente, fazendo um convite para abri-la e descobrir os seus segredos. Sabia do perigo que corria, e, como a maçã oferecida pela serpente a Eva, no Paraíso, ali estava a *anitta*, como um fruto proibido, pronta para ser devorada.

Ela pegou a chave e, apesar da certeza de que não deveria, de que o seu destino mudaria para sempre, decidiu-se. Trouxe a caixa para perto de si, enfiou a chave na fechadura e girou-a.

A caixa fez um pequeno clique e abriu-se. Ela pensou em Helena: "A vida é feita de caminhos e escolhas".

Caroline levantou a tampa, colocou a mão dentro da caixa com cuidado e retirou uma medalha. Era uma cruz prateada com uma barreta azul e vermelha. Examinou-a com cuidado e, depois, colocou sobre a mesa. Retirou outra medalha, redonda como uma moeda dourada. Impressa havia a palavra *Bravus*, com a barreta nas cores azul, verde e branca. Colocou ao lado da primeira e ficou observando-as, pensando o que um soldado teria feito durante a guerra para merecê-las. Em seguida, retirou três fotografias, reveladas em preto e branco e amarelecidas pelo tempo. A primeira mostrava um acampamento em uma floresta. Viu várias barracas, alguns veículos militares e soldados espalhados pelo lugar. A segunda mostrava um grupo de soldados. Contou doze homens, uns em pé, outros sentados, uns sorrindo, outros fumando. Pareciam preocupados, mas concluiu que devia haver uma grande amizade entre eles, principalmente por passarem situações extremas como aquela.

A terceira fotografia estava borrada, e não conseguia distinguir quase nada. Colocou as fotos ao lado das medalhas, e retirou da caixa uma joia feminina. Era uma corrente e um pingente largo, de ouro. A corrente era delicada e, na superfície do pingente, em forma de gota, haviam sido entalhadas linhas sinuosas, dando um aspecto delicado à joia.

— Que linda! Afinal, minha querida *anitta* — disse, aliviada —, você não guarda nenhum segredo especial. Não há nada de mais nestes objetos. Estava preocupada com o que poderia revelar, mas tudo não passou de uma ilusão. Na verdade, estou aliviada por tê-la enfrentado e descoberto seus mistérios.

Caroline percebeu que havia um detalhe no pingente que ainda não tinha notado. Era um pequeno ressalto na lateral, quase imperceptível. Colocou a unha ali, e o pingente se abriu em duas partes, mostrando uma pequena dobradiça que ficava embutida na joia.

— Ora, ora, o que temos aqui?

Olhou o interior do pingente com curiosidade. Então, seus olhos se arregalaram e, como se tivesse levado um choque, largou a joia sobre a mesa.

— Não! Não é possível!

VINGANÇA

Entrou na livraria procurando Benjamin e o encontrou junto ao atendente, conferindo uma remessa de livros sobre um balcão.

— Benjamin!

Ele a olhou e sorriu.

— Olá, Caroline.

— Preciso falar com você agora.

Percebeu na expressão dela e no seu tom de voz que algo estava errado.

— Aconteceu alguma coisa?

— Sim, descobri uma coisa incrível. Ainda não consigo acreditar, porque é intrigante, misterioso. Não sei como dizer... Na verdade, acredito que a melhor descrição seja inacreditável!

Benjamin franziu a testa sem compreender o que estava ouvindo e virou-se para o atendente.

— Terminamos depois, João.

— Sim, senhor — respondeu o jovem, sorrindo e se afastando.

— Vejam só quem veio nos visitar.

Os dois se viraram ao mesmo tempo e viram Sabrina se aproximando.

— Bom dia, doutora Caroline. Que bom vê-la em nossa livraria. Fazia tempo que não aparecia.

— Bom dia, Sabrina. Estive muito ocupada e gostaria de falar com Benjamin em particular. É sobre um assunto muito importante. Poderia nos dar licença, por gentileza?

— Mas é claro. Acredito que deve ser questão de vida ou morte, não é mesmo? Mas, antes, gostaria de dizer que sei por que esteve ocupada.

Sabrina se moveu devagar e abraçou a cintura de Benjamin

— *Vocês dois* estiveram bastante ocupados ultimamente.

Eles se entreolharam, atônitos.

— São muito ingênuos se acharam que eu não ia descobrir esse casinho. Têm dormido juntos quando não estou por perto. — Ela olhou para Benjamin. — Achou que não ia perceber a sua cara de felicidade?

Ele não tentou esconder o que estava acontecendo.

— Ouça, Sabrina, eu ia lhe contar. Até tentei, mas nunca me deixou explicar o que está acontecendo. Você vem adiando essa conversa há dias.

— Mas é claro que sim. Acha que vou perdê-lo para essa aí? — grunhiu ela, apontando o dedo e virando-se para Caroline em seguida. — Benjamin é meu! Sempre estive ao seu lado, cuidei dele quando se feriu gravemente e o ajudei a montar este lugar. Onde você estava quando tudo isso aconteceu? Diga-me, porque gostaria de saber!

— Acalme-se, Sabrina — respondeu Caroline. — Está muito transtornada. O que aconteceu entre mim e Benjamin fugiu ao nosso controle. Sei o que está sentindo. Por favor, deixe-me explicar para que...

— Não quero as suas explicações! — gritou ela. — Não quero me acalmar! Vem com essa fala mansa e com esse jeito meigo de mulher carente, mas sempre ficou assediando Benjamin quando eu não estava por perto! Fique sabendo que fomos feitos um para o outro. Não entende que ele me pertence e nada do que fizer vai separá-lo de mim? Será que não fui clara quando joguei o vinho em você? Não entendeu o recado? Não percebeu que não a queria por perto?

— Jogou mesmo o vinho em mim de propósito?

— Não seja ingênua! Sabia que estava se atirando em cima de Benjamin bem na minha frente! O que queria que eu fizesse? O que faria no meu lugar? Queria que batesse palmas enquanto perdia o meu homem? Que aplaudisse vendo você seduzi-lo? Não! Não ficaria assistindo a Benjamin ir embora com você. Nem naquela noite nem nunca! Sabe por quê? Porque ele é meu!

— Você não o merece. — Reagiu Caroline.

— Não. É você que não o merece, porque ele não gosta de você! Teve um caso, uma aventura fora da relação apenas. Foi apenas uma diversão para ele. — E finalizou, sorrindo maliciosamente: — Uma diversão passageira.

— Você não sabe dos meus sentimentos — Benjamin interpôs, interrompendo a esposa pela primeira vez.

— Sei, sim, meu querido — disse ela, acariciando seu rosto. — Está confuso com tudo o que vem acontecendo, mas as coisas voltarão ao normal quando ela — falou, olhando furiosa para Caroline — desaparecer de nossas vidas!

— Não vou desaparecer. Benjamin é importante para mim e não vou deixar que uma parasita como você continue ao seu lado, sugando sua energia o tempo todo. É você quem o impede de ser feliz!

Sabrina olhou para Caroline e, então, respondeu calmamente:

— Não, minha querida. É você que vai deixá-lo. Sabe por quê? Porque Benjamin esconde um segredo de você.

— Que segredo?

— Um amigo nos visitou. Pertence à inteligência do exército e fez uma revelação para o *meu marido*.

Caroline ignorou a ênfase final e questionou:

— Que revelação?

— Sabrina, como sabe sobre isso? — perguntou Benjamin, um tanto exasperado.

— Sabe o que ele contou? Não sabe? Ben, como pôde fazer isso com sua amante? — Ela sorriu, cínica. — O major Max revelou um segredo de guerra, um grande segredo. Podia imaginar que o dono da sua casa tão querida e do seu belo jardim está, como se pode dizer... vivo?

— Como?

— Sim, minha cara. O capitão Afonso está vivo e, provavelmente, você troca as fraldas dele no hospital onde trabalha. Benjamin sabia dessa informação, mas jamais contaria para você.

Caroline olhou para Benjamin sem querer acreditar no que acabara de ouvir.

— É verdade?

— Caroline, ouça, as coisas não são tão simples assim.

— Sabia que ele estava vivo e não me disse?

— Há muito mais sobre essa história do que imagina, e não contei a verdade porque queria protegê-la. Gostaria de...

— Apenas responda, Benjamin. Por favor, me diga a verdade.

Ele viu seus olhos ficarem vermelhos e se encherem de lágrimas.

— O que Sabrina diz é verdade. Chamei um amigo, um oficial do Departamento de Operações Especiais do exército. Ele me contou que há um paciente onde você trabalha, o último veterano da guerra.

Benjamin abaixou a cabeça. Não queria revelar para Caroline o terrível segredo que havia descoberto.

— E quem é ele? — perguntou a médica no exato momento em que as lágrimas desceram pela sua face.

— O capitão Afonso.

— Está vendo, doutora Caroline, como Benjamin mentiu para você com a maior naturalidade? É apenas um caso para ele, apenas um pedaço de carne que usou para se satisfazer, nada mais.

— Vocês se merecem — ela disse, enxugando as lágrimas com as mãos.

Caroline tentou se afastar, mas Benjamin segurou seu braço.

— Não vá.

— Solte-me.

— Caroline, por favor.

— Solte o meu braço agora!

Ele a soltou.

— Sabe, Benjamin, por um momento acreditei que pudesse ser a pessoa que estava procurando, mas me enganei. A pessoa que estou procurando é outra. Eu a encontrei e não vou abandoná-la.

— Caroline, você significa muito para mim.

— Se isso fosse verdade, não teria escondido algo tão importante. Traiu a minha confiança, escolheu o caminho mais fácil.

Ela respirou fundo para recobrar a razão.

— Tinha certeza de que conseguiria se libertar de todas as correntes que o prendem a este lugar triste, escuro e frio em que se encontra. É um homem magnífico, mas não tem consciência disso, não percebe que qualquer mulher gostaria de tê-lo ao seu lado. Está numa prisão criada por você mesmo, e eu tentei, achei que poderia ajudá-lo, mas não quis a minha ajuda. Prefere a prisão, Benjamin. Você prefere o sofrimento, as grades e a tristeza. Procurei mostrar-lhe a liberdade e a alegria, o que existe fora da prisão em que se encontra. Fiz tudo isso, abri a porta da sua cela e estendi a mão para você. Mas o que fez? Não quis sair. Está há tanto tempo aprisionado que teve medo do que poderia encontrar fora das grades que o aprisionam.

Caroline estava ferida, sentia-se traída e dizia aquelas palavras porque também queria feri-lo.

— Você tem medo de viver!

Ele não tinha palavras para contestar as afirmações de Caroline, porque sabia, no seu íntimo, que tinha razão. Era prisioneiro havia muito tempo, tinha se acostumado a sofrer e tinha medo de deixar a sua cela.

— Adeus, Benjamin. Estou saindo de sua vida para sempre e não voltarei a procurá-lo. Por favor, faça o mesmo. Não me procure nunca mais.

Caroline deixou a livraria sem olhar para trás.

— Não se preocupe com ela — disse Sabrina. — Tudo o que disse é mentira. O que importa agora é que esse pesadelo finalmente acabou. Tudo voltará a ser como era. Voltaremos a ser felizes e a planejar os nossos sonhos. Além do mais, jamais o perderia para aquela mulher medíocre.

— Como soube sobre o capitão Afonso?

— Usei os meus métodos. Mas, se insiste, posso lhe contar.

— Não importa mais. Apenas diga-me uma coisa: mais alguém sabe?

— Não se preocupe. Jamais colocaria Max em perigo. Esse será o nosso grande segredo.

Benjamin se virou para ela.

— Muito bem. Você conseguiu. Venceu.

— Consegui o quê? Como assim venci? Do que está falando?

— Ligue para Thomas e acerte os detalhes. Vamos vender a livraria.

— Benjamin, não brinque comigo. É sério?

— Sim. Ligue para ele e acerte tudo.

Ela o abraçou.

— Sabia que não se perderia numa ilusão passageira, que voltaria para mim e para os nossos sonhos.

— Seus sonhos, Sabrina. Desta vez, são os seus sonhos, não os meus.

— Não diga isso. São os nossos sonhos, meu amor. É apenas uma questão de tempo para se acostumar com a ideia de vivermos algo novo. Talvez hoje não possa compreender o que estou dizendo, mas daqui a algum tempo vai me agradecer. Estamos passando por uma fase ruim, mas não se preocupe, tudo vai dar certo no final. Perdoarei a sua traição. Não será fácil, mas o nosso amor é maior do que a sua breve aventura.

— Não quero o seu perdão.

Sabrina ficou perplexa.

— Como assim? Você me traiu! Estou dizendo que irei perdoá-lo, e você diz que não quer? Não estou entendendo.

— Não quero o seu perdão — repetiu. — Sei o que fiz e não preciso que me perdoe. Tomei uma decisão. Vou me separar de você.

— Como?

— Foi o que você ouviu. Vamos vender a livraria e dividir o dinheiro. Seguirá o seu caminho, e eu seguirei o meu.

— Mas não pode me deixar.

— Não tem sentido continuarmos, Sabrina. Quero seguir por um caminho diferente. Não serei feliz ao seu lado, e você não será ao meu. A partir de agora, está livre.

— E o nosso futuro, os nossos sonhos, tudo pelo que já passamos? Jogará tudo na lata de lixo?

— Tudo pelo que passamos foi especial. Você é uma grande mulher, e jamais esquecerei o que vivemos, mas o nosso relacionamento terminou há muito tempo. Não há relação quando tudo se resume a gratidão e dinheiro. Tem que haver mais, Sabrina, tem que haver amor. Não sei falar sobre essas coisas, poderia até tentar, mas acho que não conseguiria fazê-la entender. Então, pouparei o nosso tempo. Somos jovens, podemos encontrar alguém e reconstruir nossas vidas.

— Já sei o que houve! O discurso piegas sobre liberdade da doutorazinha afetou seus pensamentos!

— Caroline me fez enxergar o que estava diante dos meus olhos. Tinha razão. Estava preso, e ela abriu a cela. Mas fui eu que decidi sair.

— E acha que ela ficará o esperando de braços abertos?

Benjamin balançou a cabeça negativamente.

— Você não a conhece, não compreenderia o que aconteceu e o que sinto por ela. Se servir de consolo, saiba que Caroline jamais me aceitará de volta. Nisso você está certa. Terei que conviver com a ideia de que tive uma mulher incrível em meus braços, mas fui um covarde e a perdi para sempre. Terei que conviver com isso o resto da minha vida.

— Só pode estar louco, dizendo essas coisas na minha cara! Não aceito a separação. Não pode se separar de mim depois de tudo o que fiz por você. *Eu* sou a sua vida!

Benjamin se afastou e deixou Sabrina perplexa, sem saber o que fazer.

— É assim que me agradece por ter vivido ao seu lado todos esses anos? Por ter me sujeitado a viver ao lado de um... um mutilado? É assim que vai terminar? Então, está feito! Venderei tudo isto aqui! — exclamou, abrindo os braços. — Vou vender cada livro, cada estante e cada maldita xícara de café! Vou vender tudo! Venderei o seu sonho, Benjamin! Está me ouvindo! Venderei o seu maldito sonho!

SEGREDOS

Ela olhava através da janela e via as nuvens escuras e pesadas, trazidas pelo vento que soprava do Sul, com a promessa de esfriar ainda mais.

Algumas enfermeiras passaram e sorriram, e ela retribuiu o gesto com um aceno. Sua vida, que antes estava irradiante como uma bela manhã de sol, tornara-se fria e cinzenta como aquela tarde. Parecia desprovida de sentido, apesar do trabalho, da casa e da sua saúde estarem em ordem. Tudo parecia mudado e, apesar do esforço em aceitar o que havia acontecido e tentar colocar sua vida nos trilhos, não conseguia sentir-se bem.

Era assim que estava desde que terminara com Benjamin. Apesar do vazio que ainda sentia, todas as vezes que se lembrava do que havia acontecido, concluía que tivera razão em sair de sua vida e que fora a melhor escolha a fazer.

O seu objetivo não havia mudado. Precisava descobrir quem realmente era. Havia se mudado para aquele lugar, tinha fugido em busca de uma nova vida, mas jamais poderia imaginar que o destino a faria descobrir um segredo que fugiria de sua compreensão.

O que Caroline havia descoberto era algo incrível, inacreditável e inexplicável. O celular tocou, e ela verificou quem estava ligando. Era Benjamin.

Pensou em não atender a ligação. Havia avisado para não a procurar, mas a alegria de ver o seu nome impresso no *display* foi maior do que imaginara. Queria ouvir a voz dele, nem que fosse a última vez.

– Alô.

– Caroline! Sou eu, Benjamin.

Ela ficou em silêncio.

— Está ocupada?

— Um pouco.

— Serei breve.

— Tudo bem, pode falar.

— Obrigado. Sei que pediu para não a procurar, mas gostaria que soubesse de uma coisa.

— O que é?

— Estou me separando de Sabrina.

Benjamin esperou que Caroline dissesse algo, mas ela ficou em silêncio. Então, ele continuou:

— Não foi fácil, mas consegui convencê-la de que é a melhor escolha para nós, e, como não chegamos a um acordo sobre a livraria, decidimos vendê-la e dividir o dinheiro. Confesso que não queria, tentei comprar a parte dela, mas Sabrina não abre mão de vendê-la para outra pessoa. O novo proprietário virá assinar a compra daqui a uma hora e já avisou que não pretende mantê-la aberta. Não ficarei para assisti-lo fechar o sonho da minha vida. Por isso, vou embora e nunca mais pretendo voltar para este lugar.

Esperou, mais uma vez, que Caroline dissesse algo, mas o silêncio parecia inquebrável.

— Caroline?

— Não sei o que dizer, Benjamin. Sabrina não é a mulher que deveria estar ao seu lado e, na minha opinião, você tomou a decisão certa. Sinto muito pela livraria, sei o quanto ela significa para você. Quanto a viajar...

Ela refletiu sobre as palavras que ia dizer. O seu coração batia fortemente, exigindo que dissesse para Benjamin que deveria ficar, que não tinha conseguido esquecê-lo e iria ao seu encontro, que o amava e deveriam ficar juntos. Mas a razão prevaleceu sobre o desejo de seu coração.

— Acho que lhe fará bem uma viagem.

— Sim. Só queria dizer que conseguiu.

— Consegui o quê?

— Você me libertou. Abriu a cela, e tomei a decisão de deixá-la para sempre. Precisava lhe dizer isso.

— Fico feliz por você. É uma pessoa especial, Benjamin, e merece ser feliz.

— Antes de desligar, gostaria de lhe dizer mais uma coisa.

— Sim?

— Cuidado com o segredo que descobriu. Há grandes interesses envolvidos, e você pode entrar em um jogo perigoso.

— Agradeço sua preocupação, mas não é necessária. Aprendi a me cuidar.

— Então lhe desejo boa sorte.

— Boa sorte para você também.

Caroline guardou o telefone no bolso.

— Pelo menos, minha vinda para cá ajudou alguém — disse para si mesma.

— Ajudou quem?

A voz assustou-a.

— Doutora Lúcia! Perdão. Estava tão envolvida com meus pensamentos que nem a vi chegar.

— Está tudo bem com você, querida? Nos últimos dias, tenho percebido que mais parece um robô do que um ser humano. A doutora Marcela também percebeu que está diferente. O seu belo sorriso desapareceu do seu rosto, e estava tão feliz da última vez que conversamos, quando contou que estava vivendo um romance com Benjamin. O que houve?

— Deu tudo errado, Lúcia.

— O que aconteceu?

— É uma longa história.

— Se quiser me contar, podemos ir até a minha sala e conversar um pouco. Gostaria muito de ajudá-la.

— Não. Está tudo bem. Apenas terminamos.

— Era ele no telefone?

— Sim.

Caroline contou para a médica o que ele havia lhe dito.

— E agora que está livre, você vai deixá-lo ir embora?

— Sim.

— Tem certeza?

— Ele não é o homem que estou procurando.

— Minha querida, se está procurando um homem perfeito, esqueça.

Caroline riu da análise feita pela doutora.

— Acho que tem razão, mas não é exatamente isso que aconteceu.

— O que houve então?

— Acho que não era para acontecer. Benjamin está procurando algo, não sei bem o que é, e eu também estou. — Pensou em contar sobre a joia que encontrara dentro da *anitta* e sobre a descoberta de que o capitão Afonso estava vivo, mas desistiu da ideia. — Estou atrás de respostas que Benjamin não possui. A verdade é que não posso ajudá-lo, nem ele a mim, porque nossos destinos são diferentes.

— Destino, escolhas e reflexões. Sabe o que deveria fazer? Parar de ler os livros de Helena Cortês e simplesmente viver.

— Vou pensar em seus conselhos.

— Bem, se precisar de mim, sabe onde me encontrar.

— Obrigada, Lúcia. Tem sido uma grande amiga.

Caroline ficou vendo a doutora se afastar, colocou a mão no bolso do jaleco e retirou a joia que pertencia ao capitão Afonso. Abriu o pingente e observou o interior mais uma vez.

— Quem sou eu?

Caroline voltou a guardar o pequeno objeto e conferiu o relógio.

— Está na hora de saber a verdade.

Dirigiu-se ao quarto 206, abriu a porta e entrou.

Um pesado cobertor imobilizava o paciente. Caroline conferiu os sinais vitais apresentados no monitor. Em seguida, olhou para as mãos queimadas, o rosto desfigurado, e pensou no sofrimento pelo qual aquele homem havia passado. Segurou a sua mão. Era áspera e fria, e, no primeiro toque, sentiu um arrepio, como se tivesse recebido um choque. Não era repulsa, nunca havia sentido isso com nenhum paciente. Era um sentimento estranho que não soube descrever, como se o toque de sua mão fosse familiar, como se já tivesse segurado aquela mão.

O paciente abriu os olhos e viu Caroline surgir diante dele.

— Por favor, não se agite. Mudei a sua medicação há alguns dias para que pudesse acordar. Precisava falar com você para dizer que sei de tudo. Sei que é o capitão Afonso.

Ele ficou observando-a atentamente, e seus olhos se moviam sem parar, mas não disse nada. Ela segurou o pingente e lhe mostrou.

— Também sei quem sou. No início, não quis acreditar, mas, agora, segurando a sua mão, sei que é tudo verdade. Que já nos encontramos uma vez e estamos juntos de novo.

— Você voltou.

Os olhos de Caroline se encheram de lágrimas.

— Sim, voltei. Não sei explicar como, mas voltei. O destino me trouxe até você.

— Sabia que nos encontraríamos de novo — o paciente respondeu com a voz arrastada. — Sempre soube que veria você entrar por aquela porta, e foi esse sentimento que me manteve vivo durante todos esses anos.

— O destino me trouxe até você — repetiu ela, passando a mão em seu rosto desfigurado com ternura. — Agora, estou aqui.

— Posso chamá-la de Luíza?

— Claro.

— Faz muito tempo desde que a deixei, mas nunca esqueci o seu rosto, os seus olhos ou o seu sorriso. Seu cabelo está um pouco diferente, mais claro e curto, mas o seu rosto... Como isso é possível?

— Não sei. Não tenho essa resposta, e ela me atormenta desde que olhei para a foto que havia dentro do pingente.

— Você nasceu aqui?

— Não. Nasci no outro lado do país, perto do mar.

— Por que veio de tão longe?

— Deixei o meu antigo trabalho em um hospital na capital. É uma longa história, vou lhe contar todos os detalhes, mas, agora, sei que o verdadeiro significado de tudo era reencontrá-lo.

— Não vejo outra explicação.

— Estou morando na nossa casa. Meu Deus, parece loucura, mas estou morando lá. Ela é linda e todas as coisas estão no mesmo lugar.

— Ela estava esperando você voltar.

— Sonhei com você e Luíza, ou melhor, você e eu. Vi-o cavar um buraco e esconder uma caixa no jardim. Cavei no mesmo lugar e a encontrei. Lembra-se das cartas que escrevemos um para o outro?

— Quando a vi, compreendi que era um milagre. De alguma forma, o destino lhe deu uma segunda chance para continuar a sua história.

— A nossa história — disse a jovem, emocionada.

Ele suspirou.

— Não, não. Estou velho, doente e não tenho muito tempo de vida. É um milagre estar vivo. O motivo foi a esperança de vê-la mais uma vez, de vê-la entrar por aquela porta e dizer que estava tudo bem. Fiquei preso no passado, Luíza, mas você, não. Você tem uma segunda chance.

— Não diga isso. Agora que nos encontramos, vamos cuidar um do outro. Cuidarei de você, e você cuidará de mim. Há tanto que conversar, tanta coisa que gostaria de saber.

O capitão Afonso balançou a cabeça negativamente.

— As coisas não são tão simples assim.

— Por que não?

— Alguém tentou impedi-la de me ver?

— A doutora Laura. Depois que me viu e teve aquela crise, ela me proibiu de visitá-lo, mas isso foi antes de descobrir quem você é, de descobrir a verdade sobre nós. Não se preocupe. Conversarei com ela, mostrarei o pingente e tudo estará resolvido.

— Você está enganada. Agora que descobriu a verdade, está correndo grande perigo.

— Correndo grande perigo? Como assim?

— Poderia levantar a cabeceira da cama para que possa vê-la melhor e facilitar a respiração?

— Claro.

Caroline apertou o botão ao lado da cama, e a cabeceira se inclinou para frente.

— Vou lhe contar algo muito grave sobre a doutora Laura. Ela sempre soube quem sou.

— Como assim?

— Sempre soube que sou o capitão Afonso.

— Mas por que não revelou a verdade?

— Estava praticamente morto quando fui resgatado. Uma bomba de napalm havia explodido perto de mim e incendiou quase todo o meu corpo. Engoli fogo, Luíza. Abri a boca para gritar e o fogo entrou queimando tudo, lábios, língua, garganta. Queimei como uma tocha humana.

— Meu Deus!

— Minha unidade e eu estávamos realizando uma missão secreta em território inimigo. Quando os homens do nosso exército chegaram aonde eu estava, encontraram um corpo desfigurado, sem identificação e à beira da morte. Fui enviado para um hospital de campanha. Os médicos esperavam que morresse em seguida.

O capitão Afonso respirou fundo.

— Mas, contrariando a maldita lógica das estatísticas da guerra, sobrevivi. Não sei como o meu corpo encontrou forças para reagir, mas vivia dopado para aliviar a dor e não conseguia me comunicar, porque as queimaduras em minha garganta não permitiam. Fui sendo transferido de hospital para hospital, até que cheguei aqui. A guerra acabou, e comecei a melhorar, porque acreditava que a veria novamente. Quando pude voltar a falar, chamei a doutora Laura e contei quem eu era e que desejava ver você.

— O que ela fez?

— Disse-me que seria impossível, porque você havia morrido em um bombardeio.

— É verdade. Luíza morreu em um bombardeio.

— Mas disse também que ia me ajudar.

— Se sabia de tudo, por que ela não revelou que estava vivo?

— Você não conhece aquela mulher e não sabe do que é capaz. Ela se aproveitou que eu estava vivo, do que havia acontecido comigo, e chantageou o alto-comando do exército, ameaçando contar toda a verdade se não dessem uma grande quantia em dinheiro para ela.

— Não é possível.

— Fez isso, e como os militares não desejavam reabrir feridas da guerra, resolveram aceitar a sua chantagem.

— Não posso acreditar que a doutora Laura tenha feito isso.

— Não conhece aquela mulher, não tem ideia do que ela é capaz. Ela me disse sorrindo o que havia feito, que havia chantageado os militares e que eu não era apenas um soldado ferido, mas a grande oportunidade de sua vida. A partir daquele dia, me manteria vivo o máximo de tempo possível.

— Ela não podia ter feito isso, não tinha esse direito.

A mente de Caroline estava desorientada com a revelação do capitão Afonso. Não podia imaginar que a doutora Laura fosse capaz de algo tão diabólico.

— Ela fez muito mais. Está na hora de você saber toda a verdade. Todo este lugar é uma cortina de fumaça criada para esconder a verdade, e a doutora Laura é uma mulher sem nenhum escrúpulo. Ela ganhava grandes quantias de dinheiro dos grandes laboratórios por testar medicamentos nos pacientes. Imagino que ainda o faça se me mantém vivo. Tudo isso sempre foi feito, há décadas, com o consentimento da Universidade Federal e dos grandes laboratórios.

— Meus Deus! Testar medicamentos nos pacientes! Não consigo acreditar no que está me dizendo.

— Este lugar é usado para testes de drogas experimentais desde a época da guerra. Os soldados feridos que foram trazidos para cá serviram de cobaias para o desenvolvimento de novos medicamentos, mas muitos não resistiram e morreram durante os testes.

— Que horror!

— Ela foi a responsável. Coordenou os testes e aplicou drogas que me faziam dormir por dias. Outras me deixavam alucinado e causavam uma dor horrenda. Você não tem ideia do que essa mulher fez com os feridos trazidos para cá.

— O que está me dizendo é muito grave. Ela não poderia ter feito isso. A doutora Laura quebrou o juramento de Hipócrates, quebrou protocolos de segurança, os ensaios clínicos que são necessários para testar e aprovar um medicamento. São processos longos, criteriosos e caros, e acreditar que este lugar quebrou todas essas regras é algo inconcebível!

— Ela foi a responsável, planejou e executou tudo. Sem as drogas que foram usadas em mim, poderia ter morrido há muito tempo e, da mesma forma que você voltou, eu também poderia ter voltado.

— Não havia pensado nessa possibilidade.

— A doutora Laura é a culpada do nosso desencontro. Manteve-me prisioneiro neste lugar. Você partiu e voltou, mas fiquei preso no passado, Luíza. Aquela mulher é a grande responsável por manter-me prisioneiro todo esse tempo.

O capitão Afonso respirou fundo e disse com muita dificuldade:

— Impediu a nossa felicidade.

— Ela merece pagar por tudo o que fez! Prometo que vou fazê-la pagar por todos os seus crimes!

— Precisa fazer isso. Por nós dois, pelo nosso amor.

A porta se abriu. A doutora Lúcia entrou e se espantou ao ver Caroline conversando com o capitão Afonso.

— Oh, meu Deus! Caroline! Não pode falar com ele!

— Ela está com a doutora Laura — disse o capitão Afonso. — É sua informante!

— Não acredite nele. Não poderia estar acordado. Como isso foi possível?

— É verdade o que ele está dizendo? Diga-me, doutora Lúcia, é por isso que sempre que converso com a doutora Laura ela parece saber tudo sobre mim? É porque você lhe conta tudo, não é mesmo?

— Ouça, Caroline, tente se acalmar.

— Acha que é correto usar soldados como cobaias? Acha que esconder a identidade do capitão Afonso todos esses anos foi justo? — Caroline estava transtornada. — Sabe quem sou eu?

— Você é uma médica, uma excelente médica que veio da capital trabalhar conosco e que não deveria ter deixado este paciente acordar.

— Não sabe nada sobre mim, mas sei tudo sobre vocês. Sei de tudo! Tudo o que acontece aqui! E farei vocês pagarem.

Ela empurrou a doutora Lúcia para fora do quarto, trancando a porta antes que pudesse entrar novamente.

– Abra a porta, Caroline! Por favor, abra a porta!

– Não vou abrir.

A doutora Lúcia girou a maçaneta, tentando forçá-la.

– Abra, Caroline. Por favor, abra a porta e deixe-me explicar, antes que seja tarde demais!

– Não!

Os barulhos na porta cessaram, e Caroline ouviu passos se afastando.

– Luíza – chamou o capitão Afonso.

– Estou aqui.

– Precisa ser forte e agir rápido se quiser que tenhamos uma nova chance para ficarmos juntos.

– O que devo fazer?

– A chave é a doutora Laura. Quando souber que você descobriu a verdade, não a deixará sair deste lugar com vida.

– Irei enfrentá-la!

– Terá que fazer muito mais do que enfrentá-la. Precisa matá-la. Precisa vingar tudo o que fez conosco. Pense em tudo o que poderíamos ter e não tivemos. Ela é o monstro que me manteve aprisionado neste lugar, me torturou e causou terríveis sofrimentos na minha alma.

– Vou fazê-la pagar.

– Sim. Você é o meu anjo vingador.

•

A doutora Laura estava em sua sala, analisando uma série de documentos, quando a doutora Lúcia abriu a porta com violência.

– Doutora Laura!

Ela olhou por cima do papel que tinha nas mãos.

– Devo presumir que há um grande motivo para entrar na minha sala dessa maneira.

— É a doutora Caroline!

— O que há com ela?

— Está no quarto do paciente 206, o veterano de guerra! Nos enganou, é muito mais esperta do que parece. Ela planejou tudo. Diminuiu a medicação para que ele pudesse acordar! Quando cheguei ao quarto, era tarde demais.

O papel que estava nas mãos da doutora caiu sobre a mesa.

— Não é só isso. Ele lhe revelou tudo. Tudo! Tentei impedir, tentei explicar, mas ela sabe que sou sua informante e me expulsou do quarto.

A doutora Laura permaneceu imóvel.

— Devo chamar a segurança?

— Não.

— O que vamos fazer?

— Nada.

— Como assim? Ficará aí sentada como uma estátua sem fazer nada?

— Sim.

— Não posso acreditar no que está me dizendo! Entendeu o que eu disse? Ela sabe de tudo!

— Doutora Lúcia, acalme-se, porque de nada adiantará nervosismo numa hora como esta. Essa história não é sua, nunca foi. Diria que você teve apenas uma pequena participação, mas está longe de ser uma das protagonistas. Vou lhe dar instruções e quero que faça exatamente o que estou mandando. Avise a segurança para isolar o segundo andar, retirando todos os funcionários. Não quero que ninguém fale com a doutora Caroline.

— Mas não sabemos o que ela vai fazer.

— Eu sei. Virá até mim, e quero que garanta que não encontre ou converse com ninguém durante esse trajeto. É vital que isso aconteça. Entendeu?

— Sim, entendi, mas o que acha que ela fará quando chegar aqui?

— Entrará por aquela porta com um único objetivo.

— Que objetivo?

— Óbvio, não acha? Vai tentar me matar.

— Como? Ela jamais faria isso!

— Sabendo o que ela sabe, tentará fazer exatamente isso.

— E a senhora fica assim, calma desse jeito?

— O nervosismo não muda nada.

— Claro que muda. Chamarei a segurança, mandarei alguém impedi-la! Pelo amor de Deus, nós temos que fazer algo!

— O que a faz pensar que não farei nada? Acho que não entendeu o que acabei de dizer. Quero que cuide para que ninguém se intrometa nessa história. Isso é entre mim e a doutora Caroline.

— Mas vi em seus olhos, ela foi dominada por um sentimento de vingança! Está irreconhecível. Se tentar matá-la...

— Acredito que possa imaginar o que viu. Agora, por gentileza, queira me deixar sozinha e faça o que estou mandando.

A doutora Lúcia ia retrucar aquela ordem, mas a figura imponente da doutora Laura a impediu de criar qualquer argumento e não restou alternativa a não ser deixá-la sozinha.

— Espero que saiba o que está fazendo — disse ela antes de fechar a porta.

A doutora Laura refletiu por alguns instantes, levantou-se, foi até o armário, abriu a porta e parou diante de um pequeno cofre. Digitou a senha, puxou a porta de metal e alcançou uma pistola *Walther PPK*. Retirou o pente da arma, conferiu que estava carregada e o colocou de volta.

— Muito bem, doutora Caroline. Estou pronta para termos uma agradável conversa.

O CONFRONTO

Caroline abriu a porta do quarto e saiu caminhando a passos decididos. Seu rosto estava irreconhecível, a face dura como pedra, com os olhos vermelhos, injetados de sangue. Não percebeu a estranha quietude do segundo andar. Entrou no elevador e dirigiu-se até o piso superior. A porta abriu, e ela foi na direção da última sala, cerrando os punhos até os nós dos dedos ficarem brancos.

A doutora Laura pagaria por seus crimes, porque tinha feito tudo de mais abominável que um ser humano poderia fazer: mentira desde o início, fizera chantagem para obter dinheiro, autorizara testes em seres humanos e manipulara tudo ao seu redor para beneficiá-la. Mas o principal motivo da fúria incontrolável que sentia era porque aquela mulher havia torturado e mantido aprisionado o capitão Afonso.

Havia um único pensamento em sua mente: vingança. Ela compreendia o seu destino, sabia quem era, por que estava ali e o que deveria fazer. Caroline faria o que o capitão Afonso havia ordenado: colocaria um fim em seu sofrimento e seria o anjo vingador. Retornara para fazer justiça e salvá-lo.

Abriu a porta com força. A doutora Laura estava de costas, olhando a paisagem através da janela.

— Seja bem-vinda, doutora Caroline — disse ela, sem se virar.

— Você é um monstro!

A doutora se virou devagar; estava impassível diante da jovem transtornada que havia acabado de entrar na sala. As mulheres se enfrentaram com seus olhares. Caroline havia se transformado em um animal irracional, e suas feições eram de indignação e ódio. Somente o desejo de vingança dominava a sua mente.

— Sim, é verdade, sou um monstro. Mas você também é, não é verdade? Todos somos.

— Como ousa dizer isso? Como ousa me comparar a você? Jamais faria o que fez!

— Faria, sim, talvez até pior do que eu. Diz que não é igual a mim, mas olhe para você agora, cheia de ódio e fora de si. Poderia descrever o que é agora, doutora Caroline?

— Não me compare e não tente fazer um jogo de palavras! Não vai conseguir. Não me impedirá de fazer o que tenho que fazer.

— Jamais deveria ter conversado com aquele homem.

— Não tinha o direito de fazer o que fez! É uma médica! Fez um juramento! E o que a senhora fez? Transformou este lugar em um laboratório de cobaias. Cobaias humanas! Usou o seu poder e a sua influência para se beneficiar, para ganhar dinheiro! Como pôde permitir testes de drogas experimentais em soldados feridos? Como pôde ocultar a identidade do capitão Afonso, mantendo-o vivo para lucrar com esse segredo? É uma chantagista, uma assassina, o que há de pior na espécie humana!

A doutora Laura permaneceu em silêncio, olhando-a sem que nenhuma emoção pudesse trair o que se passava em sua mente, e, por mais que Caroline tentasse atingi-la com suas acusações, não conseguia extrair nenhuma emoção da mulher que estava à sua frente.

— As acusações acabaram?

— Tudo que falei é muito pouco para o que você fez! É apenas o começo, porque isso não ficará assim. As suas maldades terminam hoje. O destino me trouxe aqui. Você não sabe nada sobre mim e o capitão Afonso. Estou aqui para libertá-lo, para puni-la e para fazer justiça!

— Doutora Caroline, muitas vezes na vida os fatos não são o que parecem. Você foi enganada, está sendo manipulada e sei o que veio fazer aqui. Ele deve tê-la mandado atrás de mim para me punir por todas as atrocidades que, supostamente, cometi neste lugar. Não foi isso? Sim, foi isso mesmo. Posso ver em seus olhos. E o que mais ele lhe ordenou? Que me matasse? Que era a única forma de terminar esta história? Ele disse que a doutora era o seu anjo vingador e que me matar era a única maneira de libertá-lo?

Caroline ficou em silêncio. Ainda estava furiosa, mas a exatidão das palavras da doutora Laura a tinha pego de surpresa.

— Foi o que imaginei — confirmou ela ao notar o silêncio da mulher à sua frente.

Aquela pequena hesitação foi o bastante para dar à doutora Laura confiança suficiente para ir até sua mesa, abrir a gaveta e pegar a pistola. Olhou para Caroline e puxou a trava, deixando-a pronta para disparar.

A jovem arregalou os olhos ao ver a arma e pensou em saltar, tentando tirá-la das mãos da doutora, mas havia a mesa entre elas. Poderia tentar fugir, mas estava longe demais para conseguir chegar até a porta sem receber um tiro nas costas.

— Não temo a morte — argumentou por fim. — Sei o que ela significa, o que representa. Sei que nossas almas são imortais. Sou a prova viva de que não temos uma única vida.

A doutora Laura não disse nada. Ficou apenas segurando a pistola com um olhar fixo.

— Não tenho medo de morrer! — a jovem repetiu.

A doutora Laura colocou a pistola sobre a mesa e a empurrou. A arma deslizou no tampo de vidro e parou no lado oposto, à frente de Caroline.

— Pegue-a.

— O que significa isso?

— Estou lhe entregando a ferramenta para fazer o que o capitão Afonso lhe ordenou.

Ela pegou a arma e apontou para a doutora Laura.

— Deve estar descarregada!

— Não, não está. Acabei de verificar.

— É um jogo, não é mesmo? É especialista em mentir, em dissimular, em enganar as pessoas.

— Não, não é um jogo.

— E por que me daria uma arma?

— Significa que você tem duas escolhas: puxar o gatilho e libertar o capitão Afonso ou ouvir o que tenho a dizer.

— Entendi. Vai me contar a sua versão, que o capitão Afonso é um mentiroso e que estou sendo enganada.

— É exatamente isso, na verdade. A singela diferença entre nossas versões é que lhe direi a verdade.

— Dirá também que não fez uso de drogas experimentais neste lugar?

— Não. Isso é verdade. Durante a guerra, eu autorizei o uso de drogas experimentais nos soldados feridos.

— Dirá que não usou drogas no capitão Afonso para mantê-lo vivo todos esses anos, para chantagear os militares?

— Por mim, aquele homem que você chama de capitão Afonso ficaria eternamente naquela cama. Usarei todo o conhecimento que existir na medicina e todas as drogas que puder usar para mantê-lo vivo o máximo de tempo possível. Essa parte da sua acusação é verdadeira. Eu o mantenho vivo para chantagear os militares. Não tem ideia da dívida que o Exército e aquele homem têm comigo, e posso assegurar que nem todo o dinheiro do mundo poderia quitá-la.

— Isso não vai funcionar! Não irá me enganar!

— Então, já decidiu. Respeito mulheres decididas, porque são cada vez mais raras de se encontrar hoje em dia. Puxe o gatilho, doutora Caroline. Dei-lhe uma arma carregada para que possa realizar a sua vingança, mas noto que há uma dúvida que a perturba, uma dúvida que a impede de finalizar essa conversa.

— Não há dúvida nenhuma!

— O capitão Afonso jamais mandaria Luíza matar alguém. É isso que a perturba. Tem razão em pensar dessa forma. Ele jamais faria isso.

— Não sabe nada sobre mim!

Caroline pegou o pingente em seu bolso, abriu-o e o atirou na mesa.

— Veja com seus próprios olhos! Quero que saiba quem sou eu!

A doutora Laura sorriu ao ver a joia aberta sobre a mesa.

— Ah, claro. Tinha me esquecido desse detalhe. Você abriu a *anitta* — respondeu tranquilamente.

— Não está surpresa?

— Não.

— Como não? A minha fotografia está nessa joia! Não está vendo?

— Sim, estou vendo, mas a mulher não é você.

— Como não? Nós somos iguais!

— A fotografia que está nesta joia é de Luíza, a esposa do capitão Afonso. Ela é idêntica a você, isso não posso negar, mas não quer dizer que sejam a mesma pessoa.

— Mentira! Você quer me enganar! Quer ganhar tempo para os seguranças chegarem, verem que estou apontando uma arma e atirarem em mim para protegê-la!

— Ninguém abrirá aquela porta.

— Você não irá me enganar! — gritou, exasperada.

— Então atire.

— Não entrarei no seu jogo!

— Atire! — gritou a doutora Laura, deixando Caroline perplexa ao vê-la se alterar pela primeira vez desde que a conhecera. — Ou abaixe essa arma e ouça o que tenho a dizer! Faça isso agora! Mostre que é a mulher que acredito que seja. Decida se devo viver ou morrer!

Caroline manteve a arma apontada, o dedo pressionando o gatilho. Queria vingança, queria justiça, mas as palavras da doutora Laura haviam aumentado a dúvida em sua mente e retirado a força do seu dedo.

— Eu posso, quero e devo.

Então, a doutora Caroline baixou a arma.

— Mas não consigo.

— Não consegue porque não é igual a ele, porque, no fundo do seu coração, tem dúvidas. Dúvidas a respeito do capitão Afonso que sua alma não consegue responder. Ele amava Luíza demais para pedir que machucasse alguém.

— Como pode saber? O que sabe sobre o amor que tinham um pelo outro? Como pode pensar em algum tipo de sentimento depois de tudo o que fez?

— Acha que não tenho sentimentos. Acredita que as decisões que tomei foram movidas apenas por dinheiro?

Pela primeira vez, Caroline viu algo além da frieza nos olhos da doutora Laura. Ela pareceu, por um momento, triste por sua argumentação.

— Sim... Não, eu... Não sei o que pensar.

— Então não pense, apenas ouça, analise o que vou lhe dizer e, depois, tire suas próprias conclusões. Se achar que estou mentindo, poderá atirar em mim.

— Estou ouvindo.

— Gosto de dinheiro. Só um tolo vai dizer que não gosta ou afirmará que lhe faz mal. Você deve gostar de filosofia, já que me enfrentou para ficar com os livros de Helena Cortês. No seu acervo, deve existir um livro que considero fundamental e que deveria ser obrigatório para todo ser humano: *A revolta de Atlas*, da escritora Ayn Rand. Deveria lê-lo e prestar atenção no discurso de Francisco D´Anconia sobre dinheiro. Acredito que o acúmulo de dinheiro proporcionado pelo mérito, pelo trabalho e pela competência é o resultado do que somos hoje. Abomino a preguiça, a incompetência e a falta de coragem em mudar o ambiente ao seu redor. Se devo ser condenada, então que seja por isso, mas jamais por desejar dinheiro, por valorizá-lo acima da competência. Você, doutora Caroline, me acusa de ser gananciosa, mas percebo como olha para o meu relógio, as minhas joias, e só Deus ou o Diabo sabem o que mais a senhorita gostaria de ter daquilo que possuo. Sabe o que acho disso? Saudável. Veja, querida, há um grande equívoco, que as mentes medíocres costumam fazer, entre as definições de ambição e ganância. A ambição é o desejo de querer melhorar a sua condição, de trabalhar e se aprimorar, de ter um objetivo e, óbvio, conseguir realizá-lo. A ganância é querer tudo só para si através da falsidade e de métodos ilícitos.

A doutora Laura abriu os braços.

— Este lugar é uma referência mundial no tratamento de idosos e pacientes terminais. Pois, muito bem! A reflexão que deve ser feita é: isso foi obra do acaso? Tive um golpe de sorte? O dinheiro entra como se fosse um fluxo incessante de água, como a cascata localizada no fundo do terreno onde estamos? A resposta é: não. Vou resumir o sucesso deste lugar em uma única palavra: trabalho. Seleciono criteriosamente os profissionais que trabalham neste lugar, porque quero os melhores, quero os ambiciosos. Estes, sim, movem o mundo, doutora Caroline! Homens ambiciosos viajaram, conquistaram e morreram para construir um novo futuro. Os ambiciosos estudaram, fracassaram dezenas de vezes até, enfim, conseguirem sucesso em seus objetivos. Por isso exijo os melhores ao meu lado. Quero homens e mulheres de ação, e pago muito bem por isso. A senhora é um exemplo desse meu raciocínio, está aqui porque é uma excelente profissional, e eu pago um salário bem acima do que está sendo oferecido no mercado de trabalho. Não o faço por bondade, não se engane. Este lugar já teria desaparecido se agisse assim. Faço, porque, para mim, os profissionais que trabalham neste lugar são como uma unidade de elite, e é somente por isso que hoje nos encontramos nesta situação.

A doutora Laura ficou em silêncio, e o único som que era ouvido na sala era a respiração ofegante das duas mulheres, que se analisavam como duas feras, procurando um ponto fraco para desferir um ataque mortal.

— Por que veio para cá? — perguntou a doutora Laura, mais calma.

— Vim atrás de justiça!

— Não seja tola. Estou perguntando por que veio trabalhar comigo. Por que deixou a capital, abandonando a renomada equipe do doutor Salomão? Por que me procurou, doutora Caroline?

— Não é isso que está em discussão!

A doutora Laura deu um forte tapa na mesa de vidro, olhou enfurecida e gritou o mais alto que pôde:

— É exatamente isso que está em discussão! Você não entrou nesta sala para me matar. Entrou por aquela porta atrás de respostas, então enfrente-me para consegui-las! Procura por respostas, doutora Caroline? Precisa saber que *eu* também as procuro.

— Isso é um assunto pessoal. Você não tem o direito de...

— Tenho todo o direito! Olhe a foto dentro desta joia! Olhe-a bem e diga-me, o que você é?

Caroline permaneceu em silêncio, sem saber o que falar.

— Já que não vai responder à pergunta — continuou a doutora Laura, diminuindo o tom da voz —, responderei essa e todas as outras questões, porque, no final da nossa conversa, ou me devolverá essa arma, ou terá que atirar em mim. Você é uma aberração do passado!

A resposta deixou Caroline perplexa.

— Você veio para cá porque encontrou seu noivo fazendo sexo com uma de suas amigas. E o que fez? Você fugiu. Não o enfrentou, não enfrentou o que havia descoberto e preferiu abandoná-lo. Não fez isso somente pela traição, mas porque o destino a chamou para cá, porque, de alguma forma, está presa a este lugar. Está ligada ao passado desta cidade e encarcerada à casa onde mora. Até que consiga descobrir o significado de tudo isso, não terá paz.

— Estou presa ao capitão Afonso, que *você* manteve vivo neste lugar durante anos usando drogas experimentais!

— Vocês, jovens, são tolos! — exclamou, com um sorriso sarcástico. — Não é que, na nossa época, também não fôssemos, mas vocês... Ah, vocês se desgastam em academias, investem energia para moldar um corpo perfeito, fazem plásticas desnecessárias e ficam nesses celulares enviando vídeos inúteis e publicando fotografias com um sorriso forçado. Perdem um tempo precioso que poderia ser gasto em coisas mais agradáveis e produtivas para o engrandecimento da alma humana. O seu antigo noivo se enquadra nesse perfil. É um tolo egocêntrico e só percebeu o quanto você era importante em sua vida quando a perdeu.

— O que isso tem a ver com nossa discussão?

— Tudo! Tudo em nossas vidas está interligado. Diga-me, doutora Caroline, você o amava? Porque para abandoná-lo da forma como fez... Deveria ter um sentimento muito forte por ele. Como se chama mesmo? Lembrei! Augusto, não é?

— Recuso-me a...

— Responda à pergunta! — gritou a doutora Laura. — Você quer respostas? Eu também! Se quer as minhas respostas, responda as minhas perguntas!

— Sim! — Caroline gritou. — Ele era muito importante para mim.

— Não foi isso que perguntei. Importo-me com meus funcionários, mas não os amo.

— Sim, eu o amava.

— Muito bem — disse a doutora Laura, quase como um sussurro. — Eu amei um único homem, aquele que amei mais do que a minha própria vida. O homem que era um idealista, acreditava que poderia transformar o mundo em um lugar melhor para se viver.

A doutora Laura estava emocionada e respirou fundo para continuar.

— Acredita ter visto uma cena chocante ao flagrar Augusto com sua amiga? Não faz ideia do que vi. Quando este lugar foi bombardeado, fui *eu* que resgatei o corpo do meu marido dos escombros.

Os olhos da mulher se encheram de lágrimas.

— As bombas explodiam no gramado enquanto eu corria para retirá-lo debaixo de uma pilha de pedras e tijolos. Só Deus sabe de onde retirei forças para remover parte de uma parede que estava sobre ele.

Ela mostrou os dois braços e suas mãos estavam trêmulas.

— Puxei-o para junto de mim e o abracei, como se o meu corpo pudesse nos proteger das bombas que caíam ao nosso redor. Estava desesperada e, na tentativa de salvar sua vida, peguei o braço que havia sido arrancado do seu corpo e tentei colocar no lugar, e só então percebi que, além do braço, a sua perna direita havia sido arrancada também.

A voz da doutora Laura ficou embargada pela emoção ao relembrar aquela história. Então, levantou a cabeça, respirou fundo para se recompor e evitar que lágrimas caíssem pelo seu rosto.

— Vi o homem da minha vida, o meu amante e confidente, que me aquecia nas noites de inverno, morrer em meus braços. Vi os seus olhos desesperados de dor, implorando que o ajudasse, mas não podia fazer nada. Então, segurei-o com firmeza e fiquei abraçando-o enquanto o sangue escorria de seu corpo pelas minhas pernas, até que ele, finalmente, ficou livre e partiu. Implorei, naquela hora, para que uma bomba me atingisse, para me levar junto com ele, mas o meu pedido não foi realizado.

As duas mulheres ficaram em silêncio, absorvendo a tragédia vivida pela doutora Laura.

— Então os militares vieram, analisaram o Centro e disseram que ajudariam a reconstruir o lugar com a condição de poderem enviar os feridos para cá. Estava arrasada, destruída como este lugar, e poderia ter feito o que você fez. Poderia ter fugido, abandonado tudo, afinal, nada mais me prendia a este local. Para onde olhava, havia a presença do meu querido Ítalo, suas palavras de incentivo e o seu sorriso alegre, que sempre me traziam confiança. Contrariando todos os que me aconselhavam, não fugi. Preferi ficar e reconstruir tudo. Escolhi continuar o nosso sonho, ficar e enfrentar o meu destino. Este lugar foi reconstruído, e os soldados feridos começaram a chegar. No começo, eram poucos, mas os caminhões não paravam de trazer mais e mais, até que não havia lugar para tantos, e, então, começamos a acomodá-los nos corredores. Havia feridos de todos os tipos: corpos queimados, desmembrados ou perfurados por projéteis. Ainda hoje, quando ando pelos corredores, posso ver as macas, os lençóis sujos de sangue e os olhares de desespero. Posso ouvir os seus gritos implorando ajuda, posso sentir o cheiro da carne queimada e o desespero no olhar das enfermeiras, segurando as mãos dos jovens condenados à morte. Foi então que o senhor Meirelles me procurou. Naquela época, era o responsável pelo laboratório de pesquisas da Universidade, e tinha desenvolvido, com sua equipe, uma dezena de drogas experimentais para tratar os feridos. Contudo, levariam anos para serem testadas e homologadas, e ele fez a proposta de testarmos nos soldados feridos que estavam morrendo aos punhados nos corredores deste centro médico. No início, rejeitei a ideia, mas todos os dias um caminhão deixava este lugar carregado de corpos para o necrotério.

A doutora Laura esperou que Caroline dissesse algo, mas o silêncio prevaleceu.

— Então, um dia, cansada de ver tantos olhares pedindo ajuda, de tanto ouvir os gritos de dor e de assinar obituários, mudei de ideia. Fiz um acordo com Meirelles, e iniciamos os testes nos soldados feridos que estivessem à beira da morte. Aceitei, doutora Caroline. Sei da responsabilidade dessa decisão e, todas as noites, quando coloco a cabeça no travesseiro, penso se tomei a decisão certa. Discutir isso aqui hoje, nesta sala agradável, é fácil, mas naquela época? Estávamos em guerra, sendo atacados com fúria, e os soldados morriam às centenas. As cruzes estão lá no cemitério, basta adentrar aqueles portões para constatar o que estou dizendo. Saiba que elas também estão gravadas, todas elas, no meu coração, e não preciso que entre na minha sala e me chame de monstro, porque sei o que sou. Quebrei os juramentos que existem na medicina e sei que, um dia, prestarei contas pelo que fiz. Mas situações desesperadas pedem medidas desesperadas. Você nunca ouviu falar que é em tempos de guerra que ocorrem grandes avanços tecnológicos? Foi o que fiz aqui, coordenando uma equipe de médicos notáveis, os melhores que pudemos reunir. Testamos várias drogas, e algumas se tornaram medicamentos muito eficazes. A testoclorina é apenas uma das que desenvolvemos, e, até hoje, salvamos centenas de vidas todos os anos. Quer me condenar por isso, vá em frente. Conte tudo, revele o que foi feito aqui. Não irei impedi-la. Sei o que fiz e saiba que, se estivesse naquela situação desesperadora, faria tudo novamente.

— Você lucrou muito com suas experiências — Caroline a acusou.

— Não sabe nada sobre a indústria farmacêutica, doutora. Todos os governos do mundo financiam universidades para o desenvolvimento de novas drogas, mas, quando uma nova substância é desenvolvida, não é a universidade que a produz, mas os grandes laboratórios, que se apoderam dessas fórmulas, produzem seus medicamentos e obtêm grandes lucros. Isso é uma prática mundial feita pelos grandes laboratórios, que dizem investir fortunas em pesquisas, mas, em muitos casos, utilizam drogas desenvolvidas pelos centros de pesquisa das universidades. O que fiz foi negociar que uma parte do lucro das substâncias testadas neste lugar fosse revertido para melhorar estas instalações. É verdade que ganhei dinheiro. Investi parte dele neste centro, e também comprei coisas para minha satisfação pessoal. Comprei tudo com o que uma mulher podia sonhar, porque acredito que o trabalho que fiz foi acreditar em uma causa maior. Apostei alto, doutora, e, quando se aposta muito, também se ganha muito.

— Os testes continuam até hoje?

— Não. Alguns meses depois que a guerra acabou, encerrei todos os experimentos. Os soldados feridos foram deixando este lugar até restar somente um.

— O capitão Afonso.

— Ele não é o capitão Afonso! — ela gritou, elevando novamente a tensão na sala. — Ele é um mentiroso, e desejo que fique ainda muitos anos naquela cama!

— Ele me disse que a senhora ainda usa medicamentos experimentais — acusou Caroline.

— É mentira.

— Então prove! — gritou ela. — Prove que essa joia não pertence a ele! Prove que não sou a pessoa que está dentro dela! Prove que não sou a sua mulher!

— Farei isso. Responderei a todas as suas perguntas, mas saiba que também estou atrás de respostas. É por isso que, desde que saiu daqui, no dia da sua primeira entrevista, mandei vigiá-la.

— Você fez o quê?

— Nunca se perguntou por que um dos meus seguranças, Virgílio, está trabalhando no Vitta Felice?

— Ele está me espionando?

— Sim. E foi ele quem me contou que Augusto tentou amedrontá-la. Um dia, seu ex-noivo veio aqui e pediu para que a demitisse . Então, disse que sabia que a estava perseguindo e, se tocasse em um fio de cabelo seu, mandaria quebrar todos os seus ossos. A minha ameaça ainda está de pé.

— Não estou entendendo.

— Mandei a doutora Lúcia, a pessoa mais íntegra que conheço, se aproximar de você, conquistar sua amizade, fazer um relatório completo para mim. Sei tudo sobre a sua vida, doutora Caroline. Contratei uma imobiliária e paguei caro para que a convencessem a alugar a casa do capitão. Desde então, passei a observá-la. Sei tudo o que faz naquela casa, dos cuidados com o jardim até quando brinca com o cachorro no gramado. Sócrates, não é esse o seu nome? Sei tudo que acontece com você, porque a estou observando desde a primeira vez que entrou por aquela porta.

A doutora Laura segurou a joia que estava sobre a mesa com cuidado.

— Esta joia é muito bonita, e você a encontrou dentro da *anitta* do capitão Afonso. O que não sabe é que eu a coloquei lá e mandei Osório entregá-la a você.

— Por que fez isso?

— Queria ver como reagiria ao encontrá-la.

Em seguida, recolocou a joia na mesa, em uma posição mais próxima da doutora Caroline.

— Não pode ser verdade.

— É a mais pura verdade.

— Está mentindo! Por que faria isso? Por que teria todo esse trabalho?

A doutora Laura abriu a gaveta, retirou uma fotografia e a colocou junto da joia.

— Veja você mesma.

A fotografia tinha um tamanho maior do que o padrão, era em preto e branco e mostrava dois casais sentados em um banco, junto a uma árvore, às margens de um rio. As mulheres eram jovens e estavam sorrindo.

Um dos casais era o capitão Afonso e Luíza. Ele usava uma farda militar, e ela, um casaco escuro. O outro casal também era jovem. Num primeiro momento, não reconheceu a mulher, mas, aos poucos, foi notando que sua face lhe era familiar.

Até que, por fim, reconheceu a jovem que estava abraçada ao outro homem.

— Não é possível!

— Tenho um quadro em minha casa com esta imagem, num ambiente que criei especialmente para mim, reservado para as boas recordações, como o dia em que essa foto foi tirada. Costumo frequentá-lo quando estou precisando acalmar minha mente com lembranças agradáveis que tive em minha vida.

— Sabia de tudo! Você sempre soube de tudo!

— Luíza e eu éramos grandes amigas, muito mais do que isso, na verdade: era minha única amiga. Como já deve ter percebido, sou pouco sociável, porque sempre acreditei que o mundo é desprovido de pessoas interessantes, inteligentes e, principalmente, confiáveis. Naquela época, eu era muito mais seletiva. Luíza era inteligente, agradável e sabia lidar com a minha acidez. É preciso dizer que nem sempre concordava com meus pensamentos, contestava minhas ações e tinha argumentos sólidos para isso. Luíza era diferente, me compreendia, e adorávamos passar o tempo juntas. Nos conhecíamos desde a infância, éramos confidentes, compartilhávamos alegrias e tristezas, temores e esperanças, e, nesse aspecto, eu tinha mais temores do que ela. Por isso gostava tanto de estar ao seu lado. Contudo, não estávamos juntas no dia do bombardeio que ceifou sua vida. Não perdi somente o meu amado Ítalo naquele dia, mas também a minha única e verdadeira amiga. Num único dia, doutora Caroline, perdi os dois seres humanos que mais importavam na minha vida.

— Sempre soube quem eu era — repetiu Caroline, ainda abismada.

— Desde a primeira vez que entrou por aquela porta.

— Por que não disse nada?

— O que poderia dizer? Que a minha única amiga havia retornado décadas depois de eu ter ido ao seu enterro? Que você era a reencarnação de Luíza e, por algum motivo que foge à minha compreensão, voltou exatamente igual a ela? O que teria feito no meu lugar?

— Podia ter me contado. Podia ter mostrado esta foto.

— Você desapareceria na mesma hora se eu fizesse isso. Estava tão perturbada que fiquei dias sem dormir, sem saber o que fazer. E então, decidi que não contaria nada para ninguém. Queria saber se era apenas uma coincidência física ou se havia alguma relação entre vocês. Decidi observá-la para saber o que aconteceria quando conhecesse o que havia passado com ela. Os eventos que se sucederam mostraram-me que estava certa, e, por mais absurdo, surreal e inverossímil, você era exatamente quem achei que fosse.

Caroline pegou a foto com as mãos trêmulas.

— Meu Deus! Como era parecida comigo.

A doutora Laura sorriu nervosamente.

— O cabelo era um pouco mais claro e levemente ondulado, mas, como passou muito tempo, posso estar enganada. Asseguro que a voz, o sorriso e a fúria das palavras — disse, com ternura na voz — estão todos em você, como da primeira vez.

— Este homem abraçado com a senhora deve ser...

— Ítalo, meu marido. O homem mais incrível que já conheci. Ele e o capitão Afonso eram homens especiais, daqueles que o Criador faz e, depois, destrói a fórmula para que não possa haver outra cópia. Para mim, a diferença entre eles era que o capitão costumava ser mais contido, observador, diria até melancólico. Mas um homem que participa de combates nunca é o mesmo, não é verdade? Já o meu Ítalo era o oposto do capitão. Era um homem alegre, cheio de vida e adorava ajudar as pessoas. Vivia me dizendo que desejava mudar o mundo, e construímos este lugar com esse objetivo.

— Não sei o que dizer.

A doutora Laura pegou o pingente e o olhou com cuidado.

— Ajudei o capitão Afonso a comprar esta joia, consegui a foto e entreguei para o joalheiro. Ele queria presenteá-la, mas não foi possível, porque precisou retornar para a linha de frente. Ainda lembro quando ele a colocou no bolso e sorriu para mim, agradecendo pela ajuda. Nos abraçamos e o vi subir no jipe, sorrir para mim e pedir para nos cuidarmos. Que leve paradoxo, um soldado indo para uma guerra pedindo para uma jovem tomar cuidado. Que homem era o capitão Afonso!

Caroline percebeu que ela estava muito emocionada e, dessa vez, não conseguiu controlar-se. De um de seus olhos, desceu uma lágrima, que ela se apressou a enxugar com as mãos trêmulas.

— Ele não retornou com vida, e eu não consegui cumprir o que havia prometido.

— Mas o homem que está naquele quarto não é o capitão?

— Essa é a parte obscura dessa história. Aquele homem também era um soldado e nosso amigo, um grande amigo. Pelo menos, era o que todos achávamos. Foi ele quem tirou esta fotografia. Sempre estava por perto, fingindo ser amigo de todos. A verdade é que era a serpente à espreita, e nunca percebemos o quanto mentia.

— Por que ele fez isso?

— Porque sempre fora apaixonado por Luíza, uma paixão cega e doentia. Quando chegou ferido aqui, irreconhecível, praticamente morto, encontrei esta joia nos seus pertences e achei que fosse o capitão Afonso. Fiz todo o possível para salvá-lo. Quando melhorou, a primeira coisa que fez foi tentar me enganar, mas notei algo errado em seu comportamento e consegui desmascará-lo.

— Como posso saber se o que está dizendo é verdade? Como posso acreditar que aquele homem não é o capitão e que você não está mentindo?

— Posso fazê-lo contar a verdade.

— Como?

A doutora Laura lançou um olhar sombrio para Caroline.

— É muito simples. Vai ter de me matar.

SEGREDOS DE GUERRA

O paciente do quarto 206 estava agitado. Desde o momento em que Caroline havia saído, seus batimentos cardíacos estavam acima do normal, suas mãos estavam suadas, e os olhos se moviam de um lado para o outro sem parar.

O que estava acontecendo? Será que Caroline faria o que havia lhe ordenado? O som de um disparo fez o paciente estremecer e arregalar os olhos. Em seguida, ouviu o som de mais dois tiros, e um pesado silêncio invadiu o seu quarto, quebrado apenas pelos *bipes* do monitor.

Alguns minutos depois, Caroline entrou pela porta, segurando uma pistola.

— A doutora Laura está morta.

— Onde conseguiu essa arma?

— Ela estava me esperando. Achei que atiraria em mim, mas, em vez disso, entregou-me a arma e pediu para ouvir a sua versão.

— O que ela lhe disse?

— Um monte de mentiras. Não acreditei em nada do que me falou, não quis ouvir a sua versão e atirei três vezes no seu peito.

O capitão Afonso sorriu, triunfante.

— Foi o meu anjo vingador. Depois de todos esses anos, sabia que a sua vinda me traria a vingança com que sempre sonhei. Você voltou para trazer justiça.

— O que faremos agora?

— Ligue para a polícia e conte toda a verdade.

A doutora Caroline pegou o celular.

— Onde estão os seguranças? Não encontrou ninguém nos corredores?

— A doutora Laura mandou esvaziar este andar inteiro, mas, agora, com o barulho dos disparos, é certo que estarão aqui em breve, por isso tranquei a porta.

— Entregue-me a arma. Irei protegê-la enquanto liga para a polícia.

Ela entregou a arma para o capitão e se afastou, teclando os números da polícia. As feições do paciente se alteraram assim que segurou a pistola. Um olhar malicioso e um sorriso cínico tomaram conta do seu rosto à medida que apontava a arma para Caroline.

— O que significa isso? — murmurou, virando-se ao notar a arma apontada para ela.

— Significa que a doutora Laura estava falando a verdade. Não sou o capitão Afonso!

Ele deixou escapar uma risada nervosa enquanto Caroline o olhava, atônita.

— Não pode ser. Você tem a joia com a minha foto!

— É uma longa história. Contudo, não desejo que morra novamente sem conhecer a verdade, sem saber o que aconteceu com o seu amado esposo.

— Se você não é o capitão Afonso, então quem é você?

— Sou o homem que o matou. Agora, enviarei você para o inferno, para o buraco de onde nunca deveria ter retornado.

Ele puxou o gatilho, mas a pistola não disparou. A porta se abriu, e a doutora Laura entrou, vestindo um jaleco branco e segurando uma bandeja.

— Olá, Adônis.

Ele arregalou os olhos, engatilhou a pistola, apontou a arma para ela e puxou o gatilho novamente.

— Não perca seu tempo. Está descarregada.

A doutora Caroline deu um salto e arrancou a arma de sua mão.

— Então é verdade. Não é o capitão Afonso. Mentiu para mim!

— Adônis Malta era um grande amigo do capitão, pelo menos vivia dizendo que era. Conte a verdade para ela — ordenou a doutora Laura,

colocando a bandeja em cima do balcão ao lado da cama. — Mais do que ninguém, *ela* merece saber o que aconteceu.

— Não contarei nada.

A doutora Laura mostrou uma seringa e uma ampola para o paciente.

— Sim, você contará tudo o que aconteceu, porque é um covarde, e os covardes sempre falam. Mas, caso decida gerar problemas, vou fazer o que você sugeriu à doutora Caroline. Injetarei tetrodotoxina no seu corpo. Não disse que eu o torturei? Então, tornarei real a sua falácia. Esta droga é extraída do fígado de um peixe do Caribe, o baiacu, e foi aperfeiçoada neste lugar, na época da guerra. Ela paralisa todos os seus membros. Não conseguirá mover nenhum músculo, mas sentirá qualquer estímulo em seu corpo.

A doutora entregou um bisturi a Caroline.

— Ela é uma ótima cirurgiã e trabalhará muito bem o seu corpo, explorando cada músculo, cada nervo, para lhe causar a sensação mais dolorosa possível.

— Não teria coragem! Gritarei por socorro!

— Mandei evacuar todo este andar. Sabia, Adônis, que, durante toda a minha vida, sempre tive o desejo de ver alguém ser torturado? — A doutora Laura enfiou a agulha na ampola e encheu a seringa com o líquido. — Por favor, doutora Caroline, segure-o.

— Não toque em mim! Está bem, sua velha maldita! Contarei o que querem saber.

Elas se afastaram, e ele mirou a dona do Centro com os olhos cheios de fúria.

— Há anos lhe contei tudo.

— Quero que *você* conte para ela.

— Vou contar o que aconteceu porque todas as vezes que recordo o que fiz — disse ele, encarando Caroline com malícia no olhar — sinto prazer.

MEMÓRIAS DE UM TRAIDOR

O homem de preto se aproximou do bunker onde o capitão havia se atirado para fugir da explosão das bombas, apertou a arma com força em suas mãos e entrou sem fazer nenhum ruído.

A primeira coisa que viu foi o capacete com os óculos de visão noturna. Ele estava caído em meio aos escombros espalhados pelo interior do bunker, e, ao seu lado, havia um rastro de sangue. Seguiu a trilha vermelha com os olhos e encontrou o que procurava.

O capitão Afonso estava apoiado em um pedaço de parede, com o corpo inclinado para frente. Havia ferimentos nos seus ombros e no peito. O sangue escorria por entre os dedos de sua mão esquerda. Observava um pingente na palma da mão ensanguentada.

O homem apontou a arma para o soldado ferido, que ainda não percebera sua presença.

— Você não me parece nada bem.

O capitão levantou a cabeça, surpreso, e olhou para o soldado de preto que saía do meio dos escombros, apontando a metralhadora compacta em sua direção. Ele retirou o capacete para ser reconhecido. Era um homem alto, forte, com os cabelos loiros, rosto quadrado, e olhos verdes penetrantes. Parecia estar sempre sorrindo quando falava.

— Adônis! — gritou o capitão Afonso, fazendo uma careta de dor.

— Não achei que sobreviveria ao bombardeio, por isso precisei ver com meus próprios olhos. Aí está você, e tenho que admitir: é mesmo um osso duro de roer.

— Matou todos os meus homens. Por quê? Por que iluminou o alvo para os bombardeiros em vez de avisá-los que os canhões já estavam destruídos?

Ele deu um tapa na arma que levava a tiracolo e sorriu.

— O meu amigo aqui e eu vimos uma possibilidade.

— Que possibilidade? Está louco? Você os conhecia! Todos eles! Fizemos missões juntos, arriscamos nossas vidas por você!

— Não pode imaginar por que fiz isso?

O capitão tentou gritar, mas a dor dos ferimentos o impediu, e ele rangeu os dentes de dor.

— Você era meu amigo. Crescemos juntos, e eu o considerava um irmão.

— Não quero ser seu irmão!

— Então, o que quer?

— A sua felicidade!

— Do que está falando?

Ele sorriu sarcasticamente.

— Quero o que está dentro do seu peito. Quero o seu coração, a sua vida! Mas, para começar, quero o que está em sua mão.

O capitão olhou para o pingente ensanguentado.

— Quer Luíza?

— Sim, quero Luíza. Desejo poder abraçá-la, beijá-la e dormir com ela. Almejo sua casa, seus amigos e sua fama! Tudo! — Ele soltou uma gargalhada. — Não entendi quando vi você e seus homens neste lugar, até perceber que alguém lá em cima cometeu um erro ao enviar uma unidade de sabotagem e um grupo de bombardeiros para o mesmo alvo. Cheguei a ligar o rádio para avisar para abortarem a missão, quando uma voz surgiu em minha mente. Era o destino dando-me uma oportunidade para conseguir tudo o que sempre desejei.

— A guerra o enlouqueceu.

— Não, não tem nada a ver com a guerra. Ela apenas me mostrou quem sou de verdade. Hoje, neste lugar, o destino sorriu para mim, e aproveitei a oportunidade. Iluminei este lugar com o meu laser e observei as bombas trucidarem seus homens. Mas você, capitão, sempre sobrevive e, por isso, vim acabar com a sua vida miserável.

— Não conseguirá o que quer.

— E quem irá impedir? Você? Já está morto! Posso até ver a notícia: Unidade de elite é abatida em combate durante uma missão secreta. *Sabe o que*

acontecerá? O bravo capitão Afonso se tornará um herói, receberá homenagens, e eu prometo levar flores ao seu túmulo. Com Luíza ao meu lado, é claro.

— Seu canalha! — gritou o capitão Afonso, arqueando o corpo de dor.

Ao fazer esse movimento, colocou a mão para trás, alcançou um pedaço de concreto e o atirou na direção de Adônis.

O homem se moveu para evitar ser atingido e atirou, mas a rajada atingiu apenas a parede onde havia estado. O capitão Afonso sacou sua faca de combate e saltou contra o oponente, tentando desferir um golpe em seu pescoço, mas ele foi mais rápido e segurou o seu pulso com uma mão. Com a outra, desferiu um soco no ferimento em seu peito, fazendo-o recuar.

— Você quer lutar? — disse Adônis, sacando a faca do seu colete de combate. — Vamos lutar por Luíza!

Os dois comandos iniciaram uma dança mortal com suas facas, desferindo e esquivando dos golpes. A cada ataque desferido ou bloqueado, o capitão ficava mais fraco, enquanto Adônis movia-se com agilidade. Com o desenrolar da luta e o esforço feito pelo capitão, sua visão ficou turva devido à perda de sangue, até que balançou a cabeça para não desmaiar e deu um passo para trás, tentando recobrar o equilíbrio.

Adônis aproveitou e desferiu um golpe em seu rosto, cortando a face. O capitão Afonso não teve forças para gritar devido à dor que sentiu quando a lâmina cortou seu rosto. Não tinha mais forças para atacar ou se defender. Ficou parado, e sua visão se escureceu. A faca caiu de suas mãos e sua mente foi para longe, trazendo uma lembrança muito especial. A última visão que teve foi Luíza correndo pelo jardim, com a face sorridente voltada para ele. O capitão Afonso levantou o braço tentando tocá-la.

— Você está fraco, muito fraco — disse ao ver o sangue escorrer pela face, pelo pescoço e desaparecer dentro da jaqueta de combate. — Hora de morrer!

Adônis desferiu um golpe preciso, um pouco abaixo da axila esquerda. A lâmina penetrou inteira, os dois soldados se abraçaram, e Adônis cerrou os dentes e girou o cabo da faca, olhando para admirar a expressão de dor do capitão Afonso, mas seu olhar continuava o mesmo. Ele observava Luíza correndo pelo jardim, e aquela última lembrança bloqueou qualquer dor que pudesse sentir.

Adônis puxou a faca, furioso, e um jato de sangue saiu pelo ferimento. Olhou para a joia ensanguentada, que escorria pelas mãos do capitão Afonso.

— Isso me pertence! — Apanhou a joia e a colocou no bolso. — Será minha porta de entrada para o coração de Luíza.

O capitão tossiu sangue, caiu de joelhos e tombou para a frente.

— Adeus, meu amigo. Sentirei sua falta, mas não se preocupe. Não deixarei de consolar sua esposa um só instante da minha vida.

Ele saiu do bunker e foi caminhando na chuva em direção à floresta. Enquanto se movia, atento a qualquer perigo que pudesse surgir, ouviu um barulho distante, aumentando gradativamente. Era um avião bombardeiro que se aproximava, um retardatário. Devia haver algum problema no motor e não conseguira acompanhar os outros, ficando para trás. O piloto, em vez de retornar à base, resolvera continuar a missão. Apesar da chuva, havia fogo em três bunkers e nos caminhões, e, se o avião voasse a baixa altitude e em velocidade reduzida, o piloto enxergaria aquele local mesmo naquelas condições.

Adônis ficou paralisado, pensando no que fazer quando a primeira bomba explodiu entre as árvores, levantando um cogumelo de fogo. Em um ato de puro instinto, correu enquanto as bombas atingiam o solo encharcado e se aproximavam. Viu uma trincheira e tentou alcançá-la, largando o rifle e a arma de laser e atirando-se a ela.

Uma bomba explodiu próximo de onde havia se protegido. Era uma incendiária, e o gel inflamável cobriu a trincheira, fazendo emergir um corpo em chamas.

— Não! — gritou ele, e as chamas queimaram sua garganta, fazendo-o emitir um urro inumano.

Adônis se debateu na lama, alcançou uma poça e se atirou nela até que as chamas que consumiam o seu uniforme e a sua carne se extinguissem. O soldado sentia uma dor atroz em todo o seu corpo, que estava carbonizado e soltava fumaça enquanto recebia as gotas frias da chuva. O cheiro de carne queimada encheu seus pulmões, fazendo-o vomitar, e ficou agonizando por um longo tempo até que, finalmente, compreendeu que tudo o que havia feito tinha sido em vão. Jamais teria Luíza em seus braços ou viveria a vida do capitão Afonso.

O ódio tomou conta da sua alma, e ele gritou como um monstro.

Um monstro que havia acabado de nascer.

CRIME E CASTIGO

— Na manhã seguinte, fui resgatado por uma patrulha. O resto da história, vocês já sabem.

— É um assassino covarde! — sentenciou Caroline.

Adônis a olhou com um sorriso maléfico e levantou a mão direita.

— Sim, enfiei a minha faca até atingir o coração do amado capitão Afonso e, depois, girei-a com força. Fiquei observando a vida se esvair do seu corpo, e fiz isso porque tinha o que deveria ser meu por direito! Ele tinha o seu amor, e o que mais me transtornava era que *você* o amava! Amava-o quando deveria amar a mim! Afonso jamais a mereceu. *Eu* a merecia, Luíza. Era melhor do que ele em tudo e, por isso, o matei!

— Você é um psicopata — murmurou Caroline.

Então ele baixou a mão e parou de sorrir.

— Quando as chamas atingiram o meu corpo, soube que jamais a teria em meus braços. Tudo o que fizera para tê-la havia sido em vão. Jamais seria minha. Por anos, convivi com essa dor, e a única coisa que me confortou durante todo esse tempo foi que consegui afastá-los. Separei vocês, acabei com a sua felicidade e...

— Basta — disse a doutora Laura.

— Nunca vi tanta maldade em uma pessoa — disse Caroline.

— Maldade? — respondeu Adônis, com os dentes cerrados. — Fiz tudo por amor. Por você!

— Isso não é amor — disse a doutora Laura. — Jamais soube o que é amar alguém, e olhando-o agora vejo que o fogo não destruiu o homem que era. O fogo o libertou, mostrou a sua verdadeira face.

A doutora Laura pegou o bisturi das mãos de Caroline e colocou-o de volta na bandeja.

— Levarei isto comigo. Não é tetrodotoxina, é claro, mas apenas soro fisiológico. Como disse no início, sempre foi um covarde, sempre viveu nas sombras e vai continuar assim até o fim dos seus dias. Farei tudo o que estiver ao meu alcance para prolongar a sua vida miserável o máximo possível, porque esse será o seu castigo. Não sei se a doutora Caroline continuará conosco depois de tudo o que aconteceu, mas, se continuar, juro que jamais irá vê-lo novamente.

A doutora Laura se aproximou e sorriu para ele.

— A doutora Caroline é jovem, bonita e íntegra. Como já deve ter percebido, o universo conspira para que pessoas assim sejam felizes. Todas as vezes que eu souber que algo de bom, que alguma coisa agradável aconteceu com ela, não tenha a menor dúvida: será o primeiro a quem contarei. Entrarei por aquela porta, eu me sentarei naquela cadeira e contarei sobre suas conquistas, alegrias e vitórias. Sabe por quê?

Ela esperou que Adônis dissesse algo, mas tudo o que ele fez foi olhá-la furiosamente.

— Porque quero que compreenda a única coisa que fez na sua miserável vida: prejudicar a si mesmo.

Em seguida, dirigiu-se à porta.

— Doutora Caroline, queira me acompanhar. Não há mais nada a fazer aqui.

As duas médicas saíram do quarto, deixando Adônis sozinho. Ele ficou furioso e soltou um grito de ódio e desespero. Sempre acreditara que tinha conseguido separar o capitão Afonso e Luíza, mas o destino era inexorável e, apesar de rejeitar a ideia, no fundo, sabia que havia fracassado.

REFLEXÕES

— Olhe.

As duas mulheres estavam na sala da doutora Laura, olhando através da janela. Observavam o extenso gramado, onde havia vários pacientes e enfermeiros caminhando, fazendo exercícios ou sentados nos bancos, conversando despreocupadamente. Caroline observou uma enfermeira gesticular, fazendo os pacientes idosos ao seu redor sorrirem. Em outro grupo, outro enfermeiro examinava o ombro de um senhor.

— Era isso o que Ítalo queria, um lugar assim. Realizei o seu sonho. Se não tivessem este lugar, estariam mofando em algum quarto escuro, desprezados e considerados um peso morto. É o que acontece com eles, é a sua recompensa depois de cultivar e produzir frutos por uma vida inteira. Diga-me, se fosse possível, qual palavra escolheria para resumir o que está diante de você?

Caroline olhou para a direita, para o centro de esportes, e viu dois pacientes disputando uma partida de tênis e, ao lado, na pista de atletismo, um grupo de senhoras caminhando a passos apressados.

— Dignidade.

— Imaginei que diria isso — disse a doutora Laura, sorrindo.

Caroline estendeu o braço com a joia na palma da mão.

— Preciso devolver isto à senhora.

— Ela nunca me pertenceu. Fique com ela, tenho certeza de que sempre esperou por você.

— Obrigada.

— Há um capítulo nesta história que ainda não contei. Anos depois da morte do Ítalo, o único homem que amei, surgiu um médico, o doutor Michel.

— O médico cuja vaga ocupei.

— Tivemos um caso. Ele era um bom homem, inteligente, sincero e bom amante, mas nunca senti por ele o que senti por Ítalo. Sabe, doutora Caroline, com o passar dos anos, as relações entre os casais mudam, e o desejo se transforma em um novo sentimento, que fica entre o afeto, o diálogo e a compreensão. Estávamos bem até que, um dia, ele começou a visitar Adônis sem que eu soubesse. Avisei-o que era um paciente perigoso, e eu era a única capaz de lidar com ele, mas não acreditou em mim.

— O que aconteceu?

— Fez com ele o mesmo jogo que mostrei a você. Inventou uma série de mentiras sobre mim e sobre este lugar. Diferente de você, Michel acreditou em Adônis. Discutimos, e ele deixou esta sala transtornado.

A doutora Laura olhou para a jovem ao seu lado.

— Morreu em um acidente de carro naquela noite.

— Sinto muito, doutora. Sinto por ter desconfiado da senhora, por ter-lhe apontado uma arma. Envergonho-me ao pensar que quase puxei o gatilho.

— Você não faria isso.

— Como pode ter tanta certeza? Deu-me uma arma carregada, e eu estava envenenada com as palavras de Adônis. Meu Deus, poderia...

A doutora Laura sorriu.

— Sim, poderia ter atirado. Mas precisava correr esse risco. Era necessário ter certeza.

— Ter certeza do quê?

— De que você não é apenas um fenômeno genético, de que existe algo maior que nos cerca e rege nossas vidas. Como ser humano, médica e amiga, precisava saber. Foi uma aposta arriscada, preciso admitir, mas o prêmio valia o risco.

— Obrigada por acreditar em mim.

A doutora Laura foi em direção à sua mesa, pegou a fotografia e ficou observando-a por um tempo.

— Sabe, doutora Caroline, há um ponto de interrogação nessa história que sempre me intrigou.

— O que poderia ser?

— Ainda não se perguntou?

— Perguntei-me sobre o quê?

— Sobre a última peça desse quebra-cabeça.

— Não sei do que a senhora está falando.

— Bem, se você está aqui, hoje, conhecendo toda a história — disse, mostrando a foto para ela, com o dedo indicando o capitão Afonso —, não pensou na possibilidade de ele também ter voltado? Talvez não como você, não com a mesma semelhança física. Mas, talvez, o capitão Afonso também tenha retornado e esteja por aí procurando-a.

A doutora Laura voltou a olhar para a fotografia e sorriu.

— Sabe, eu o conhecia muito bem e, do jeito como a amava, poderia até jurar que, se tivesse retornado, estaria hoje na frente da sua casa, esperando que voltasse.

As palavras da doutora foram como um poderoso raio de luz que atingiu a mente de Caroline, fazendo-a enxergar a última peça do quebra-cabeça.

— Oh! Meu Deus!

— O que houve? — perguntou a doutora Laura.

— Ele vai embora! — exclamou, olhando o relógio. — Preciso ir!

— Aonde vai, doutora Caroline?

Ela não respondeu, abriu a porta e saiu correndo pelo corredor. A doutora Laura ficou parada, observando a porta aberta, com a fotografia nas mãos. Em seguida, pegou o telefone e discou um número.

— Doutora Lúcia, venha à minha sala imediatamente... Não tenho tempo para suas desculpas, é uma questão de vida ou morte.

A doutora Lúcia surgiu correndo e encontrou sua chefe sentada em sua cadeira, com as mãos sobre a mesa.

— Meu Deus! O que foi desta vez? Creio que ouvi um disparo...

— Feche a porta, por favor. E sente-se.

– O que deseja? – questionou após fazer o que lhe foi pedido.

– Informações sobre a doutora Caroline.

– Já lhe disse tudo o que sabia. Não acha que deveria deixá-la em paz? Afinal, por que tanto interesse nela?

– Isso não lhe diz respeito. Ela saiu daqui para um destino incerto, e suas últimas palavras foram que alguém viajará hoje, alguém muito próximo e, creio, muito importante para ela. Sabe quem é, e me contará. Vai dizer de quem se trata e para onde a doutora Caroline está indo.

– E se me negar? Se estiver farta da sua influência sobre mim, do seu poder e do seu autoritarismo?

A doutora Laura não disse nada, apenas abriu a gaveta e colocou a pistola sobre a mesa, fazendo a doutora Lúcia arregalar os olhos ao ver a arma.

– Está me ameaçando?

– Sim.

– Vai atirar em mim?

– Se não responder às minhas perguntas, não tenha a menor dúvida.

– Por que deveria lhe contar para onde a doutora Caroline está indo?

– Simples – respondeu a doutora Laura. – Porque gosto de ouvir histórias.

A PREDADORA

O carro parou em frente à casa do capitão Afonso. A porta se abriu e Caroline saiu correndo, saltando os degraus da livraria de dois em dois. Seu olhar aflito percorreu o ambiente, e ela respirou aliviada ao encontrar o que procurava na cafeteria.

— Benjamin!

Ele estava no mezanino, bebendo um café com Sabrina e um homem alto, magro e careca. Caroline correu em sua direção ao tempo que todos se levantaram.

— O que está fazendo aqui? — perguntou Sabrina, destilando sua raiva sem pudores.

— Benjamin! Não assine! Não venda! Descobri! Sei de tudo!

— De tudo o quê? — perguntou Sabrina. — Do que ela está falando?

— Não sei — Benjamin confessou.

O celular do senhor Thomas tocou.

— Se me dão licença, preciso atender esta ligação — disse ele, afastando-se para ter privacidade.

— Claro, fique à vontade — Benjamin concordou.

Caroline estava aflita, e as palavras vinham e desapareciam de sua mente em uma velocidade espantosa. Olhou para eles, desesperada para impedir a venda da livraria.

— Não pode vender este lugar. Não é justo. Não agora que sei a verdade.

— Que verdade? Está vendo, Ben? Sempre disse que essa garota era maluca.

Ele segurou Caroline pelos ombros.

— Respire fundo. Isso mesmo. Agora, procure se acalmar, está bem?

Ela sentiu o aperto de suas mãos e respirou fundo algumas vezes.

— Está melhor? — perguntou, preocupado.

— Sim, bem melhor.

— Muito bem. Agora que está mais calma, podemos conversar. O que aconteceu?

— Onde paramos? — disse o senhor Thomas, aproximando-se e colocando o celular no bolso do seu casaco.

— É o senhor Thomas?

— Sim. E você, quem é?

— Meu nome é Caroline.

— Muito prazer — disse, estendendo a mão para cumprimentá-la.

— Muito prazer, senhor Thomas. Sou... — hesitou, olhando para Benjamin. — Esqueça quem sou, isso não é importante agora. O senhor veio comprar esta livraria, certo?

— Sim.

— Mas não pode comprá-la.

— Como ousa se intrometer nesse assunto? — interveio Sabrina.

— Acalme-se — disse Benjamin.

— E por que não posso comprar este lugar?

— Porque, bem, porque...

— Vamos, Caroline, diga para todos o que descobriu! O que você sabe de tão importante para impedir a venda deste lugar? — perguntou Sabrina.

— Porque a livraria é muito importante para Benjamin — explicou.

Caroline olhou para a pasta, para os documentos sobre a mesa e apontou-os.

— É por isso que não pode vendê-la. Este lugar significa muito para ele, é o seu grande sonho e não é justo que o venda.

— Mas o que pede é impossível — disse o senhor Thomas.

— Por quê? Já possui muitas outras livrarias, não é?

— O fato é que Benjamin já assinou o contrato de venda. Só falta a senhora Sabrina assinar.

Caroline olhou a mulher ao seu lado, que sorriu sarcasticamente.

— Sabrina, por favor, não faça isso! Deixe-me explicar o que aconteceu. Existe muito mais entre nós do que pode imaginar.

— Ah, imagino que sim. Aliás, tenho certeza de que sim. Um belo dia, você surge do nada em nossas vidas, vindo morar na frente da nossa livraria. Depois, se insinua para Benjamin todas as vezes que o encontra, até conseguir levá-lo para a cama. Mas não está contente com o que conseguiu, então muda sua cabeça até conseguir fazê-lo separar-se de mim e, agora, entra aqui como uma louca, gritando e inventando desculpas. Conheço o seu jogo. Sei que, na verdade, quer o pacote completo. Você nos separou porque queria Benjamin e, agora, quer a livraria. Sabe, Caroline, senti muita raiva quando a vi entrar por aquela porta, mas, pensando bem — disse, pegando a caneta devagar —, será um prazer assinar este documento na sua frente.

Sabrina assinou no espaço tracejado, colocou as folhas dentro da pasta e entregou-a ao senhor Thomas.

— Meus parabéns! O senhor fez um ótimo negócio — informou. Abriu os braços, sorrindo, e completou: — Tudo é seu, as estantes, os livros, este mezanino. Espero que faça bom proveito da sua aquisição e feche este lugar para sempre!

— Com certeza — respondeu o senhor Thomas. — Também farei o que me pediram e depositarei o dinheiro em suas contas pessoais.

Sabrina se aproximou de Caroline.

— Sou imune aos seus encantos, minha cara, porque conheço o tipo de pessoa que você é. Queria Benjamin e este lugar só para você, por isso planejou tudo nos mínimos detalhes. Só que não contava comigo, com a minha reação, e somente por minha causa fracassou. Não conseguiu o que queria, não é mesmo? Acabamos de vender este lugar, e Thomas irá fechá-lo. Uma vitória para mim. Benjamin irá para um lugar bem longe, e desejo que não volte nunca mais. Duas vitórias para mim. Você tinha boas armas, tenho que admitir. Preparou uma boa estratégia, mas não venceu esta guerra, porque sou mais inteligente, mais bonita e mais forte que você. Sempre consigo o que quero, sempre venço as minhas batalhas. Pode ter destruído tudo o que eu tinha, mas não ficará com nada, porque, se não posso ter Benjamin, você também não ficará com ele.

— Sua vaca egoísta!

Caroline deu um tapa no rosto de Sabrina usando toda a força que tinha, jogando-a para o lado. Ela tentou se segurar nos livros que estavam sobre um expositor próximo, mas acabou caindo e puxando vários deles, que desabaram sobre ela.

— Você é louca! — exclamou Sabrina, sentada no chão. — Devia estar presa!

— Cheguei a invejar você, Sabrina! Teve Benjamin ao seu lado durante anos, mas nunca soube quem ele era, nunca se preocupou ou se interessou pelas coisas de que ele gostava! E agora que o perdeu, quer me usar como responsável pelo seu fracasso. Quer saber a verdade? Vou lhe dizer a verdade! A sua relação já havia acabado antes de Benjamin me conhecer!

Uma batida os interrompeu, e todos olharam por cima dos ombros de Caroline em direção à porta de entrada da livraria.

— Boa noite.

A doutora Laura caminhava entre os expositores de livros. Movia-se sem fazer nenhum barulho ou movimento desnecessário, e o seu olhar era de um felino que se aproximava, pronto para atacar. Aquela mulher era a maior predadora que Caroline já tinha visto.

— Doutora Laura? — disse Caroline, espantada.

Ela passou pela jovem sem lhe responder e parou na frente de Sabrina.

— Levante-se. Uma mulher não deve ficar no chão sob nenhuma hipótese. Sua mãe não gostaria de vê-la nesta situação. Aliás, como ela está?

Sabrina levantou-se rapidamente.

— Doutora Laura, que bom vê-la aqui. A minha mãe está muito bem. Direi que a senhora perguntou por ela.

— Faça isso, tenho certeza de que ficará feliz.

— Doutora Laura — interveio Caroline. — Deixe-me explicar...

Ela levantou a mão.

— Agora não. Deixe-me falar com esta jovem, que conheço desde criança. Frequentava a casa de sua mãe, e éramos grandes amigas. Como você cresceu! Sabia que a peguei no colo?

— Sim, a mamãe vivia me contando sobre a famosa amiga médica.

— Você era uma criança adorável. Agora, diga-me, o que aconteceu? Assisti à minha funcionária agredi-la. Conheço-a há pouco tempo, mas posso assegurar que jamais teve um comportamento agressivo no Centro.

— A senhora está enganada — disse Sabrina, apontando o dedo para Caroline. — Não faz a menor ideia do que essa mulher é capaz! Mas *eu* sei que tipo de gente ela é, e preciso avisá-la, porque trabalha para a senhora. Essa mulher é desequilibrada e um perigo para seus pacientes! Destruiu o carro do seu ex-noivo bem aqui, na frente da livraria. Depois, assediou o meu marido até levá-lo para a cama e destruiu o meu casamento!

A doutora Laura olhou para Caroline.

— O que esta adorável jovem está me dizendo é verdade?

— Doutora Laura, posso explicar o que está acontecendo e...

— E há mais! — berrou Sabrina.

— Mais?

— Sim! Ela entrou aqui gritando frases sem sentido e quase impediu que fechássemos a venda deste lugar. Um excelente negócio que poderíamos ter perdido, imagine só!

— Frases sem sentido? Por favor, Sabrina, seja mais específica.

— Ela disse que Benjamin era alguém especial, que não podia vender a livraria, pois ela tinha descoberto uma surpreendente verdade — revelou, com asco e ironia.

— Disse algo mais?

— Não. É como estou falando para a senhora, essa mulher é uma desequilibrada e um perigo para todos.

— Muito bem, minha jovem. Acredito em você e concordo que a agressão da doutora Caroline foi bastante inadequada. Diga-me, o negócio está fechado?

— Sim. — Suspirou Sabrina, aliviada. — Graças a Deus, o contrato de venda está assinado, e acabei de entregar para o senhor Thomas.

— Era isso que desejava saber, Sabrina. Muito obrigada por sua atenção.

Ela se virou para o homem que segurava a pasta.

— Olá, Tom.

— Olá, Laura.

— Como está Vanessa?

— Viajou com Giovana. Estão em Paris e devem voltar apenas na semana que vem.

— Quando Vanessa retornar, diga-lhe que estou com saudades e gostaria de marcar um jantar em minha casa.

— Está combinado. Asseguro que ela ficará muito feliz.

— Perfeito! Já considero um compromisso assumido. Agora, diga-me, o que achou da minha proposta?

— Acredita que seria capaz de recusar a sua oferta? Tome — disse, entregando a pasta para a doutora Laura. — Confesso que fiquei surpreso quando recebi sua ligação, mas jamais recusaria um pedido seu.

Ela aceitou a pasta, e os olhares perplexos a acompanharam.

— A livraria é sua.

— Obrigada, Tom. É um cavalheiro, e Vanessa é uma afortunada em tê-lo ao seu lado. Peço que me desculpe pela ligação urgente. Sei que tinha planos para este lugar, mas, hoje, esta livraria também passou a ser muito importante para mim.

— Na verdade, pretendia fechá-la, porque sempre me incomodou. Contudo, agora que estou conhecendo-a pessoalmente, devo admitir que seu ambiente é muito agradável.

— Não está arrependido de tê-la vendido, está?

— Não se preocupe.

— Então, posso mandar meus advogados o procurarem para acertarmos os detalhes da venda?

— Sim, é claro, mas não tenha pressa quanto a esse assunto.

— Como assim comprou a livraria? — disse Sabrina, atônita. — Por que está comprando este lugar?

— Estou pensando em diversificar os meus negócios. Tom, o que acharia da ideia de me tornar sua concorrente?

— Não diga isso nem brincando — respondeu ele, sorrindo. — Se entrar para este ramo, em breve venderei toda a minha rede para você.

— Mas a senhora não sabe nada sobre livrarias — argumentou Sabrina.

— Tem razão. Sou obrigada a concordar com você. Acho que cometi um engano.

— Claro que sim! — a mulher concordou, satisfeita.

— E o que sugere que eu faça?

— Venda o lugar imediatamente.

— Muito bem, farei o que me sugere.

A doutora Laura se aproximou de Caroline.

— Gostaria de comprar este lugar?

— Eu?

— Sim, você.

— Mas não tenho...

— Vendida. Por favor, pegue o contrato de venda.

Entregou a pasta para Caroline, que a apanhou com as mãos trêmulas antes que caísse no chão.

— Meus advogados irão procurá-la para acertar os detalhes da sua compra. Metade da livraria será quitada com um bônus pelos excelentes trabalhos no Centro Souto Lima, e o restante será descontado em seu salário em suaves prestações. Acredito que continuará desempenhando suas atividades como médica e encontrará alguém para ajudá-la em seu novo negócio.

— Não sei o que dizer — murmurou Caroline.

— Então não diga nada, porque, quando não há nada a dizer, o silêncio sempre é a melhor resposta.

A doutora Laura voltou-se para Benjamin.

— Deve ser Benjamin.

— Sim.

Ela aproximou-se e lhe estendeu a mão. Eles se cumprimentaram e a mulher o observou em silêncio por alguns instantes.

— Muito prazer, senhor Benjamin. Posso lhe fazer uma pergunta pessoal?

— Sim.

— O que sente pela doutora Caroline?

Benjamin virou-se para a jovem, envergonhado.

— Não olhe para ela — a doutora Laura interpôs. — Olhe para mim, por favor, e responda à pergunta.

— Eu a amo — disse Benjamin, encarando os olhos da doutora Laura. — E acredito que sempre a amei.

— É o suficiente.

— Isso é algum tipo de brincadeira, doutora Laura? — guinchou Sabrina, aparentemente despertando do seu estado de torpor ou compreendendo o que, de fato, tinha se passado ali. – Porque, se for, é de muito mau gosto! A senhora entra aqui dizendo que é amiga da minha mãe, que me pegou no colo quando era criança e que gosta de mim, mas, de repente, compra a livraria que acabei de vender e a entrega para a mulher que arruinou a minha vida?

– A doutora Caroline não arruinou sua vida. Você mesma se encarregou disso.

– Isso não ficará assim, sua velha arrogante! Farei com que pague pelo que fez! – gritou Sabrina. – Sei dos seus segredos. Sei tudo o que aconteceu. Sabe o que vou fazer? Contarei tudo o que descobri! Colocarei a senhora na cadeia e destruirei seu precioso hospital!

– Foi o que imaginei que faria, mas, antes, peço que tenha a gentileza de falar com sua mãe sobre a possibilidade de levantar calúnias sobre mim. Tenho certeza de que ela saberá convencê-la do contrário.

Sabrina soltou um grito de raiva e saiu empurrando Benjamin e Caroline.

– Doutora Laura – disse Benjamin –, o que ela diz é verdade. Fez uma gravação do depoimento de um agente do Departamento de Operações Especiais do exército, um antigo amigo meu, que fez revelações perigosas sobre o Centro Souto Lima.

– Agradeço sua preocupação, meu belo rapaz, mas não se preocupe. Quando Sabrina conversar com sua mãe, e fará isso, tenho certeza de que mudará de ideia.

A doutora Laura piscou para Caroline.

– Todos têm esqueletos no armário.

– Laura?

Ela se voltou para o senhor Thomas.

– Sim, Tom?

– Já passa das vinte horas. Que tal uma taça de vinho?

– *Pinot Noir*? A safra do ano passado está ótima.

– Por que não?

Ele se aproximou e estendeu o braço.

– Oh, que cavalheiro! – exclamou, repousando seu braço sobre o dele. – Não existem mais homens assim hoje em dia.

Caminharam em direção à saída, mas a doutora Laura parou diante de Caroline.

— Ah, quase ia me esquecendo. Meirelles foi reeleito, mas não se preocupe. Falei com ele, e você pode ficar com o acervo de Helena Cortês. E quanto a este jovem — comentou, balançando levemente a cabeça na direção de Benjamin —, bem... os olhos são os mesmos. Quanto ao resto, acredito que descobrirá sozinha.

— Obrigada, doutora Laura, por tudo o que fez por mim.

— Apenas fique por perto e, quem sabe um dia — disse, com um sorriso fraterno e emocionado —, possamos tomar uma taça de vinho como grandes amigas.

— Claro — confirmou Caroline, sorrindo com os olhos cheios de lágrimas.

— Vamos, Tom.

Eles foram se afastando em direção à porta, e Benjamin se aproximou.

— Como conseguiu se tornar tão especial para a doutora Laura?

— Quando contar a você, não vai acreditar.

— É a primeira vez que conversei com ela, mas tenho certeza de que é uma grande mulher.

— É a mulher mais incrível que já conheci.

Então, Caroline mostrou a pasta que segurava nas mãos.

— Gostaria de ser meu sócio?

— Depende da proposta que irá me fazer.

— Acredito que chegaremos a um acordo, mas precisamos discutir em um lugar mais reservado.

— Antes, precisa fechar este lugar. É seu agora.

— Poderia fazer essa gentileza para mim? Afinal de contas, ainda é seu.

Benjamin chamou sua gerente e pediu para que fechasse a livraria, encerrando o expediente.

— Tudo certo, doutora Caroline. Estou ao seu dispor.

— Então, vamos.

— Para onde?

Caroline segurou sua mão.

— Para casa, Benjamin. Vamos para casa.

HISTÓRIA SEM FIM

— Acho que está bom. E você?

Sócrates ficou na beira do buraco e, com as patas da frente, tentava ajudar Benjamin a cavar. Caroline conferiu a profundidade.

— Sim, acho que já está bom.

Era uma bela manhã ensolarada; o inverno havia terminado e a primavera havia trazido os pássaros, que cantavam nas copas cheias de folhas verdes. O casal estava cavando no mesmo lugar onde o capitão Afonso e Luíza haviam enterrado a caixa.

— Acha que daria um bom romance? — perguntou Benjamin.

— E quem acreditaria? — argumentou Caroline. — Não, acho melhor não. Existem histórias que não devem ser contadas.

Ela pegou a caixa de metal, colocou as cartas que havia encontrado e adicionou outras duas, uma escrita por ela e outra por Benjamin. Colocou as folhas em um plástico resistente e devolveu-as à caixa. Em seguida, guardou o estojo de metal dentro do antigo e pequeno quadrado de madeira.

— Pronto, terminei.

Ela colocou a caixa no buraco e passou a mão na cabeça de Sócrates.

— Acha isso necessário mesmo? — Benjamin perguntou outra vez.

Caroline olhou-o com ternura, segurou sua mão suja de terra e sorriu.

— Nunca se sabe.

Para saber mais sobre os títulos e autores do GRUPO EDITORIAL COERÊNCIA, visite o site **WWW.EDITORACOERENCIA.COM.BR** e curta as nossas redes sociais.

Além de informações sobre os próximos lançamentos, você terá acesso a conteúdos exclusivos e poderá participar de sorteios, promoções e eventos.

@GRUPOEDITORIALCOERENCIA

FB.COM/GRUPOEDITORIALCOERENCIA/

AV. PAULISTA, 326, CJ 84
BELA VISTA - SÃO PAULO - SP - 01.310-902

LILIAN@EDITORACOERENCIA.COM.BR

(11) 3287-1614

NÃO PERCA A OPORTUNIDADE DE REALIZAR O SONHO DE SE TORNAR UM ESCRITOR.
ENVIE SEU ORIGINAL PARA O NOSSO E-MAIL E
PUBLIQUE CONOSCO.

Grupo Editorial
coerência

Esta obra foi composta na fonte ITC Legacy Serif,
tamanho 11 pt, e impressa em papel pólen soft 80g/m².
São Paulo, setembro de 2021